Unmögliche Lieben

Unmögliche Lieben

Erotische Erzählungen aus dem neuen Spanien

Herausgegeben von Laura Freixas

Mit einem Nachwort von
Hans-Jürgen Schmitt

Aus dem Spanischen von
Petra Strien und René Strien

Claassen

Gedruckt auf chlorfrei gebleichtem, säurefreiem Papier

Die Deutsche Bibliothek – CIP-Einheitsaufnahme

Unmögliche Lieben: erotische Erzählungen aus dem neuen Spanien / hrsg. von Laura Freixas. Mit einem Nachw. von Hans-Jürgen Schmitt. Aus dem Span. von Petra Strien und René Strien. – Hildesheim: Claassen, 1992
Einheitssacht.: Cuentos eròticos ‹dt.›
ISBN 3-546-00020-X

Claassen Verlag GmbH, Hildesheim, 1992
Lizenzausgabe mit freundlicher Genehmigung
der Büchergilde Gutenberg, Frankfurt am Main
Die Originalausgabe erschien unter dem Titel
»Cuentos eròticos« bei Ediciones Grijalbo, Barcelona

Schutzumschlag: Wolfgang Scheffler, Mainz
Satz: Offizin Andersen Nexö, Leipzig
Druck und Bindung: Friedrich Pustet, A-Regensburg
Papier: M. Salzer's Söhne, A-St. Pölten
Printed in Germany
ISBN 3-546-00020-X

INHALTSVERZEICHNIS

PALOMA DÍAZ-MAS

DIE DISKRETE SÜNDERIN

oder DIE BEISPIELHAFTE GESCHICHTE EINSAMER JUNGFRAUEN

Vor nicht allzu langer Zeit begab sich an einem Ort in Extremadura die wundersamste Geschichte, die man sich vorstellen mag. Ja, sie klingt so einzigartig und befremdlich, daß manch einer sie für reine Dichtung und bloße Lüge erachtet. Ich freilich, der ich sie aus dem Munde von Personen untadeligen Lebenswandels unter den ältesten Christen jenes Ortes vernommen habe – deren Namen ich verschweige, um Ruf und Ehre der Lebenden nicht zu verunglimpfen –, ich halte sie für wahr und hinreichend bezeugt.

An eben jenem Ort lebte eine Jungfrau von so seltener und einzigartiger Schönheit, daß viele in Liebe zur ihr entbrannten, ohne sie jedoch jemals erblickt zu haben, allein weil der Ruhm ihrer Anmut ihnen zu Ohren gekommen war, der weit über die natürlichen Grenzen des kleinen Orts hinaus in der ganzen Provinz bekannt wurde und selbst bis zum Hof gelangte, ja, ich wage zu sagen, über die Grenzen des Festlands und die wasserreichen Barrieren des Meeres hinweg bis in die entlegensten und unbekanntesten Länder getragen wurde.

Sie lebte außerordentlich sittsam und abgeschieden, von den Eltern ob ihrer Keuschheit und ihres Anstands über die Maßen geliebt. Diese hielten sie indes so streng unter Aufsicht, daß sie kaum das Sonnenlicht erblickte. Denn als Personen von äußerster Umsicht und edler Herkunft, wohlhabendem Stand und frommem Lebenswandel wußten sie,

daß es dem Teufel beliebt, ein Haus, in dem eine Jungfrau lebt, nicht durch die Tür, sondern durch das Fenster heimzusuchen, und so hatten sie ihr unter Androhung von Strafe untersagt, an das Gitter vorzutreten und durch die Streben zu spähen, sich über die Brüstung zu beugen oder gar in die Fensternische zu lehnen, denn dies waren Unarten, die sich weniger für tugendhafte Jungfrauen schickten als für leichtfertige Frauenzimmer. Nur der Stickrahmen und das Nähkissen dienten ihr zur Kurzweil, auch bewies sie äußerstes Geschick im Klöppeln und Festonieren, beim Anfertigen von Hohlsaum, Ösen, Spitzen, all diesen Tugenden, die edlen Jungfrauen wohl anstanden. Allein zur ersten Frühmesse verließ sie das Haus, doch so von Kopf bis Fuß verhüllt, daß nicht mal ein Auge oder eine Haarsträhne unter dem schweren Umhang hervorsahen. Dies führte gar so weit, daß ihre Züchtigkeit sie mehr als einmal fast teurer zu stehen gekommen wäre, als ihr lieb sein konnte, gestattete ihr doch der festgegürtete Umhang kaum, zur rechten Zeit den Steinen und Unebenheiten des Geländes auszuweichen, so daß sie nicht wenige Male fast zu Boden gestürzt wäre, hätte ihr nicht eine ehrbare Duenja beigestanden, die sie zu begleiten pflegte und als Dame fortgeschritteneren Alters und minderer Reize entweder die Widrigkeiten des Weges besser kannte oder das Gesicht weniger verborgen trug. Nach Beendigung der Messe, der die Jungfrau, ohne den Schleier zu lüften, in äußerster Inbrunst und Sittsamkeit beiwohnte, begaben sich beide mit gesenktem Blick eiligst auf den Rückweg zu ihrem Heim, in das sie sich flüchteten wie an einen geweihten Ort; denn, um die Wahrheit zu sagen, jenes fromme Haus stand einem Tempel in nichts nach, ja, es war noch einsamer und weniger mit Leben erfüllt.
So verrannen die Tage mit solch tugendhaften und besinnlichen Verrichtungen wie Näh- und Klöppelarbeit; doch der Teufel, der niemals ruht und stets die Finger im Spiel hat, ge-

fiel sich darin, in jenes Haus eine vernichtende Seuche einzuschleusen, welche die Eltern einer so artigen Tochter gar manche Träne kosten sollte. Also geschah es, daß besagte Duenja in nicht minder lauterer Absicht als argloser Mißachtung der Gefahr – sind doch Duenjas nicht selten Handlanger des Teufels – im Hause einen neuen Zeitvertreib einführte, nämlich die Lektüre von Heiligenlegenden. Die Jungfrau war ob dieser Abwechslung über die Maßen entzückt, denn die Jugend ist dem Neuen besonders zugetan, und sie gab sich in aller Einfalt und Unschuld dem hin, was ihr hernach soviel Leid bereiten sollte. Die Nachmittagsstunden vergingen ihr nun wie im Flug, und sie vergaß ihre sonstigen Pflichten, ganz in die Lektüre von Büchern versunken, die, wenn sie auch fromm scheinen mochten und in Händen würdigerer und vernünftigerer Personen erbaulich gewirkt hätten, auf die Seele einer unbedarften Jungfrau einen verderblichen Einfluß ausübten. Denn diese kannte alsbald keine andere Freude mehr, als von jenen grausamen Martyrien zu lesen, welche die Feinde des Glaubens den heiligen Märtyrern auferlegten, zu erfahren, wie man diese peinigte, ihr Fleisch mit Eisen zerfetzte und glühendes Blei in ihre offenen Wunden goß; oder wie in Freudenhäusern einfache Jungfrauen des Herrn lüsternen Männern angepriesen wurden, auf daß diese sie schändeten, und wie sie dies alles um der Liebe zum Herrn willen auf sich luden; und wie man sie dann, nachdem ihnen die Brüste, die Zähne und die Augen herausgerissen worden waren, an den Haaren aufhängte oder sie in großen Kübeln voll siedenden Öls briet. Und anderes mehr von solchen Dingen, wie man sie in den Geschichten der Legenda Aurea und den Florilegien liest, welche sie höchst vergnüglich fand, denn sie bereiteten ihr eine bislang nie gekannte Wonne, die sie das eine Mal bittere Tränen vergießen, das andere Mal sich in glühendster Leidenschaft verzehren ließ.

Die Legenden der heiligen Sünderinnen, die sich nach einem Leben voller Unzucht und schrecklicher Vergehen wider die Natur zum wahren Glauben bekehrten und vom göttlichen Licht erleuchtet ihr lasterhaftes Fleisch mit jeglicher Art von Geißel kasteiten, rührten die Jungfrau über alle Maßen: Mal züchtigten sie sich, schliefen auf hartem Stein, tranken Wasser aus Totenschädeln, mal verbrachten sie den Rest ihres Lebens, ohne sich zu waschen und ohne daß ihr Haar je mit einem Kamm in Berührung gekommen wäre. Es dünkte sie, jene heiligen Sünderinnen hätten gar wenig vollbracht, sowohl in ihren Verfehlungen als auch in ihrer Buße, und so wähnte sie sich in ihrer Einfalt imstande, weitaus mehr zu vermögen als jene, sowohl im Guten als auch im Schlechten, das heißt schrecklichere Sünden zu begehen und wirkungsvollere Buße zu tun. Bald verbrachte sie die Tage von Sonnenaufgang bis Sonnenuntergang und die Nächte von Dämmerung zu Dämmerung, indem sie sich die Sünden und die tiefe Reue Maria Magdalenas oder Marias der Ägypterin ausmalte und davon träumte, sie habe all diese Sünden zu besiegen, auf daß im gesamten Erdenreich keine sündigere und keine reumütigere Frau zu finden sei. Doch verglichen mit den schaudererregenden Fällen jener Frauengestalten mutete ihr Leben sie so unbefleckt, derart unschuldig an, daß sie mit solch eintönigen Verrichtungen und artigem Zeitvertreib Gott wenig Ehre zu erweisen vermöchte.

So kam es, daß besagte Jungfrau die gar wundersamste Torheit ersann, die man sich vorstellen mag. Sie verfiel nämlich darauf zu wünschen, sie sei eine verirrte Sünderin, um hernach bereuen und aufrichtig Buße tun zu können, auf daß die Menschheit in Staunen versetzt würde, ja sie als Exempel und Vorbild gestrauchelter und reumütiger Jungfrauen priese. Viele Tage und Nächte lang spann und entwirrte sie in ihrer Phantasie das Gespinst erträumter Abenteuer, bis es ihr schließlich gelang, ihrem Wahn Gestalt zu verleihen, setzte sie sich doch in den Kopf, sie wolle ihrem Heim entfliehen, um sich, dem Zugriff ihrer Eltern entzogen, munter dem ausschweifenden und sündigen Leben hingeben zu können. Auf diese Weise würde sich ihr mit den Jahren das Tor zur Reue und daselbst die Pforte zum Himmel öffnen, so wie man erzählt, daß es so oft jenen ruhmreichen Heiligen widerfuhr, deren Geschichten sie gelesen hatte.

Es deuchte sie von Vorteil, ihre Flucht als Knabe verkleidet zu unternehmen, denn dies war, wie sie meinte, die allerverruchteste und unziemlichste Tracht für eine Jungfrau, die ihr Tür und Tor zum leichtfertigen und lockeren Leben öffnen sollte. Und so legte sie eines Nachts, als ihre Eltern bereits schliefen, ein Männerkleid aus Hosen ihres Vaters und einem Wams ihres Bruders an, der ihr in Größe und Statur glich, und fuhr in die Pantoffeln eines alten Hausdieners; in solch spärlicher Kleidung, darüber sie einen zerschlissenen, flickenübersäten Umhang trug, den sie in einer Truhe des Hauses gefunden, nebst einen Hut, den sie unter dem Vorwand, sie wolle ihn dem besagten Bruder schenken, über die Duenja eigens herbeigeschafft hatte, machte sich die Jungfrau auf den Weg, und nachdem sie klammheimlich ihr Elternhaus sowie ihr Viertel verlassen hatte, erreichte sie binnen kurzem die Landstraße. Es war ihr ratsam erschienen, weder Schmuck noch Geld mitzuführen, obgleich sie angesichts des Wohlstands ihres Hauses zweifellos etwas hätte einstecken können; doch in ihrer Umsicht kam sie zu dem Schluß, dies sei für ihr Ziel mehr hinderlich als dienlich, denn einer Frau mit Geld ist es ein Leichtes, ehrbar zu bleiben, jene freilich, die nichts besitzt, wird bald auf Kosten ihrer Ehre herbeischaffen, was die Not gebietet; und da es nun mal ihr Wille war, unkeusch zu sein, und überdies so rasch wie möglich, deuchte sie das Geld für diesen Zweck eher eine Bürde denn von Nutzen.

Sie war noch nicht allzuweit gekommen, als sie zweier jener Gestalten inneward, die man als Wallfahrer oder Palmzweigträger bezeichnet und die mit ihren Pilgerstäben, Kalebassen und Pilgerkleidern gen Rom zogen. Die Jungfrau geriet in höchstes Entzücken, kam ihr doch gerade zur rechten Zeit in den Sinn, was sie in der Geschichte über Maria die Ägypterin gelesen hatte, die, bevor sie zur Heiligen wurde, gar heftig und ausgiebig auf einem Schiff mit zweihundert Kreuzfahrern während der Fahrt ins Heilige Land gesündigt hatte, derart, daß bekanntermaßen während der ganzen Reise niemand weder unter den jugendlichen noch den betagtenPassagieren zu finden war, der auf dem Schiff geruht hätte, so sehr lenkte sie das brünstige Treiben mit der sündigen Maria ab. Wenngleich auch jene Pilger nur zu zweit waren – was der Jungfrau äußersten Verdruß bereitete –, meinte sie dennoch, statt der zweihundert der Heiligen Ägypterin könnten ihr sehr wohl nur diese zwei dazu dienlich sein, den Weg der Sünde zu beschreiten, hatte sie doch häufig in ihren Büchern gelesen, das Laster sei wie ein höchst gefahrvoller steiler Abhang, den man nur zu betreten brauchte, um auch schon bis auf den Grund hinabzugleiten. Indem sie also ihren Werdegang in bescheidenster Form begann, boten sich ihr doch nicht mehr als zwei Reisende für die fleischliche Sünde, hoffte sie, das gleiche, wenn nicht gar ein höheres Maß an Verfehlung zu erreichen wie Maria die Ägypterin.
Die Pilger schritten in einträchtiger, von lauteren Gedanken gelenkter Unterhaltung voran, als da sind das Lomberspiel oder drei gleiche Karten, die sie beim Falschspiel benutzt hatten, um einen Tölpel in einem Spielhaus zu überrumpeln, von wo aus sie, durch die Eile jener getrieben, die sich den Karten verschreiben, das Weite gesucht hatten. Sie hielten jeweils ihre Karten in der Hand und gaben sich gerade jenem erquicklichen Zeitvertreib hin, als die schlecht bera-

tene Jungfrau sich ihnen hinzugesellte. Diese grüßte sie aufs höflichste und bat, sich ihnen für die restliche Wegstrecke bis zum Königshof anschließen zu dürfen. Als die Pilger der unglaublichen Schönheit des fremden Knaben – denn für einen solchen hielten sie ihn ob seiner Männertracht – gewahr wurden, verschlug es ihnen schier die Sprache, und sie begannen sogleich, ihm gegenüber lüsterne Gedanken zu hegen, die sie mit zweideutigen Blicken und nicht ganz unverfänglichen Berührungen flugs in die Tat umsetzten. Als die törichte Jungfrau dies bemerkte, war sie über die Maßen entzückt, wähnte sie sich doch bereits am Beginn ihrer Sündenlaufbahn, ohne daß sie auch nur mehr dafür getan hätte, als sich auf den Weg zu begeben.
Sie wanderten den ganzen Tag lang sowie einen Teil der Nacht, und des Wegs steigerte sich das unkeusche Begehren beider Pilger. So machten sie denn Gebrauch von Zeichen und verstohlenen Gesten, die ihnen stets beim Falschspiel dienlich waren, und kamen alsbald, ohne daß die Jungfrau es gewahr wurde, darin überein, man wolle den schönen Knaben bei der erstbesten Gelegenheit überwältigen und brüderlich die Wonnen jener weißen Haut, die wie Samt und Seide anmutete, jenes überaus zierlichen und zarten Körpers, der in nichts dem einer Jungfrau nachstand, und die Weichheit jener golden schimmernden Haarpracht genießen (die, wenngleich unter dem Hut verborgen, ein wenig hervorschaute).
Da wollte die Jungfrau erfahren, zu welchem Zwecke die Pilger Karten in der Hand hielten, denn dies mute sie bei zwei so bußfertigen Pilgern gar ungewöhnlich an; die Pilger entgegneten, sie führten die Karten mit, um sich bei frommer Kurzweil zu ergötzen, bezeugten sie doch mit dem As, daß es nur einen einzigen Gott gebe, mit der Zwei die doppelte Wesenheit unseres Herrn Jesus Christus, mit der Drei die heilige Dreifaltigkeit, und so fuhren sie fort, bis sie zum

König gelangten, mit dem sie Gott, dem König und Herrn der gesamten Schöpfung zu huldigen vorgaben. Der Jungfrau wollte diese neue Form der Gottesfurcht gar sehr gefallen, allein sie bedauerte, daß ihre liebe Duenja nicht bei ihr sei, um die Freude mit ihr zu teilen. Unterdessen waren sie an einen Eichenwald gelangt, in dem die Pilger vorhatten, ihr Trachten in die Tat umzusetzen, zu welchen Zwecke sie, nachdem sie ihre Umhänge auf dem Boden ausgebreitet, die Jungfrau eingeladen hatten, es ihnen für die Nachtruhe gleichzutun, und als sie den vermeintlichen Knaben ausgestreckt erblickten, auch schon über diesen herfielen.

Die Jungfrau erschrak darob gar sehr, denn war es auch ihr Wille, so bald wie möglich zu sündigen, so hatte sie freilich nicht danach getrachtet, dies so rasch und unvorhergesehen in die Tat umzusetzen. Gleichwohl sagte sie sich, sie müsse ihr Vorhaben vollbringen, hatte sie doch in eben dieser Absicht ihr Elternhaus verlassen. Also entledigte sie sich flugs ihrer Beinkleider, desgleichen ihres Wamses, bis sie sich nur mehr im Hemd und mit gelöstem Haar erhob und zu den Pilgern sprach: »Auf, auf, meine Brüder, laßt uns ausgiebig und so schnell wie möglich sündigen. Mein Vergehen wird umso schwerer wiegen, als ihr Wallfahrer seid, in einem solch heiligen Unterfangen wie der Reise in die päpstliche Stadt unterwegs; auf diese Weise wird meine Schande noch schmachvoller sein, denn ich füge das Sakrileg der Hurerei hinzu. Ich bitte euch denn, eine Fackel oder eine Laterne herbeizuschaffen, auf daß es uns möglich werde, von Angesicht zu Angesicht um so ruchloser vorzugehen.«

Diese Sprache versetzte die beiden falschen Pilger in äußerstes Erstaunen, denn niemals hätten sie dergleichen erwartet; um wieviel mehr wunderten sie sich schließlich, als sie das Licht herbeiholten und statt des vermeintlichen Knaben eine Jungfrau gewahrten. Von Furcht, ja Panik ergriffen berieten sie miteinander, ob das, was sie vor sich sähen, eine leibhaftige Frau oder eine göttliche Erscheinung sei, um sie auf den Pfad des rechten Glaubens zu lenken, oder gar der Teufel selbst, der ihnen in jener verführerischen Gestalt erschien, um ihnen ein für allemal die verdiente Strafe für ihre wiederholte Sodomie zu erteilen; und ohne sich zu versehen, ergriffen sie hastig ihre Pilgerstäbe, ihre Kleider und nahmen die Beine in die Hand, wobei sie die Jungfrau beschämt im Hemd und so jungfräulich wie zuvor, als sie ihrem Elternhaus entflohen war, zurückließen.

Kaum tagte der Morgen, als die schlechtberatene Jungfrau sich erneut auf den Weg machte. Doch da sie sich besann, wie hinderlich und wenig vorteilhaft ihr die unziemliche Männertracht gewesen war, beschloß sie, sich ihrer zu entledigen und ihren Weg so, wie sie war, fortzusetzen, den zarten weißen Körper nur mit dem Hemd bedeckt und mit gelöstem Haar, das sich über die Schultern ergoß und der aufgehenden Sonne ihren golden schimmernden Glanz streitig machte. Um die niederen Begierden anzustacheln, faßte sie darüber hinaus den Entschluß, sie wolle barfuß weiterziehen, auf daß der Anblick ihrer zierlichen Füße – die wahrlich wie gepreßter Schnee anmuteten – noch mehr als der des Haares das Verlangen der Wanderer hervorrufe. So setzte sie denn bloßen Fußes, mit offenem Haar und nur im Hemd ihren Weg auf der Landstraße gen Hof fort.

Sie war noch nicht allzuweit gewandert, als zu ihrer Freude ein Schafhirte des Weges kam, der seine Schafe, nachdem er sie den Sommer über in den hohen Bergen Leóns gehütet hatte, nun auf das ebene Land Kastiliens hinabführte. Die törichte Jungfrau gesellte sich ihm zur Seite mit der festen Absicht, nun ihre Keuschheit durch einen einfachen Bauern zu verlieren, wenn es ihr mit den Pilgern schon nicht gelungen war.

Kaum erschien die Jungfrau vor den entsetzten Augen des

Hirten, als dieser auch schon ihr zu Füßen auf die Knie niederfiel und folgende Rede an sie hielt, welche sie arg befremdete, ja höchst nachdenklich stimmte: »Oh, allmächtige Herrin«, hub der Hirt an, »wie recht sprach doch unser lieber Herr Pfarrer dort in meinem Dorf mit seiner so häufig wiederholten Predigt. Denn ich als armer Bauer bin ein wackerer und überdies alteingesessener Christ, ohne Mauren oder Juden in der Linie meiner Vorfahren, und ich habe stets Sorge getragen, jeden Abend ein Ave Maria an Euch zu richten, sowie ein weiteres beim Aufstehen. Nun sehe ich, wie erfolgreich jenes Gebet war, denn es trug mir, Eurem ergebenen Knecht, ein, daß Ihr geruht, ihn aufzusuchen und ihm unterwegs zu erscheinen, um ihm die höchste Gunst zu bezeugen. Nichts erbitte ich für mich, Herrin, sondern allein für meine armen Kinder und mein rechtschaffenes Weib, zu dessen Unterhalt der bescheidene Lohn, den mir das Hüten dieser Schafe einbringt, nicht langt. Und so bitte ich Euch denn nicht, daß Ihr Eure Gunst mir erweist, Herrin, sondern Eure Gnade allein über meine Söhne walten laßt.«

»Ich werde mich dir gegenüber freundlich erweisen«, erwiderte die Jungfrau, »und darüber hinaus auch deinen Söhnen, denn deine Großmut hat nichts Geringeres verdient. So auf denn, führe mich vor diese deine Söhne, damit ich ihnen meine üppigen Gaben darbiete, denn nichts anderes ist mein Wille.«

»Herrin, meine Söhne befinden sich an einem Fleck in León, wo ich herstamme, und so kann ich Euch nicht zu ihnen bringen; doch werde ich sie Euch beschreiben, ohne auch nur das geringste Detail auszulassen, damit es Euch scheine, sie leibhaftig vor Euren Augen zu haben: Sieben sind es an der Zahl, im Alter zwischen zehn Jahren und wenigen Monaten. Alle gehen nach mir (wie wäre es auch anders zu erwarten bei der Ehre meiner besseren Hälfte), die gleichen widerborstigen Haare, die gleichen Säbelbeine, und selbst mit ihrem Mund, den sie vom Pfeifen, um die Schafe zusammenzuhalten, ein wenig schief tragen, sehen sie mir ähnlich, denn, wie es scheint, ererbt man den Beruf allein mit dem Blut.«

»Da verlangst du von mir gewiß keine Kleinigkeit, trefflicher Hirte«, erwiderte die Jungfrau, »denn nie kam mir in den Sinn, ich müßte mit Kindern sündigen. Doch vielleicht ist dies der beste Weg in mein Verderben. Zunächst freilich will ich zu deinem Vergnügen dir zu Willen sein, später werde ich mich dann freudig zu deinen Söhnen begeben, mögen sie auch in ihrem zarten Alter für mein Vorhaben ein wenig jung erscheinen. Sieh nur meine keck aufgerichteten Brüstchen, die das Hemd aus feinem flandrischen Linnen schier zu sprengen drohen: in Erwartung, daß du dich an ihnen ergötzest und der erste seist, also zu tun; sieh nur den goldenen Schimmer meines Haares, das du als erster zerwühlen und in Unordnung bringen sollst; sieh nur meine weißen Füßchen, wie sie sich gegen das saftige Grün, die Rauheit des Wegs abheben; mein Bauch ist eine Kriegstrommel, in deren Mitte ein goldenes Knöpfchen angebracht ist; und nichts will ich sagen von den verborgeneren Vorzügen: Du selbst sollst erkunden, wie man das Korn auf diesem Felde mäht.«

»Herrin, ich verstehe Euch nicht«, warf der Hirte ein, »kaum dürfte es sich schicken, daß die Jungfrau vom Stern, die mir leibhaftig des Weges erscheint (denn, bin ich ehrlich, seht Ihr genauso aus wie auf dem Altarbild der Kirche in meinem Dorf, erkannte ich Euch doch sogleich an dem goldenen Haar, den lieblichen und sanften Zügen sowie dem weißen Gewande), von Dingen spricht, die nicht eben ruchbar, geschweige denn der Heiligkeit Eurer Person so recht würdig erscheinen.«

»Sterblich bin ich, nicht die Jungfrau vom Stern. Sterblich bin ich«, verkündete die Jungfrau aufgebracht, »und noch dazu ein sündiges Frauenzimmer, von der Art derer, die umherziehen, um sich den Reisenden anzudingen. Und dir zeige ich mich willfährig, auf daß du dich an mir in unzüchtiger Manier ergötzest.«

»Wahrlich, sie ist des Teufels«, rief der Bauer aus, »und noch dazu von der übelsten Sorte. Mit Recht warnte uns der heilige Pfarrer meines Dorfes vor den Gefahren, denen wir uns unterwegs aussetzen! Führt der Teufel doch geradewegs jeden in Versuchung, verfolgt ihn und scheut nicht einmal davor zurück, in die Gestalt der Jungfrau vom Stern zu fahren, um so die arglosen Bauern zur Sünde zu verleiten. Vade retro, Satan! 'n nomine patri 't fili 't Spiritusanti!«

Unterdessen, während der Hirte noch so in der Luft herumfuchtelte, um den Satan zu beschwören, und das Zeichen des Kreuzes machte, trieb er seine Hunde und die Herde an und verschwand auf Teufel komm raus.

Vollends entmutigt blieb die Jungfrau nach diesem erneuten Fehlschlag zurück. Da mußte sie einsehen, wie sehr die heiligen Sünderinnen zu achten seien, über deren Leben sie gelesen hatte, und auf welch törichte und vermessene Art und Weise sie sich für fähig erachtet hatte, es ihrem Leben, ihren fürchterlichen Sünden beim erstbesten Male gleichzutun; es deuchte sie, die Sünde sei wahrlich kein Kinderspiel und sie besitze, kindisch wie sie war, für das lasterhafte Leben nicht die nötige Erfahrung. Da sie freilich fest entschlossen war, jenen nachzueifern, besann sie sich darauf, sie wolle ihre Schritte unverzüglich zu einer beliebigen Hafenstadt an der Küste lenken, denn dort schienen ihr die ruchlosen Sitten vortrefflicher zu gedeihen als in in den nüchternen Städten Kastiliens. Da ihr freilich der berüchtigte Hafen Sevillas für ihre weißen und zarten Füße zu fern schien, machte sie sich kurzerhand auf den Weg nach Valencia, einer Stadt, die, wenngleich nicht so verrufen wie jene, die der Guadalquivir umspült, doch zu-

mindest ob ihrer Heiterkeit, ihres Reichtums und ihrer Zügellosigkeit gerühmt wurde.
So erreichte denn die Jungfrau die muntere Stadt Valencia, ohne daß ihr des Wegs etwas Erwähnenswertes widerfahren wäre, lag es nun daran, daß ihr nur wenige Reisende begegneten oder daran, daß die, die ihr entgegenkamen, wackere und gute Christen waren – denn alles ist möglich – und daß diese sich ihrer Schönheit nebst ihrer spärlichen Kleidung erbarmten und ihr in ihrer Bedürftigkeit beistanden, statt aus ihrer Not einen Nutzen zu ziehen.
Kaum wurde sie der gewaltigen Stadtmauern mit ihren berühmten Türmen und Palästen gewahr, als die Jungfrau sich auch schon bis an ihre Grenzen erschöpft fühlte und keinen weiteren Schritt zu tun vermochte. Daher beschloß sie, Zuflucht an einem nahen Strand zu suchen, der am Rande von Valencia lag und den Namen Malvarrosa trug, um dort ein Weilchen zu ruhen, bevor sie die Stadt ihrer Sünden betreten wollte, um mit dem verdienten Schlaf ihre vom Ungemach des Weges leicht verblaßte und mißhandelte Schönheit wiederherzustellen.
Noch lag das unglückliche Mädchen darnieder, als das Geschrei von Leuten, die in einer, wie sie wähnte, barbarischen Sprache kreischten und krakeelten, sie hochschreckte. Wahrhaftig sah sie, als sie die Augen aufschlug, nicht unweit von der Küste eine schmucke berberische Galeere sowie zwanzig oder dreißig Mauren, die in einem leichten Beiboot an den Strand gerudert waren und sie nun umringten. Ohne daß ihr Zeit blieb, sich zu rühren oder gar sich zu erheben, fielen diese über sie her, hoben sie geschwind hoch, schafften sie in Windeseile in das Boot und dann auf die Galeere, die sogleich mit der Kraft unglückseliger Christenarme in See stach.
Die Mauren führten ihre Beute vor den Kapitän und Anführer, einen äußerst wohlgestalten Piratenjüngling aus Algier

und Prinz unter seinen Landsleuten, von hübscher, anmutiger Erscheinung, mit weißer Haut, blondem Haar und goldenem Bart – was unter Seinesgleichen als Seltenheit geschätzt wurde, da die Mauren in der Mehrzahl dunkel zu sein pflegen –, von stattlichem Wuchs, wenngleich er nach Türkenart in reichlich Seide und Taft gehüllt war, sowie von manch anderen gar trefflichen Vorzügen. Als er seine liebreizende Gefangene erblickte und ihrer seltenen, ungewöhnlichen Schönheit gewahr wurde, der weder die Unbill des Wegs noch der Schreck der Entführung etwas hatte anhaben können, überkam ihn unverhofft das Gefühl einer überaus reinen und glühenden Liebe, denn der Knabe mit den verbundenen Augen schießt seine Pfeile gleichermaßen auf Mauren wie auf Christen ab, und die Wunden seiner flammenden Geschosse glätten das Unebene, wölben das Glatte, ebnen ungleiche Eigenarten.

Nicht weniger die Schönheit der Gefangenen als die Heftigkeit seiner Liebesanwandlung versetzten den Mauren in äußerstes Erstaunen, und so verharrte er eine geraume Weile, ohne ein Wort zu sagen. In ähnlicher Weise erging es der Jungfrau, die gerade zur rechten Zeit ihr schändliches sowie frommes Vorhaben vergaß und es nicht länger den heiligen Sünderinnen, sondern vielmehr den demütigen Sklavinnen gleichzutun begehrte, sollte denn jener ihr Herr sein.

»Schöne Unbekannte«, begann der Maure, der mit Namen Muley Ibrahim hieß, »fürchte nicht die geringste Unbill von diesen wackeren Leuten, denn sie alle stehen unter meinem Befehl und achten mich als ihren Anführer und Herrn, so daß keiner von ihnen es ohne meine Erlaubnis und ohne mein Einverständnis wagen würde, dir auch nur ein einziges deiner golden schimmernden Haare zu krümmen. Und was mich anbetrifft, so gräme dich nicht, denn die Macht deiner unermeßlichen, einzigartigen Schönheit hat mich

solchermaßen bezähmt, daß ich der Gefangene, der Sklave bin, der dir jeden Tag meines Lebens zu dienen hat.«
Indes er dies sagte, fiel der schöne Jüngling der Jungfrau zu Füßen und umfaßte ihre Knie, als trachte er, ihr Wohlwollen und ihre Gnade zu erflehen, wobei er sich anschickte, gar viele Tränen der Liebe zu vergießen. Worauf die Jungfrau, als sie dies gewahr wurde, anhub: »Auch ich bin deine Sklavin und Gefangene, auf daß ich dir zu Diensten sei alle Tage meines Lebens, denn mich hat der gleiche Knabe besiegt, der gleiche zarte kleine Gott in seine Gewalt gebracht. Daher vermöchte ich nicht weiter unter den Lebenden zu weilen, dürfte ich nicht auf ewig deine Dienerin sein.«
Derweil sie dies sagte, hob sie den schönen Jüngling empor und begann, ihn mit gar vielen, überaus zärtlichen Küssen zu bedecken, dabei fuhr sie ihm sanft durch das Haar und den Bart, streichelte und liebkoste ihm die kräftigen Arme, die mutige Brust und die starken Schultern mit der Sanftheit ihrer zarten Hände, bis er sie mit der Leichtigkeit, die ihm seine außerordentliche Kraft verlieh, zu einem prächtigen, bequemen Lager trug, wo er als Hauptmann und Anführer jener Piratentruppe zu ruhen pflegte; und dort, zwischen seidenen Laken und Kissen einer türkischen Ruhestatt, setzten sie ihre Spiele und Liebkosungen bis in die tiefe Nacht hinein fort. Dort erzählte die Jungfrau ihm ihre einzigartige und wundersame Geschichte: Daß sie Doña Clara de Bracamonte heiße, Tochter ehrbarer Eltern aus einem Ort in Extremadura sei und wie die Lektüre von Heiligenlegenden ihre Phantasie mit der besagten Torheit infizierte, daß sie gleichwohl von Stund an für immer von ihrem törichten Begehren ablassen und wieder Vernunft annehmen wolle, und sie versprach, ja schwor, sich fürderhin dem ehrbaren Leben und der Freundschaft mit dem kriegerischen Jüngling hinzugeben, ohne jemals von ihm zu lassen oder die zärtlichen Plaudereien mit ihm zu bereuen.

Nichts anderes versprach auch der Korsar, als im selben Augenblick der Wachtposten kundtat, man gelange an Algiers Küste. Dort stellte Muley Ibrahim, als die Barbarentruppe und mit ihr der Hauptmann von Schiff gegangen waren, die freiwillige Gefangene seinen Eltern vor; diese aber nannte sich, nachdem sie sich zum Glauben ihres Gatten bekehrt hatte, fortan Zoraida und vergaß auf ewig ihre einst ersehnten Unkeuschheiten nebst der Reue und erfreute sich noch viele Jahre lang der Liebesleidenschaft und genoß das süße Leben, das ihr der so überaus geliebte und anmutige Piratenhauptmann bescherte.

ANTONIO MUÑOZ MOLINA

EINE UNMÖGLICHE LIEBE

Wenn ganz langsam die Musik anfängt zu spielen und sie die Arme ausstreckt, um mich zu sich zu rufen, tue ich immer so, als merkte ich es nicht, bleibe zwischen den Vorhängen der Tür in jenem lächerlichen Slip stehen, den sie selbst ausgesucht hat, nicht mehr als ein rotes, glänzendes Dreieck, das hinten von einer goldenen Schnur gehalten wird, die sie dann kniend löst, wobei sie meine Taille umfaßt und sich langsam vom Boden erhebt, als wäre sie voller Begierde, doch ist dies eine Lüge, und ich weiß es, sie sieht mir nicht einmal in die Augen, vielleicht weil sie sich tief in ihrem Inneren davor ekelt, mich zu sehen, oder damit ich das ganze Ausmaß ihrer Kälte nicht bemerke, und sie sagt nie etwas, sie keucht, ja, aber sie sagt nichts, und ich weiß, daß auch dieses Keuchen eine Lüge ist, die Art, den Mund zu öffnen, gleichzeitig fest die Augen zu schließen und mit ihren so langen Fingernägeln leicht meine Seiten zu streifen, mit ihren ausgestreckten Händen, die in der Luft Bewegungen vollführen, als tanzte sie einen dieser hinduistischen Tänze.

Bevor ich durch den Vorhang trete und mich ihr nähere, schaue ich sie einen Augenblick lang an, sehe, mit welcher Langsamkeit und Überlegung sie sich entkleidet, die Augen halb geschlossen, der Gesichtsausdruck leer, sich entkleidet, als zöge sie eine Uniform an, und ich sehe ihr zu und kann jede ihrer Gesten vorhersagen, eine Sekunde, bevor sie sich ereignen, und erschaudere vor Scham und Begierde, wenn sie ihr Gesicht dahin wendet, wo ich stehe, noch verborgen, ich, der ich schon bereit bin, der ich das Schlagen meines Herzens bemerke, das Zittern meiner Hände, das Schwindelgefühl, das von den Leisten zum Magen aufsteigt, als würde ich gleich ohnmächtig niederstürzen. Es ist immer heiß, sehr heiß, es herrscht eine ungesunde Temperatur, wie von einem kranken Körper, von einer Luft, die viele ebenso offene und gierige Münder wie der meine geatmet haben, die Luft riecht nach Schweiß oder nach fiebrigen Körpern, die sich im Dunkeln bewegen, aber meine Hände sind immer kalt, ich schließe sie, grabe mir die Nägel in die Handflächen und spüre die eisigen Finger, und das macht ihre Haut noch wärmer, wenn ich mich schließlich nähere und sie berühre, wenn ich sie umarme, noch ohne mich an sie zu pressen, an ihre Brüste, die sich später, wenn ich liege, an meine Schenkel drücken werden...

Ich würde Halbdunkel und Stille vorziehen: sie verlangt das grelle Licht und diese anschwellende Musik, die wie der Herzschlag eines großen weichen Tieres ist. Alles, was von dem Augenblick an geschieht, da ich mich ihrem beweglichen, weißen Körper nähere, weißer noch unter dem gleichmäßig harten Licht, auf dem roten Teppich und dem roten Laken, welches das Bett bedeckt, unterliegt festen, von Verpflichtung und Tabu diktierten Regeln, und wenn ich mich anfangs, als ich jünger war und noch Würde besaß, heimlich dagegen auflehnte, so befolge ich sie heute mit der andächtigen Genauigkeit eines Fanatikers, sind sie zu den unveränderlichen Ritualen einer Liebe geworden, die mich um so gefügiger macht, als ich weiß, wie unmöglich sie ist. Ich nehme hin, daß sie mich, wenn ich ankomme, nur mit den geschminkten Lippen anlächelt, ich ziehe die Lüge der Einsamkeit vor, ich trete ein und weiß, daß sie schon da ist, ich öffne die Tür zum Badezimmer und sehe ihr Haar und ihren nackten Rücken und sehe mich selbst im Spiegel, wo

ich ihr mit einer steifen Lässigkeit, die sie nicht täuschen kann, hallo sage und so tue, als wäre ihre Anwesenheit hier schon eine Gewohnheit, die mir nichts mehr bedeutet, die morgen vorbei sein könnte, ohne daß es mir wehtun würde. Und es ist wahr, daß ich mir häufig, während ich mir die Zeit vorher mit einem Gläschen und Zigaretten unten in der Bar vertreibe, denn ich komme immer zu früh, daß ich mir also geschworen habe, kehrtzumachen, anstatt hineinzugehen und weiterhin die kalten Gesetze der Verzweiflung zu befolgen, in ein Taxi zu steigen und sie nie wiederzusehen, doch habe ich nicht zuwenig Willenskraft, ich habe gar keine, auch keine Würde, überhaupt nichts, nichts als die Gewißheit zu sterben oder mich zu verlieren, wenn ich sie nicht sogleich sehe, und dann ist die sichere Tatsache, daß sie vor mir stehen wird, sobald ich die paar Stufen hinaufgegangen bin und eine Tür geöffnet habe, wie die Bestätigung eines Privilegs, das man mir um ein Haar entrissen hätte, und nur der Gedanke macht mir jetzt noch angst, daß sie aus irgendeinem Grund nicht gekommen ist, sie, der ich fünf Minuten vorher geschworen hatte, sie nie wiederzusehen. Also beeile ich mich und überquere die Straße unter dem Hupen der Autos, denn wenn ich stehenbliebe, um auf das grüne Licht der Ampel zu warten, könnte ich sie für immer verlieren, und ich atme nicht mehr ruhig, bis ich in das Badezimmer hineinschaue und sie von hinten sehe, wie sie sich schminkt, und ich sage hallo wie zu jemandem, dessen Gegenwart mir nicht viel bedeutet, denn ich stelle mir vor, daß ich nur, wenn ich ihr meine Liebe nicht zu sehr zeige, Gelegenheit haben könnte, die ihre zu verdienen.
Einmal wandte sie sich, als ich hineinkam, nicht mit jener Geste nach mir um, die sie immer macht, als wolle sie mein wahres Gesicht mit dem vergleichen, das sie im Spiegel sieht, sie hielt den Kopf gesenkt und stand mit weit gespreizten Schenkeln da, und ihr Haar, sie trug es damals sehr

lang, bedeckte fast ihre Brüste. Ihre rechte Hand war zwischen den Schenkeln verborgen und bewegte sich ein wenig, ich hörte, ohne etwas zu begreifen, das kurze, schnelle Geräusch einer Schere, und erst als sie die Hand hob und mir darin ein paar dunkle Locken zeigte, um sie dann in den Aschenbecher zu legen, wußte ich, was sie machte, und die Begierde lähmte mich wie ein Schmerz, der tötet, ließ mich auf die Finger starren, die jene winzige, glänzende Locke zerbröselten, sie auflösten wie zerriebene grobe Salzkörner im Wasser.

Jetzt macht sie das fast jeden Tag, damit nichts verborgen bleibt, wie sie mir sagt, und dann leert sie den Aschenbecher, betrachtet sich lange, noch ohne die Schenkel zu schließen, und bittet mich, sie alleinzulassen, noch sei es nicht soweit, und ihr Blick wandert, bevor ich gehe, von meinem Gesicht zu meinem Bauch hinunter, als wolle er genau die unmittelbare Wirkung ihrer Nähe prüfen, ganz desinteressiert natürlich, ohne die hypnotische Starrheit, die sie später vorspielen wird, viel eher, als erprobte sie mit einem einfachen Versuch die Fügsamkeit eines Tieres. Ich gehe hinaus, rauche, entkleide mich allein, betrachte diesen Körper, den sie nicht begehrt, wie eine Schmach und rücke den Slip eines infamen Tänzers zurecht, ohne den Knoten zu fest zu ziehen, damit sie ihn nachher mit der Leichtigkeit einer langsamen Liebkosung lösen kann. Ich erwarte sie hinter den dichten Vorhängen, die Musik spielt schon, als sie hereinkommt, zu dem Bett tritt und sich zu entkleiden beginnt, wobei sie so tut, als wisse sie nicht, daß ich ihr zusehe, sie beobachte, auf dieses winzige Zeichen warte, zu ihr zu gehen, das längst nicht mehr notwendig ist, da ich ihre Gesten alle auswendig kenne und mit geschlossenen Augen zu erraten vermöchte, welches Kleidungsstück sie gerade auszieht, und das genaue Geräusch erkennen kann, mit dem jedes einzelne ihre Haut streift.

Wenn ihre Brüste nackt sind und frei, erzittern sie wie unter einem Schauer, und sie nimmt sie in beide Hände, hebt sie an und streckt sich langsam auf dem roten Laken aus, wobei sie die Knie mit der gleichen Langsamkeit spreizt. Sie bäumt sich dann wie in den Zuckungen eines schlechten Traums auf, ich höre sie mit halb geöffneten Mund unter dem Haar atmen, das ihr Gesicht bedeckt, sie schließt und spreizt die Schenkel und hebt sie dann, auf den Rücken gestützt, um sich ganz auszuziehen, und dieses letzte, rosa Kleidungsstück, das sie in die Luft wirft, fällt genau vor meine Füße, es ist das Zeichen, der Ruf. Ich gehorche langsam und linkisch, trete hervor, als käme ich in ein Hotelzimmer, das ich für leer hielt, dann sehe ich sie, wie sie flach ausgestreckt daliegt, sich erhebt, kommt, das Haar zur Seite streicht, wenn sie sich vor mir niederkniet und die andere Hand nach meiner Taille ausstreckt. Um mich ganz auszuziehen, spielt sie die Gierige, Ungeschickte, und ich verharre reglos, gleichbleibend aufrecht wie eine Statue, zu deren Füßen ein verworrener Gottesdienst abgehalten wird. Ich lege eine Hand auf ihren Kopf und ziehe sie mit einer Art rüdem Wohlwollen an mich, und ich frage mich, welchen Ausdruck ihr Gesicht gerade jetzt haben mag, ob sie die Augen geschlossen hat, ob die Gier echt ist, mit der ihre Lippen sich vortasten, jetzt, nachdem sie das Haar erneut zurückgestrichen hat und den Kopf auf und ab bewegt, als sage sie wie rasend ja.
Ich bemerke genau jetzt, wie einfach es wäre, sich jenem letzten Augenblick hinzugeben, den sie erbittet und hinausschiebt, den sie durch abruptes Fliehen und wieder Zurückkommen verzögert. Sie wirft sich nach hinten, sieht mich an, ihr Mund ist feucht und das Kinn lippenstiftverschmiert, immer noch kniend beugt sie sich zurück, bis ihre Mähne den Boden berührt, und verlangt mit ausgestreckten Händen nach mir, streckt sich ganz aus, als ich mich über sie beuge und sehe, daß ihre Augen an die Decke starren, nicht

verloren, sondern angespannt und wach bis zur Schmerzgrenze wie jeder ihrer Muskeln, wie ihre langen Finger mit den roten Nägeln, die in der Luft zittern. Jetzt beißt sie die Zähne zusammen, und in dem schroffen Ausdruck ihres Mundes liegt weder Barmherzigkeit noch Begierde, aber es ist gleich, lieber will ich sie so, ohne Aufschub noch Zärtlichkeit, sich darbietend und unerreichbar, weiß und mit beiden Händen sich öffnend, unter diesem klinischen Licht, wie sie mich schweigend ruft, indem sie die Beine hebt, um mich mit ihnen zu umfangen und zu verlangen, daß ich sie ansehe und ihr den Mund wie ein Durstiger nähere, der gezwungen wird, mit gefesselten Händen zu trinken. Wenn ich sie, mein Gesicht zwischen ihren Schenkeln gefangen, voll Heftigkeit küsse, bewegt eine langsame Konvulsion ihren Bauch und ihre Hüften, und jetzt, wo alles mir gleich wird, ist es echt, jetzt, wo ich die Lüge als eine Gnadenfrist annehme, die nie enden wird, da für eine halbe Minute – niemals eine Sekunde länger – die Zeit und meine Eifersucht erlöschen.
Dann beginnen wir ein atemloses Spiel animalischer Metamorphosen: auf das innigste mit ihr verbunden, glänzend vor Schweiß beide, in gewagten, fiebrigen Verrenkungen, ich bin ein Hund, eine Schlange, ein Stier, ein Affe, der sie umspringt und stöhnend die Zähne bleckt, ich bin kein Mensch mehr, habe keinen Namen und will nie wieder einen haben, endlich bin ich im sicheren Hafen, und weder die Einsamkeit noch die Liebe können mich treffen. Unermüdlich, unbesiegt, strahlend und dunkel wie ein Kämpfer löse ich mich von ihr, richte mich langsam auf, und sie folgt mir auf ihren Knien, und dann, wenn die anschwellende Gewalt der Musik mir in den Ohren pocht, wie auch im Magen, und unausweichlich das Finale ankündigt, wenn ich weiß, daß es nun sinnlos ist, weiter mit geschlossenen Augen die Auflösung von allem hinauszuzögern, und sie öffne und ihr

ins Gesicht schaue, dann sehe ich blitzschnelle rote und blaue Punkte vor mir durcheinanderwirbeln, und ich sehe ihre gleichgültigen müden Augen und erfahre erneut mit einem Schmerz, der so derb ist wie der eines Fußtritts, daß sie sich nie in mich verlieben wird, daß sie, wenn im Saale die Lichter angehen und der Beifall dieser düsteren Leute ertönt, die uns zuschauen, durch die roten Vorhänge hinausgehen und wieder eine Fremde sein wird, die sich duscht und dann anzieht, als legte sie eine Uniform ab, sobald sie ihre Arbeit beendet.

JAVIER TOMEO

DIE KURZSICHTIGE

Frühlingsmorgen in dem abgelegensten Winkel des Oeste-Parks. Das Mädchen schreitet langsam zwischen den eben erblühten Rosen voran – ihre Hinterbacken ahmen in irdischem Maßstab die Bewegung der Planeten nach – und setzt sich auf dieselbe Bank wie jeden Tag. Nach fünf Minuten setze ich mich neben sie, an das andere Ende der Bank, und eine ordentliche Weile lang bewundere ich sie schweigend. Ich halte die aufgeschlagene Zeitung eine Handbreit vor meiner Nase, aber sie weiß genau, daß ich nicht lese. Es ist eine aufregende Frau, so wie sie vor dem Krieg waren, stupsnasig genug, um annehmen zu können, daß ihre Tugend durchaus nicht unbezwingbar ist. Sie verschanzt sich hinter einer starken Brille und strickt lustlos, als kümmere sie es einen feuchten Schmutz, was sie tut. Sie bewegt die Nadel ungeschickt, und ab und zu, mit verdächtiger Häufigkeit, hebt sie den Blick, um mit verzücktem Gesichtsausdruck die Statue zu betrachten, die vor ihr in der Mitte des Rosengartens steht.

»Verzeihen Sie, mein Fräulein«, sage ich endlich zu ihr, »aber Sie werden sich fragen, warum ich mich jeden Morgen neben Sie setze. Ich möchte nicht, daß Sie etwas Schlechtes denken. Tatsächlich bin ich auch ein großer Freund der Handarbeiten, und mir scheint, was Sie da stricken, ist ein Pullover im Perlmuster mit Zopf.«

»Sie haben richtig geraten«, säuselt das Mädchen und deutet ein Lächeln an.

»Ich vermute, daß dieser Zopf senkrecht über das Vorderteil verläuft«, wage ich mich weiter vor.
»Sie vermuten recht«, antwortet sie und öffnet sich mit sämtlichen Poren ihrer Haut meiner schönen Baritonstimme.
»Mir scheint«, fahre ich fort, »daß dieser Pullover Ihnen etwas eng sein wird, aber Sie könnten ihn ja perfekt mit einem Paar ziemlich knapp sitzender Jeanshosen kombinieren.«
»Ich trage nie Blue Jeans«, stellt sie klar, noch ohne sich zu trauen, mir zu weit entgegenzukommen.
»Warum?« frage ich sie und starre mit feurigem Blick auf ihre Knie. »Erscheinen sie Ihnen zu unanständig? Mögen Sie lieber solche Faltenröckchen wie das, was Sie jetzt anhaben?«
Sie bewegt den Kopf mit einer vagen Gebärde, die sowohl das eine wie auch das andere bedeuten kann.
»Um auf die Pullover zurückzukommen«, fahre ich fort, »muß ich Ihnen gestehen, daß ich eine besondere Schwäche für diese jungen Dinger habe, die Pullover mit Lochmuster aus ganz weicher Wolle tragen. Ich finde sie entzückend.«
»Gewiß«, sagt sie sanft, ohne mit dem Lächeln aufzuhören.
»Nun denn«, seufze ich, während ich mir mit der rechten Hand an die Genitalien fasse. »Jeder hat seine Vorlieben. Sie müssen doch auch die Ihren haben.«
»Das wäre ja noch schöner!« murmelt sie und hebt ihren Blick zu der Statue.
»Was die Handarbeiten angeht«, erkläre ich ihr, »ist mir zum Beispiel die russische Masche am liebsten. Können Sie die russische Masche? Das ist nicht schwer. Man muß nur die Häkelnadel über der Luftmaschenreihe durch die mittlere Masche ziehen, die Nadel in das erste Loch auf der rechten Seite stechen, sie zwei Reihen tiefer durch die mittlere Masche ziehen, dann zwei Durchgänge in der Gegenrichtung machen, und immer so weiter.«

»Die Bewegungen Ihrer Nadel kommen mir ziemlich verdächtig vor«, meint sie.
Ich habe kein Interesse daran, das Wild vorzeitig zu verschrecken, und kehre zu einer behutsameren Taktik zurück. Ich nehme die Hand zwischen meinen Beinen nicht fort, aber ich bemühe mich, sie mit der Zeitung zu tarnen. Sie strickt schweigend weiter, und mit der Präzision eines Metronoms starrt sie weiterhin immer wieder auf den Unterleib der Statue. Nach zehn Minuten habe ich endlich genügend Mut gefaßt, um ihr deutlich zu verstehen zu geben, was meine wahren Absichten sind. Ich lege mich mit dem Rücken gegen die Lehne der Bank, spreize im Takt die Beine, lege die Zeitung beiseite und fange an, obszön durch die Nase zu atmen.
»Warum sagen Sie mir nicht ein für allemal, was Sie wollen?« fragt sie mich, wendet mir das Gesicht zu und visiert mich mit den dicken Gläsern ihrer Brille an.
»Sie wissen ganz genau, was ich will, mein Fräulein«, sage ich zu ihr. »Seit vier Tagen setze ich mich auf dieser Bank neben Sie, nur um die Schönheit Ihres Profils zu bewundern.«
»Finden Sie wirklich, daß ich ein hübsches Profil habe?« will sie wissen und läßt ihre Nadeln endlich Nadeln sein.
»Wie das einer Göttin«, antworte ich. »Manch einer mag Sie als stupsnasig bezeichnen, aber ich finde, daß diese Stupsnase Sie, anstatt Sie zu verunstalten, nur noch appetitlicher macht. Dieses Erbsennäschen scheint mir ein Element höchster Zartheit, eine süße Herausforderung für jedes verliebte Gebiß.«
»Und Sie?« fragt sie mich und blinzelt hinter ihren Gläsern. »Wie sehen Sie aus?«
Sie umfaßt mich mit einem vagen Blick, so als ob sie mich wirklich nicht klar erkennen könnte. Ich finde, daß der Moment gekommen ist, ihr zu sagen, daß sie mich nicht an der Nase herumführen kann.

»Sie, mein Fräulein, können mich vortrefflich sehen. Ihre Kurzsichtigkeit ist gespielt. Das habe ich gleich am ersten Tag gemerkt. Sie tragen eine Brille mit ungeschliffenen Gläsern.«

»Wie können Sie denken, ich wäre nicht kurzsichtig?« ruft sie überrascht aus.

»Ich habe drei gewichtige Gründe, das zu vermuten«, erkläre ich ihr. »Erster Grund: Sie stricken ungeschickt. Ihre Finger bewegen sich nicht mit der Geschmeidigkeit und dem Geschick, mit der diejenigen sie zu bewegen pflegen, die an starker Kurzsichtigkeit leiden und wegen dieses Umstandes genötigt sind, sich andauernd der Hände und des Tastsinns zu bedienen. Zweiter Grund: Sie tragen da (und verzeihen Sie, daß ich so explizit werde) ein Paar epochaler Brüste zur Schau, wie sie für eine wirklich Kurzsichtige unpassend sind. Und dritter Grund (der wichtigste von allen): Sie setzen sich immer vor die Statue dieses Apolls. Jeden Morgen tun Sie das gleiche. In diesem Park gibt es noch einhundert andere Bänke, aber Sie bevorzugen ausgerechnet diese. Und so sehr Sie auch die Richtung Ihres Blickes zu verschleiern trachten, nehmen Sie doch ab und zu den Blick von den Nadeln und lassen ihn voll Wonne auf dem Unterleib des Gottes ruhen. Sie sollten sehen, wie dann Ihre Nasenflügel beben.«

Als ich ihr all dies gesagt habe, ist sie schon bis an die Haarwurzeln errötet.

»Mich täuschen Sie also nicht, mein Fräulein«, sage ich weiter zu ihr. »Sie sind, wie so viele andere Frauen in diesem Lande, voll unterdrückter Hitze.«

»Was verstehen Sie unter Hitze?« fragt sie nach; sie versucht immer noch, das Gespräch in eine andere Richtung zu lenken.

»Ich verstehe darunter, was ich eben darunter verstehe«, antworte ich, ohne die Hand zwischen meinen Beinen fort-

zunehmen, aber ein wenig besorgt wegen des Resultats. »Und wenn Sie vorziehen, daß ich es Ihnen auf andere Art sage, dann sage ich Ihnen, daß Sie wie noch so viele Ihrer Gefährtinnen Opfer einer beklagenswerten sexuellen Unterdrückung sind. Sie wollen sich nicht vollkommen blind stellen, weil Ihnen das zu beschwerlich wäre. Aber seit Jahren schon (vielleicht seit Ihrer ersten Menstruation) tun Sie so, als wären Sie kurzsichtig, um ungestraft all das betrachten zu können, worauf Sie Lust haben, ohne Furcht, daß man Sie daraufhin als unmoralisch tadelt. Die Leute haben Mitleid mit Ihnen, weil sie denken, Sie wären nicht imstande zu erkennen, was sich eine Handbreit vor Ihrer Nase befindet, aber wahr ist, mein liebes Fräulein, daß Sie sich daran ergötzen, heimlich all das zu betrachten, was es an Sündhaftem um Sie herum gibt.«
Sie nimmt endlich die Brille ab, und ich sehe mich dem schönsten Paar Augen gegenüber, das ich im Leben je zu Gesicht bekommen habe.
»Endlich ist man mir auf die Schliche gekommen«, flüstert sie, aber ohne den Blick zu senken. »Es mußte ja eines Tages geschehen.«
»Dann geben Sie mir auf der Stelle Ihre Nase«, bitte ich sie, plötzlich durch ihr Bekenntnis erregt. »Geben Sie mir Ihr Erbsennäschen, und wir werden zusammen den köstlichsten kleinen Eintopf zum Kochen bringen, den Sie in Ihrem Leben je probiert haben.«
»Sie sind mir vielleicht ein Spitzbube«, murmelt sie.
»Ja, ja, meine süße Messalina!« bricht es aus mir heraus, und ich streife mir im Handumdrehen die Hosen herunter. »Vergessen Sie endlich die Statue und überlassen Sie sich diesem Priapus aus Fleisch und Blut, der seit fünf Nächten nicht mehr schläft, weil er an Sie denkt!«
Ich sehe sie mit halbgeöffneten Lippen zart lächeln. Ich stürze mich auf sie, und die ersten Seufzer werden laut.

»Nachher denken Sie noch, ich wäre irgendeine X-beliebige«, stöhnt sie, ganz meinem Überschwang hingegeben. Und in diesem Moment tauchen hinter der Hecke, die uns vor allen indiskreten Blicken geschützt hat, zwei Wächter auf. Dieses abgefeimte Luder, das sie eher entdeckt hat als ich, setzt die Brille wieder auf und fängt an zu kreischen.
»Lassen Sie sich nicht täuschen!« warne ich die Wächter. »Sie war es, in gewisser Weise, die mich provoziert hat. Sie war es, die mich unbedingt in diesen saftigen Garten bringen wollte.«
Die Wächter jedoch kümmern sich nicht um meine Einwände und bringen mich auf das nächste Polizeirevier. Ich habe demnach einen neuen Grund, den Frauen zu mißtrauen.

ESTHER TUSQUETS

DAS VERTRÄUMTE MÄDCHEN

Zu Ehren von Oskar Kokoschka

Das erste Mal hatte er sie in einer Schlange vor der Cinemathek gesehen, mit dünnen, unendlich langen Beinen, die im Mißverhältnis zum übrigen Körper standen, mit kurzem, widerspenstigen braunen Haar wie ein Junge und träumerischem Blick (der ihn soeben, ohne ihn wahrzunehmen – dessen war er sicher –, gestreift hatte). Sie erinnerte ihn gleich an eine jener zahlreichen in ein Reh verhexten Märchenprinzessinnen, just im Moment ihrer Rückwandlung, als sie noch kaum wieder die Gestalt einer Frau angenommen und Spuren ihres vorherigen Zustands bewahrt hat, diesen Anflug des Tapsigen, Unbeholfenen, den Rehkitze an sich haben, wenn sie nicht wissen, wohin mit ihren zu lang geratenen Beinen, auf denen sie durch den verhexten Wald staksen, in dem Kobolde rätselhafte verwunschene Spiele aushecken und ausgefallene Bedingungen herrschen, weshalb selbst eine Feenkönigin sich unsterblich in den erstbesten dahergelaufenen Tölpel mit Eselskopf verlieben kann (der freilich so beschlagen, so wohlerzogen, weise, allwissend ist, er, der so viel über die Menschen erfahren hat wie vielleicht kein anderer – davon, daß die Liebe kaum oder gar nicht vom Gegenüber abhängt, man folglich ohne jede Spur von Magie oder Zauberkraft, jedem beliebigen Mann, jedem beliebigen Tier oder Ding verfallen kann). Doch vielleicht verhält es sich gerade umgekehrt, und sie ist in Wirklichkeit ein Rehkitz, das in weiser Voraussicht soeben einen Frauenkörper teuer erstanden hat und noch nicht so recht damit vertraut ist, ganz in den Duft nach Moos und Waldbeeren gehüllt. Vom ersten Augenblick an liebte er sie, wegen ihrer staksigen Beine, vermutete er, ihrer unbeholfenen Art, des jungenhaften Haarschnitts, des scheuen Blicks, und vielleicht spielte schon damals, nur wenige Minuten nachdem er sie zum ersten Mal erblickt hatte, etwas Trügerisches mit, das von ihr ausging und ihn verlegen machte, als müßte sich ihr Geschlecht und ihr Alter erst noch herausstellen; denn war es auch unmöglich, sich ein weniger männliches Wesen vorzustellen, hätte doch wohl niemand zu beschwören gewagt, sie sei eine Frau. Sie verkörperte, sagte er sich, den Urtyp des Halbwüchsigen und damit des Androgynen.

Dann war Elia seinem Blick mit ihrem gefolgt, hatte fast gleichzeitig das Mädchen entdeckt und sich rasch von ihm gelöst, um zu der Unbekannten hinüberzugehen; lachend hatten sie einander umarmt, bevor Elia ihn vorstellte (verlegenes Lächeln: das Reh-Mädchen, vielleicht einfach schüchtern oder einfältig, und er, ein unverbesserlicher Trottel, der sich noch immer auf den ersten Blick verlieben konnte, fühlten sich zu sehr überrumpelt, um ein unbefangenes Lachen hervorzubringen); und Elia hatte ihn aufgeklärt: »Das ist Silvia, eine Kommilitonin, stell dir vor, wie lange das her ist, wir haben uns schon seit Ewigkeiten nicht mehr gesehen«; und dann, etwas spöttisch zu dem Mädchen gewandt: »Bist du immer noch so ein Kinonarr, daß du fast jeden Abend alleine hingehst?« Und noch schnell, um das Gespräch zu beenden – denn im Saal sollte der Film gleich beginnen, und man stand Hineindrängenden im Weg –, als wäre ihr soeben die Idee des Jahrhunderts gekommen: »Warum rufst du sie nicht dieser Tage mal an, und ihr geht gemeinsam ins Kino, statt jeder für sich wie zwei Einfaltspinsel?« Dann hatte sie im Handumdrehen die Telefonnummer notiert, die ihr von der anderen mit noch weiter aufgerissenen, scheuen Reh-

augen diktiert wurde (vielleicht war sie falsch, absichtlich verkehrt, hatte er gedacht), und sie ihm in seine Hosentasche gesteckt, während die Verlegenheit und die Schamesröte der beiden unaufhörlich zunahm.
Später im dunklen Saal hatte er sie angefahren, diesmal ehrlich erbost: »Wie konntest du nur einen derartigen Unfug aushecken, dir einfallen lassen, ich würde eine Wildfremde anrufen, um mit ihr ins Kino zu gehen, und sie, die bestimmt Freunde hat und folglich alleine loszieht, weil sie nun einmal Lust dazu hat (an diesem Punkt bemerkte er, daß er an Überzeugungskraft einbüßte), würde zustimmen?« Und Elia zuckte mit den Achseln, denn selbst in der Dunkelheit entging ihm nicht, daß sie mit den Achseln zuckte, und verzog den Mund zu einem Lächeln: »Sie ist ein seltsames Mädchen, intelligent, eine ausgezeichnete Studentin, und außerdem, meine ich, ziemlich hübsch, doch in den fünf Jahren Studium ist sie niemals mit jemandem zusammen gewesen, ich könnte schwören, daß sie nicht ein einziges Mal von einem Jungen auch nur bis zur Ecke gebracht oder zu einem Eis eingeladen wurde, gar mit ihr etwas trinken zu gehen, hätte wie Verführung Minderjähriger gewirkt!« Wobei Elia schallend lachte, und da sie von den hinteren Rängen her ermahnt wurde, schloß sie im Flüsterton: »Ganz bestimmt würdet ihr euch gut verstehen, ganz bestimmt würde sie dir gefallen, eigentlich gefällt sie dir schon jetzt, nicht wahr? Warum würdest du sonst nach ihren Freunden fragen und sagen, wenn sie alleine loszieht, dann weil sie dazu Lust hat? Bestimmt wirst du an irgendeinem Abend bei ihr anrufen, wenn du dich völlig unverstanden, deprimiert oder verlassen fühlst. Ihr seid wirklich wie füreinander geschaffen, ja ihr seht euch sogar ähnlich!« Und insgeheim meinte er, wenn er es auch nicht aussprach – denn setzte Elia sich erst eine Sache in den Kopf, war sie nicht mehr zu bremsen, und es war sinnlos, sie davon abbringen

zu wollen –, daß nichts dergleichen geschehen würde, er würde sich niemals trauen, sie aus so fadenscheinigen, so an den Haaren herbeigezogenen Gründen anzurufen, denn er war zu sensibel, zu feige, und eine Absage oder die einfache Entdeckung, jene Nummer sei falsch, würde ihn in tiefstes Elend stürzen, abgesehen davon war es albern, über ein Mädchen zu phantasieren, in das man sich gerade an einem Kinoeingang verliebt hat, ein Rehkitz, eine Fee; sich dann noch wie ein Kobold oder ein junger Rehbock zu fühlen (wenn Elia ihnen schon eine Ähnlichkeit attestierte), wäre zu viel des Guten.

Er hätte sie wohl niemals angerufen, würde er später betonen (bei einem Versuch, etwa zu rechtfertigen, was keiner Rechtfertigung bedurfte, aber, wäre eine nötig gewesen, sie auch kaum gefunden hätte), wenn er nicht buchstäblich mit dem Mädchen am Kinoeingang zusammengestoßen wäre und zutiefst gerührt ihre rote Nase und geschwollenen Augen entdeckt hätte, denn die Tatsache, daß sie den ganzen Film über – gerade diesen so durch und durch romantischen und rührseligen, so aus alten Zeiten stammenden Film – hemmungslos und unverhohlen geweint hatte (nicht einmal die Mühe, die Wangen zu trocknen, hatte sie sich gemacht), war ihm dermaßen nahe gegangen, daß er am liebsten ein Taschentuch aus der Hosentasche gezogen hätte, um ihr die Tränen fortzuwischen, ihr die Nase zu putzen und wie einem braven kleinen Mädchen einen Kuß auf die Stirn zu geben.

»Wie sollte ich nicht weinen?« würde ihn Silvia später angesichts seiner Verständnislosigkeit unverhofft fragen (Elia sollte letztendlich wieder einmal recht behalten, denn er hatte doch unter dieser Nummer angerufen, die nicht falsch war, und das Mädchen hatte sofort zugestimmt, mit ihm ins Kino zu gehen, und dies war das vierte oder fünfte Mal gewesen, daß sie zusammen ausgingen), »wie sollte ich nicht weinen, wo genau das, was Joan im Film widerfährt, auch mir passiert ist?« Und er lachend: »Sag bloß, wer hätte das gedacht!« Was für ein Glück, daß sie nicht einen Sohn verloren habe oder selbst in irgendeinem düsteren Krankenhaus im Sterben liege; beruhe die Identifizierung etwa darauf, daß sie sich schon als Kind in einen Pianisten verliebt habe oder in einen Nachbarn? Da hatte ihn Silvia verärgert angesehen, denn Späße oder Ironie verstand sie besonders dann nicht, wenn sie selbst betroffen war, die nie spaßte, es war wirklich lästig, mit jemandem zu tun zu haben, der nicht den geringsten Sinn für Humor hatte, der sich vierundzwanzig Stunden am Tag in so dramatischer Form selbst ernst nahm. »Nein«, hatte sie protestiert, »natürlich war es kein Pianist oder Nachbar, aber ich habe mich in jemanden verliebt, der nie darauf gekommen wäre«, und mit bebender Stimme und so aufgerissenen Augen wie nie zuvor: »Jemand, den ich immer noch liebe.« Und er hatte auch den entferntesten Anflug von Ironie abgelegt und zu verstehen versucht, denn Silvia standen schon die Tränen in den Augen: »Aber wie das, was ist denn geschehen, ward ihr befreundet, hast du mit ihm geschlafen?« Da hatte das Mädchen ihn seine Verachtung spüren lassen, als redete es mit einem total Schwachsinnigen: »Was für ein Unsinn, natürlich nicht!« – »Seid ihr miteinander gegangen, einige Monate, einige Tage lang?« Und Silvia: »Nein, niemals, nicht ein einziges Mal.« – »Ja und was denn dann?« – »Na eben das, gar nichts, absolut nichts, ich habe dir doch schon gesagt, daß du es nicht verstehen würdest.« – »Nein, ich verstehe wirklich nichts, aber wie wäre es, wenn du es mir erklärtest.« Da hatte Silvia erzählt, sie habe ihn auf einer Skistation kennengelernt, als sie siebzehn Jahre alt war und er etwas über zwanzig, vom ersten Augenblick habe sie gewußt, dies sei der Mann ihres Lebens, der einzige Mann, den es in ihrem Leben geben würde (das Wort hatte sie extra betont und einen speziellen Blick aufgesetzt, wobei es ihm vorkam, als würde er aus heiterem Himmel mit einem unbekannten Rivalen konfrontiert), doch nicht ein einziges Mal während der vierzehn Tage, die sie zusammen in der Herberge verbrachten, hatte Silvia den Mut gefaßt, es ihm zu sagen. »Und später?« Später waren sie in die Stadt zurückgekehrt, und sie hatte Wochen, ja Monate damit verbracht, um sein Haus herumzuschleichen, sich an einer Ecke postiert, um ihn vorbeigehen zu sehen, ihn angerufen und sogleich wieder aufgelegt, um einen Moment lang seiner Stimme zu lauschen, wenn er abhob. »Und was geschah dann?« An dieser Stelle hatte die Stimme des Mädchens versagt und sie kaum vernehmlich fortgeführt: Dann habe sie eines Tages erfahren, daß er heiraten würde, und eingesehen, daß es nun keinen Ausweg mehr gäbe und sie sich ihm niemals mehr offenbaren, mit ihm reden könnte, daß sie durch ihre Dummheit, ihre Schüchternheit ein für alle Mal die Möglichkeit, ihr Glück zu finden, verspielt hätte; ob ihm die ganze Geschichte nicht einfältig und sinnlos vorkomme? Da hatte er zu verstehen gegeben, nein, nichts könne ihm sinnlos erscheinen, was sie derart leiden lasse, und außerdem sei es ziemlich normal, sich mit siebzehn so zu verlieben, wundern würde ihn nur, daß diese Phantasieliebe, diese Scheinliebe, diese zerbrechliche Konstruktion ohne jegliches Fundament, die praktisch auf nichts bauen konnte, sich solange gehalten habe, daß in all den Jahren – mehr als zehn! – nicht ein einziger Mann aufgetaucht sei, der in der Lage gewesen wäre, sie von ihrer Besessenheit zu befreien. Was denn mit denen sei, die sie kennengelernt habe, angefangen bei den Studienkameraden bis zu den Männern, die momentan mit ihr im Labor zusammenarbeiteten, wo sie noch dazu die einzige Frau sei? Sollte etwa stimmen, daß, wie Elia meinte, keiner Anstalten gemacht, sie eingeladen habe, einen Kaffee in der Universitätsbar zu trinken? Und Silvia: »Na ja, Elia übertreibt

gerne.« Und er: »Was zum Teufel ist mit den Männern los, sind sie denn – wenn auch zu meinem Glück – alle blind?« Später sollte er zu seinem Leidwesen nicht früh genug, um sich in Sicherzeit zu bringen, zu entfliehen, einsehen, daß sie keineswegs blind waren, sondern ganz im Gegenteil klug genug, daß ihr gesunder Selbsterhaltungstrieb sie warnte, denn irgend etwas mußte an Silvia sein – ein Stigma, ein Mal, ein Rotlicht, das ihr auf Stirn oder zwischen den Beinen aufleuchtete – und das er als einziger von so vielen nicht wahrgenommen hatte (woran es wohl läge, daß es nur ihm nicht aufgefallen sei, hatte er von Elia wissen wollen, als er ihr davon erzählte, eine Unzulänglichkeit seiner Sinneswahrnehmung oder eine gewissen Schwäche?), etwas mußte an Silvia sein, das andere stets zurückhielt, selbst wenn das Mädchen ihnen attraktiv erschien, denn aus sicherer Entfernung war sie zweifellos hübsch.
An dem Tag, als sie ihm ihre Geschichte erzählte, am vierten oder fünften Abend, den sie am hintersten und dunkelsten Tisch einer Bar für jugendliche Pärchen zubrachten, die er schon lange nicht mehr betreten hatte, (er mußte lachen: Was sein Glück oder Unglück anbetraf, da hatte er durchaus Sinn für Humor, der sich gegen niemanden so scharf richtete wie gegen ihn selbst. Genau diesen Tisch in dieser Bar auszusuchen, um sich gleich darauf abfällig über die Art zu äußern, wie man die Liebe mit siebzehn empfindet und damit implizit vorauszusetzen, daß es eine andere – reifere? – Form der Liebe gab, deren Geheimnis er ebenso wie andere Erwachsene kannte...), an jenem Abend, als sie ihre Geschichte beendete, standen Silvia also Tränen in den Augen, während sie sich vergeblich bemühte, daß wenigstens ein Teil des Tees aus der Kanne in ihrer Tasse landete und nicht auf dem Tischtuch, was ihn unendlich zärtlich stimmte, bis ins innerste Mark rührte, wobei er sich fragte, ob irgend jemand, vielleicht Elia (eigentlich die einzige, der er es erzählen

würde), verstehen könnte, warum er diese Frau liebte, wenn sie wie ein kleines Mädchen weinte, in dieser totalen Hemmungslosigkeit, die den Kindern eigen ist und sich beim Heranwachsen verliert, dachte er, vor allem liebe er sie wegen ihrer Unfähigkeit, sich eine Tasse Tee einzugießen, ohne die Hälfte zu verschütten, und schloß sie – und diesmal tatsächlich – in die Arme, um ihr mit seinen Küssen die Tränen zu trocknen, wobei er auf den Lippen, auf der geschmacksempfindlichen Spitze der Zunge, vermischt mit dem salzigen Geschmack der Tränen, die Berührung der Wange als angenehm glatt empfand (ihre ganze Haut war, wie er später feststellen sollte, seidig, ganz glatt und weich, als sei sie eine Porzellan- oder Kristallfigur, nicht eine Frau aus Fleisch und Blut – nichts war weniger fleischlich, weniger warm, weniger sinnlich als jene Haut, die ihn – welche Widersprüche das Leben barg! – um den Verstand brachte vor Sehnsucht, sie mit der Zunge zu kosten, sie zu berühren – tatsächlich strömte sie, wie er es sich am ersten Tag ausgemalt hatte, einen leichten, aber durchdringenden Duft nach Moos und Waldbeeren aus – vielleicht von einem Kölnisch Wasser für Kinder, das er längst vergessen hatte –, und er spürte sie so zerbrechlich, so hauchzart und bebend, als hielte er einen Vogel in der geschlossenen Hand).
Die ganze Zeit über verharrte Silvia reglos, außer diesem Beben, ohne ein Zeichen von Zustimmung oder Wohlbefinden, aber ebenso ohne eine Geste des Mißfallens oder der Ablehnung, und den verschreckten Rehblick mit jetzt vielleicht noch etwas weiter aufgerissenen Augen starr auf ihn gerichtet, jedes Mal, wenn er sie etwas von sich fortschob, um ihr ins Gesicht zu sehen, ließ sie zu, daß er sie küßte, wenn auch mit fest aufeinander gepreßten Lippen – Lippen einer unscheinbaren Oberschülerin, die sich weder vor Wind noch vor Sonne schützt – er küßte sie eine Ewigkeit lang, die Hände, die Wangen, wobei er gerührt mit den Fin-

gern die Linien ihres Gesichts nachzog – die Augen, die Ohren, die Nase, die Wangen – in einem Spiel aus den Kindertagen, das er nie zuvor bei einer Frau angewandt hatte. An jenem Tag, an jenem Abend, als das Mädchen seine phantastische Geschichte erzählte und er den Mut faßte, sie das erste Mal zu küssen, da hatte er sich voll freudiger Erwartung gesagt, früher oder später müsse es ihm todsicher auf mehr oder weniger zärtliche und liebevolle, doch hartnäckige Art (wohl mit einer gehörigen Portion aller drei Alternativen) gelingen, die schlafende Prinzessin, die verzauberte Walküre, nach Bezwingen undurchdringlicher Wälder und brennender Ebenen, ihren lächerlichen pubertären Phantasien zu entreißen, denn einer mußte sie ja wohl aus den Fängen hinterhältiger Feen, despotischer Väter, bösartiger Drachen (alle drei in diesem Fall als Skifahrer verkleidet) befreien und sie mit einem Schlag mitten in den Strudel des Lebens stürzen, wo er mit flammendem Schwert wartete, von einer unvergleichlichen Liebe beschützt und angespornt, um die ihre zu erobern, denn weshalb hieß es sonst, die Liebe sei stärker als der Tod? Warum sollte er nicht ein starrköpfiges Mädchen aus einem absurden Traum reißen? (Schuld an allem – so lautete Elias Vermutung – trug sicher dieser verabscheuenswürdige Mann im Schnee und die unglückliche Fügung, daß sie ihm mit siebzehn über den Weg gelaufen war. Könnte dieser ganze leidige Umstand nicht überhaupt auf eine noch frühere Ursache zurückzuführen sein, aus der sich diese Phantasiegeschichte mitsamt ihren Konsequenzen ergab, eine bloße Folgeerscheinung also auf etwas völlig anderes?)
Von da an war er viele Nachmittage mit ihr ausgegangen, oder manchmal auch Abende, denn für ihn hatten jene Treffen Vorrang vor jeder anderen Verpflichtung oder Verabredung, und sie sagte fast immer zu (wenn sie nicht Kopfschmerzen oder Magenschmerzen hatte oder ihr eine

andere bestimmte oder unbestimmte Stelle des Körpers Beschwerden machte, wenn sie nicht meinte, eine Grippe auszubrüten, oder von irgendeiner seltsamen Erkrankung phantasierte, wenn sie nicht am vorherigen Abend spät zu Bett gegangen war oder am nächsten Morgen früh aufstehen mußte, weil es im Labor viel Arbeit gab, immer geriet sie außer Fassung, wie er schon sehr bald festgestellt hatte, wegen lächerlicher Ängste und Sorgen, wegen vielfacher und wirrer Phobien, ohne daß es leicht wäre zu unterscheiden, ob es sich um ein wirkliches Problem handelte, ein spezielles Leiden, oder ob es wieder einmal eine ihrer unzähligen, fast immer negativen Einbildungen war), manche Nachmittage gingen sie direkt zur Bar mit den dunklen Winkeln und den eng umschlungenen Pärchen (die sich zu allem Überfluß auch noch Paradies nannte), andere Male gingen sie zuerst ins Kino und später in die Bar oder blieben stundenlang im Auto sitzen, wieder einmal in einer dunklen Ecke geparkt, dann küßte er sie, von Mal zu Mal heftiger, streichelte sie, von Mal zu Mal verzweifelter, denn das ihm zugemutete Maß an Geduld, Zärtlichkeit und Hartnäckigkeit überstieg allmählich seine Kräfte, wenn er ihr die Wangen streichelte und küßte, die Stirn, den Mund, das Haar, die Hände, doch ohne darüber hinaus zu gelangen, denn sobald er versuchte, ihren Mund mit seinem zu öffnen, oder mit einer Hand in Richtung auf ihre Brüste vorrückte, durchzuckte es Silvia brüsk, und sie riß die Augen auf wie ein scheues Tier (erschreckte Augen, in denen man oder er nichts zu lesen vermochte, stets aufgerissen und gespannt, wie ein Gewehr als Wache zwischen ihnen beiden), und sie protestierte wispernd: »Nein, bitte, das nicht«, während sie das Gesicht abwandte und seine Hände mit ihren abwehrte, und er flehte sie an, nach Atem ringend, wobei er das verräterische Pochen seines Herzens hörte und ihm die Luft wegblieb: »Willst du nicht, willst du wirklich nicht? Aber warum

denn?« Das Mädchen schüttelte dann den Kopf, und er vergrub seinen Kopf unter ihrer Achsel mit dem mahagonifarbenen Haar, das immer noch nach Wald, nach Honig roch, und verweilte dort, während er sich bemühte, seinen Herzschlag zu beruhigen (damit sie ihn nicht hören konnte), wieder ruhig zu atmen. Eines Abends hatte er sie bei den Schultern gepackt, war ganz nahe an ihr Gesicht herangegangen, hatte ihr in die Augen geblickt und gedrängt: »Sag etwas, was du denkst, was du fühlst!« Und sie fast entschuldigend: »Nichts.« – »Wie nichts, gefällt es dir oder nicht? Sag mir wenigstens, ob es dir gefällt!« Da hatte sie mit den Achseln gezuckt. Doch nachdem er sie unvermittelt losgelassen, den Wagen gestartet und sie nach Hause gefahren hatte, ohne ein Wort an sie zu richten, hatte sie ihn traurig, flehend und beinahe, ja beinahe – oder sollte es doch eine Täuschung gewesen sein – zärtlich angeblickt und gewispert: »Bis morgen, oder? Rufst du mich morgen an?«
Am nächsten Tag hatte er nicht angerufen, auch nicht am übernächsten oder an den darauffolgenden Tagen, aber doch – überdrüssig, an seinen Fingernägeln zu knabbern und dabei nichts anderes zu tun, als an sie zu denken – am vierten Tag, obwohl er kaum grüßte, als Silvia in den Wagen stieg, sie nicht fragte, wohin sie fahren sollten, sondern den Wagen finster zu einem von ihm gewählten Kino steuerte, da hatte sie mit trauriger und sanfter Stimme gebeten: »Sei doch nicht böse auf mich, bitte, ich habe dich sehr gern, wirklich, du bist mein bester Freund.« Später dann im Kinosaal hatte sie, ohne daß ein weiteres Wort fiel, seine Hand ergriffen und sie die ganze Zeit über in ihren kalten und etwas zitternden, unglaublich zarten Händen gehalten. Sie war es auch gewesen, die, als er den Wagen anlassen wollte, ihn daran gehindert und aus heiterem Himmel aufgefordert hatte: »Küß mich!« Woraufhin er sie argwöhnisch angesehen und ihr gesagt hatte, sie würde niemals aufhören, ihn zu

überraschen, um sie dann zögernd, ganz zart auf die zusammengepreßten Lippen zu küssen. Alsdann hatte er Silvias Blick gesucht und gefragt, obwohl die mindeste Vorsicht gebot, nicht zu fragen: »Und was nun? Hat es dir so ein wenig besser gefallen?« Silvia hatte vage bejaht, ja, es habe ihr wohl schon gefallen. Und nun war sie es, die ihn auf den Mund küßte und dabei die Lippen öffnete und lange Zeit so verharrte, wenn auch passiv und ohne seine Küsse zu erwidern.

Auch wenn Silvia an den darauffolgenden Tagen zu keinem Zeitpunkt ein besonderes Gefallen oder Interesse bekundete, in keinem Moment mehr die Initiative ergriff, sondern sich damit begnügte, still und passiv an seiner Seite zu verweilen, mit aufgerissenen, wachsamen Augen, auch wenn sie niemals auf die Frage antwortete, die ihr zu stellen er nicht lassen konnte (die der Mann sehr zu seinem eigenen Verdruß nicht lassen konnte) – »Hat es dir jetzt besser gefallen, sag?« –, mehr durch vage, unbestimmte Gesten, durch ihr »Ich weiß nicht«, das ihn aus der Fassung brachte, oder mit einem jener Jas, die weniger überzeugten als je eines in der Geschichte der Menschheit, und, so sehr das Mädchen ihn auch beim ersten Kuß bremste, wie immer, ohne irgendeine Erklärung abzugeben, und ihm dann kein anderer Ausweg blieb, als sich zu unterhalten oder sich auf den Film zu konzentrieren – denn sie gingen weiterhin häufig ins Kino –, ließ sie bei den anderen Gelegenheiten doch einen Fortschritt zu (ohne daß es jedoch möglich gewesen wäre herauszufinden, wie oder warum, denn sie gehorchte, und das irritierte ihn am meisten, allein ihrer augenblicklichen Stimmung oder dem reinen Zufall). Ihm schien es jedenfalls so, als gäbe ihm das Mädchen nach, als lockerte sich ihre Abwehrhaltung, weshalb er eines Nachmittags in einem Anfall von Kühnheit den Wagen aus dem städtischen Straßennetz hinauslenkte und auf einer Landstraße bis zu einem Aus-

sichtspunkt fuhr, von dem aus man die ganze Stadt bis hin zum Meer überblickte, und von nun an, da Silvia nicht protestiert hatte – möglicherweise hatte sie nicht einmal die radikale Veränderung des Szenarios bemerkt –, führte er sie immer dorthin, und, so sehr es auch unverständliche Phasen des Stillstands oder gar Rückschritte gab, nahm er allmählich, wie ihm schien, ganz allmählich, Zentimeter für Zentimeter, mit einer Geduld, derer er sich niemals für fähig gehalten hätte, Besitz von ihrem Körper, denn eines Tages hatten sich ihre Lippen geöffnet und nicht wieder geschlossen, ein anderes Mal hatte sie sich auf den Hals, die Schultern küssen, die Beine streicheln lassen, ein weiteres Mal schließlich, an einem der vielen Tage, an denen er ohne allzu große Hoffnung seine Hand in Richtung auf ihre Brüste zu lenken wagte, hatte sie nicht protestiert (»Ich warne dich, ich habe keine Brust«, hatte sie ihm nur angekündigt, »du wirst enttäuscht sein«), und er, dem vor Rührung die Welt vor den Augen verschwamm und der Atem stockte, der aber dennoch zu spaßen versuchte (»Sag bloß! Das hätte ich niemals vermutet!«), streichelte ihr lange Zeit geduldig die kaum vorhandenen Brüste, zwei kleine, von zarten, vermutlich rosigen Brustwarzen gekrönte, nardenblütenähnliche Porzellan- oder Kristallhügel, die Brüste eines kleinen Mädchens, eines Dreikäsehochs, und erst als sich ihr der Mund des Mannes näherte, hatte Silvia eine warnende, eine abwehrende Geste gemacht.
So war es viele Tage lang weitergegangen, doch dann hatte das Mädchen ihm eines Nachmittags unerwartet, ohne ihm auch nur Zeit zu lassen, den Wagen an dem Aussichtspunkt zu parken, atemlos und ohne Stocken eine Rede gehalten, die sie sicher schon seit zu Hause im Kopf hatte und in der sie erklärte, sie könne den anderen niemals vergessen, niemals aufhören, ihn zu lieben, doch sie möge ihn sehr gerne, ganz ehrlich, er sei die Person, zu der sie am meisten Ver-

trauen habe, im Grunde genommen der einzige Freund, und warum sie nicht einfach das sein könnten, die besten Freunde? Daraufhin er, außerstande, seinen Ärger zu verhehlen, die Verbitterung zu unterdrücken: »Weil ich Idiot dich liebe: Wenn du dir auch nur einmal im Leben die Mühe gäbest, die Gefühle der anderen zu berücksichtigen, wüßtest du, was du von mir forderst, ist unmöglich. Kannst du dir überhaupt vorstellen, was das für mich bedeutet? Wie viel Leid du mir zufügst?« Und sie: »Es ist nicht meine Schuld, weißt du, ich kann nichts dafür, ich kann meine Gefühle nicht ändern. Meinst du, ich wäre nicht auch gerne anders und könnte mich in dich verlieben?« Zwar war sein Ärger damit noch nicht verflogen, aber er dachte, das Mädchen sei sehr wahrscheinlich ehrlich und habe sogar recht, bestimmt verhielt es sich so, weil sie nicht anders konnte, denn es war offensichtlich, daß sie mutterseelenallein war und nicht im mindesten glücklich, ganz sicher brauchte sie Hilfe, doch zum ersten Mal schien es ihm ausgesprochen unwahrscheinlich, daß er die geeignete Person sein sollte, ihr diese Hilfe zu bieten, eine erfolgreiche Schlacht gegen den verabscheuenswürdigen Mann im Schnee zu liefern (nicht einmal gegen die absurde Erfindung eines verabscheuenswürdigen Mannes im Schnee), so verwirrend war der ewige Kampf gegen unsichtbare Männer oder Gespenster, zumal sie – dessen war er sicher – ihm nicht entgegenkommen würde, und zu allem Überfluß steckte er bis zum Hals in der Geschichte, so nah am Rand des Abgrunds, daß er bald den Boden unter den Füßen verlieren, unterliegen und ebenso durchdrehen würde wie sie, wenn nicht noch mehr, denn die Verrücktheit ist immer stärker und ansteckender als die Vernunft oder die Besonnenheit, er würde also zugrunde gehen, ohne daß es ihr irgendwie nützen könnte, so sagte er sich und ihr nun, wo die Karten auf dem Tisch lagen und es offensichtlich war (oder es ihm zumindest so schien), daß er

mit seinen nicht gewinnen konnte und ihm keine andere Möglichkeit blieb, als mit Silvia zu brechen – oder die Karte aus dem Fenster zu werfen – und Silvia niemals wiederzusehen.
Tatsächlich schien es, so wie er den Wagen zur Stadt zurücklenkte, auch er sei durchgedreht, denn er geriet auf die Gegenfahrbahn, rutschte in den Kurven, als seien alle bösen Geister hinter ihm her oder als wolle er einen Rekord in Gefährdung und Unvernunft im Straßenverkehr aufstellen, vielleicht von dem lächerlichen Wunsch getrieben, ihr Furcht einzuflößen, daß sie ihn anflehte: »Bitte, fahr nicht so schnell!« (denn sie benahmen sich nicht nur beide, als hätten sie den Verstand verloren, sondern waren auch drauf und dran, sich einfach kindisch aufzuführen). Doch Silvia gab keinen Ton von sich, womöglich hatte sie nicht einmal die Geschwindigkeit bemerkt, wie sie, blind und taub für alles, was sie nicht selbst betraf, nicht in ihr selbst vorging, einige Tage zuvor auch nicht erkannt zu haben schien, daß sie den entferntesten und dunkelsten Winkel einer Bar, wo sich Halbwüchsige trafen, durch einen Aussichtspunkt ersetzt hatten, von dem aus man die ganze Stadt bis zum Meer überschauen konnte, und nun im Auto, an seiner Seite, wirkte sie verletzt und vor allem verwirrt, als könne sie nur schwer begreifen, warum ihr diese Dinge geschahen, und als er, immer noch ungehalten und schweigend, den Wagen vor ihrem Haus anhielt, hatte sie seine Hand in ihre genommen und gedrückt, sich an die Wangen geführt, auf die Lippen gelegt und leiste geflüstert: »Bis morgen, nicht? Versprich mir, daß wir uns morgen sehen!« Da hatte er den Eindruck, genau diese Szene hätte schon einmal stattgefunden, und die Vorahnung, daß sie sich ein ums andere Mal wiederholen, unverändert wiederholen würde, denn sie steckten nicht in einer linearen Geschichte mit Vor- und Rückschritten, sondern waren (nicht nur er, beide) in eine

unabänderlich im Kreis verlaufende Geschichte verwickelt, die wie Sartres Inferno aller Wahrscheinlichkeit nach kein Ende haben würde.

Trotz allem rief er wieder an, stets rief er am nächsten Tag oder einige Tage später wieder an, nach erschöpfenden, aussichtslosen Kämpfen mit sich selbst, und wenn er für längere Zeit widerstand, war Silvia diejenige, die sich unweigerlich meldete, um ihm mit ihrer unschuldigen Stimme, als wäre nichts geschehen, als stünde kein Konflikt zwischen ihnen beiden, vorzuschlagen, ins Kino oder in ein Restaurant zu gehen, und wenn er nicht gleich beim ersten Anruf nachgab, dann beim fünften oder zehnten, unfähig, der Versuchung eines erneuten Treffens zu widerstehen (oder vielleicht, weil sich in ihm noch Hoffnung regte, schwer verwundet, dahinsiechend, doch lebendig, unausrottbar lebendig). Auch gab es Phasen, manchmal lange Phasen, in denen sie, vielleicht aus Angst, ihn zu verlieren, oder Gott weiß aus welchen unerfindlichen und konfusen Gründen, sich herabließ, nachzugeben, woraufhin die Sitzungen an dem Aussichtsplatz oder in der Bar oder im Kinosaal wieder begannen, bis unausweichlich der Moment kam, in dem sie abwehrte, weil er vielleicht jene – variable und immer von ihr bestimmte – Grenze überschritten hatte, über die er nicht hinausgehen durfte, dann schwor er sich erneut, sie niemals wiederzusehen, oder behandelte sie tagelang nur so, wie ein Freund sie behandeln würde (wobei er sich innerlich verzehrte, doch wie ein Freund), einige Male hielt er auch nicht ein, was er sich vorgenommen hatte. Doch – was allerdings schon schwerer zu erklären war – bei manchen Anlässen war es Silvia, di ihn mitten in einer Phase der Keuschheit aufforderte: »Leg deine Hand hierhin!« Oder: »Gib mir einen Kuß!« In einem jener Momente, als er sich tatsächlich völlig verzweifelt und wütend vorgenommen hatte, keinem Anruf, keiner Einladung nachzugeben, hatte sie es ein weiteres Mal geschafft, ihn zu überrumpeln und in Erstaunen zu versetzen (viele und schlechte Dinge könne man über diese Beziehung sagen, hatte er Elia gestanden, doch nicht, obwohl sie sich zurückentwickelte, sie sei zu irgendeinem Zeitpunkt langweilig gewesen), denn sie hatte ihn gebeten: »Komm zu mir nach Hause, bitte (wie ein wohlerzogenes Mädchen bat sie immer höflich um Gefallen, »bitte« und »entschuldige« waren die Worte, die er am häufigsten aus ihrem Munde vernommen hatte), ich brauche deine Hilfe, um einige Regale aufzustellen«, was bedeutete, daß er zu ihrer Wohnung hinaufsteigen würde, einem nicht öffentlichen Ort – eine äußerst ungewöhnliche Situation, von der sie sonst niemals auch nur zu sprechen gewagt hätte –, einige Augenblicke später hatte er dann an ihrer Wohnungstür geklingelt (aus dem einen oder anderen Grund fuhr er nun immer wie ein Geisteskranker), und Silvia hatte ihm mit einem schüchternen Lächeln geöffnet, mit ganz normalen Gebärden, doch von Kopf bis Fuß völlig nackt, und er hatte sie, ohne zu wissen, was er machen sollte, was man von ihm erwartete oder wie er das zu verstehen habe, in seine Arme geschlossen und angefangen, sie auf den Mund zu küssen, woraufhin sie mit einer Geste der Überraschung verärgert und entrüstet, enttäuscht von einer offensichtlich nicht erwarteten und unpassenden Reaktion: »Aber was machst du denn? Laß mich los!« Und statt ihr die Ohrfeige des Jahrhunderts zu verpassen, die sie gegen die Wand schmettern würde, und obwohl er nicht übel Lust hatte, sie umzubringen, ihr den Hals umzudrehen, bis sie aufhörte zu atmen, ihr den Kopf einzuschlagen, bis er in Stücke spränge, ihr mit Gewalt die Beine auseinanderzureißen und ihr das Brotmesser bis zum Ansatz in ihr Geschlecht zu rammen, hatte er sich daran gemacht, die Regale, wenn auch polternd, aufzubauen, während Silvia im Nebenzimmer verschwand und kurz darauf in Jeans und Pulli wieder zum Vorschein kam, sich normal und nett, sogar liebenswürdig verhielt, dann waren sie ins Kino, zum Aussichtspunkt oder einen Kaffee trinken gefahren: Was interessierte es, wohin, in einer Geschichte, die sich ad infinitum wiederholen würde, bis alle nur denkbaren Situationen durchgespielt wären, um schließlich wieder von vorne zu beginnen.

Einige Tage oder Monate später war er zu ihr hochgegangen, um sie abzuholen, als die Tatsache, daß er zu ihrer Wohnung hochging, schon nichts Besonderes mehr war, und sie war angezogen gewesen, seltsamerweise mit den selben Jeans und demselben Pulli, doch statt ihre Tasche zu nehmen und ihm in Richtung Treppe zu folgen, hatte sie ihn aufgefordert: »Komm, setz dich hier neben mich!« Und dann: »Küß mich, wenn du willst, dann fühle ich mich wenigstens nicht mehr so einsam«, eine nicht besonders anregende Begründung, um zu küssen, doch er hatte sie auf jeden Fall genutzt und hatte sich ganz behutsam vorwärtsgearbeitet (auch wenn er vor Ungeduld und Begierde am liebsten gestorben wäre), als durchstreifte er ein Minengebiet, wo jeder falsche Schritt tödlich sein konnte, hatte sie unendlich lange auf den Mund geküßt, auf den Hals, auf die Augen, die sie geschlossen hielt und jenes Mal nicht wieder öffnete, und dann, eine Ewigkeit später – ihm schien es, als sei es hinter den Fenstern dunkel geworden – hatte seine Hand einen Abstecher zu ihren Brüsten gewagt, und nicht einmal jetzt hatte Silvia protestiert, ohnmächtig, unbeweglich, widerstandslos (sollte es möglich sein, ohne abwehrende Geste und Ausflüchte, widerstandslos?), und er hatte sie auf den Mund geküßt, ihre Lippen geöffnet, die sich auch kaum widersetzten, und während er sich sagte, er müsse träumen, denn dies war zu schön und überraschend, um wahr zu sein, hatte er sich linkisch seiner Kleider entledigt, ohne auch nur eine Sekunde aufzuhören, sie zu küssen, ihr dann die Jeans, den Pulli und den knappen Baumwollschlüpfer abgestreift und sich einen Moment lang zurückgelehnt, um sie anzuschauen, und jenes zerbrechliche, unbeholfene Mädchen erschien ihm nun strahlend und üppig in ihrer völligen Nacktheit, wie er nicht das Glück gehabt hatte, sie an jenem Tag zu sehen, als sie nackt die Tür geöffnet und er sie sofort in die Arme geschlossen hatte (»eine falsche Magere«, hätte Elia geurteilt, »ein leibhaftiges häßliches Entlein«), und er hatte sich noch eine Ewigkeit zusammengenommen, um sie weiter auf den Mund zu küssen, ihre Brüste zu streicheln, bis er fühlte, wie die Brustwarzen unter seinen Handflächen steif und hart wurden, erst dann war er mit einer Hand herabgeglitten bis zu dem warmen Spalt, der sich zwischen ihren Beinen öffnete, um sie dort zu streicheln, lange, lange Zeit, bis er spürte, wie seine Finger feucht und klebrig wurden, und er den Eindruck hatte, der Atemrhythmus des Mädchens habe sich beschleunigt, erst dann erlaubte er sich, selbst seinem Verlangen nachzugeben, und glitt auf das Mädchen, wobei jeder Zentimeter seiner Haut auf ihrer weichen Porzellanhaut erschauderte, sein Geschlecht suchte sie begierig zwischen ihren Beinen, und er stieß am Rande der äußersten, glühendsten und heftigsten Wonne, die jemals erreicht wurde, keuchend hervor: »Es gefällt dir! Ich weiß, daß es dir doch gefällt, komm, komm jetzt, komm!« Und da, im allerletzten Moment, als es schon unmöglich war, innezuhalten und sich zu bezähmen, hatte Silvia ihre Passivität aufgegeben, die Beine fest zusammengeschlagen, das Gesicht abgewandt und ihn zurückgestoßen, einige Augenblicke später, als er sie fassungslos, verzweifelt und sprachlos ansah, hatte das Mädchen einen seltsamen Blick und aufeinandergepreßte Lippen gehabt, und dann wispernd hervorgebracht (er hätte nicht zu entscheiden gewagt, ob triumphierend oder reumütig, wobei auch beides zugleich nicht ausgeschlossen war): »Weißt du, ich habe nichts gespürt.«

Auch dieses Mal hatte er sie nicht geschlagen, vielleicht weil er fürchtete, wenn er erst einmal anfinge, könnte er nicht mehr auf aufhören, bis er sie zerfetzt hätte. Er hatte sich angekleidet, das Haus verlassen, doch nicht den Weg nach Hause eingeschlagen, sondern zu Elia, zu seinem sichersten Schlupfwinkel, um seine Wunden zu lecken, war denn nicht sie die Initiatorin und Schuldige, war jene blendende Idee etwa nicht ihre gewesen?. Das hatte er ihr sogleich beim Eintreten gesagt. »Na ja, eigentlich hatte ich nicht geglaubt, daß sie es dir so kräftig geben würde.« Und er war zum Schlafen dort geblieben, in jener und den darauffolgenden Nächten, die er ganz damit verbrachte, mit Elia über Silvia zu reden, wütend und verzweifelt gegen Silvia zu wettern oder zu verlangen, Elia möge erzählen, und Elia: »Was willst du denn hören? Ich habe sie in der Universität nur sehr flüchtig kennengelernt, wir waren nicht einmal Freundinnen im eigentlichen Sinne, ich hatte schon seit einer Ewigkeit nichts mehr von ihr gehört, aber nein, nein, ich glaube nicht, daß sie sich jemals in dich verliebt, auch in keinen anderen, nicht einmal in den glücklichen Skifahrer, sollte er ihr noch einmal über den Weg laufen, und wenn du willst, daß ich dir einen Rat gebe, du solltest sie (falls sie einwilligt, aber sie wird nicht einwilligen, denn sie ist zu verrückt, um einzugestehen, daß sie es sein könnte) zu einem Psychoanalytiker oder einem Psychiater bringen, und dabei könntest du gleich veranlassen, daß man auch dich kurz ansieht.« Er hatte sich beklagt, sie nähme es auf die leichte Schulter, und Elia: »Was willst du eigentlich, daß wir beide in Tränen ausbrechen?« So verstrichen die Tage, wurden ihm unerträglich lang, ja es schien, als stünde die Zeit still oder verginge nur schleppend, im Zeitlupentempo, in einer zögernden Abfolge der einzelnen Sekunden; tagelang näherte er sich nicht einmal dem Büro und sah niemanden, außer Elia. Ohne seine Aufmerksamkeit auf etwas lenken, sich mit irgend etwas beschäftigen zu können, ohne daß er etwas anderes machte, als wie wild gegen die ständige Versuchung anzugehen, zu ihr zu gehen oder sie anzurufen – gegen die unaufhörliche Versuchung, sie anzurufen –, als bedeute dieser Widerstand sein Leben, als sei er das einzige, was ihm im Leben noch zu tun bliebe, so daß er sich bisweilen nicht einmal mehr an die Gründe erinnerte, warum er beschlossen hatte, sie ncht wiederzusehen, doch der Entschluß blieb bestehen, und Elia hatte einen jener vorformulierten Sätze, jener Beschwörungsformeln geäußert, die sie mitleidig den Kopf schüttelnd untereinander austauschten: »Mach dir keine Sorgen, auch das wird vorübergehen.« Und er: »Sicherlich, aber was nützt es mir, das ist doch auch kein Trost, siehst du denn nicht, daß mein Problem nicht darin besteht, was ich in ein paar Monaten, ein paar Jahren mache, sondern wie ich die nächsten drei, vier Stunden überlebe?« Dabei trank er maßlos und verstärkte die Wirkung des Alkohols noch mit Schlafmitteln, nicht um zu sterben, nein (wenn jemand sterben sollte, dann war sie es), sondern um tausend Stunden zu schlafen und die Zeit spurlos verstreichen zu lassen, und tatsächlich schlief er viele Stunden lang und verbrachte die restlichen in einer Art von Dämmerzustand. Eines Nachmittags kam er wieder zu sich, als er mit demWagen über die Autobahn fuhr und nicht wußte wohin, wie zum Teufel hatte er in seinem Zustand hierher gelangen können. Nach diesen höllischen Tagen war es Silvia gewesen, die ihn angerufen hatte, und er, überrascht: »Wie hast du mich nur gefunden? Niemand wußte, daß ich hier bin.« Und sie mit unendlich zuckersüßer, einschmeichelnder Stimme: »Ich habe bei dir zu Hause angerufen, im Büro, Tausende von Malen, überall habe ich dich gesucht, sogar im Paradies...« Und mit einem Beben in der Stimme: »Verzeih mir bitte, ich kann nichts dafür.« Dann in leisem, kaum vernehmbarem Flüsterton: »Komm doch zu mir nach Hause, bitte, ich brauche dich.« So hatten sie sich in zwanzig Minuten bei ihr zu Hause verabredet, und er war von den Toten wieder auferstanden, Elia hatte ausgesprochen, was kaum zu übersehen war: »Du freust dich, daß sie angerufen hat, nicht wahr? Du fühlst dich glücklich!« Es stimmte, komme was wolle, sicherlich würde es nichts Gutes sein, er hatte sich über ihren Anruf gefreut und fühlte sich in jenem Moment überglücklich.

JOSÉ LUIS GIMÉNEZ-FRONTÍN

DIE GRAUE DOGGE

Sonntagmorgen in einem sonnigen Straßencafé. Es ist Frühling. Ein junger Mann langweilt sich. Seine Tischgefährten unterhalten sich fast schreiend und mit schallendem Gelächter. Sie reden über das, was sich in den frühen Morgenstunden in einer Diskothek zugetragen hat, die schließen wollte. Sie fallen einander ins Wort, fügen Einzelheiten hinzu, korrigieren sich gegenseitig, was nun wirklich gesagt worden sei und von wem, was man hätte sagen können und nicht gesagt hat, wie schlimm das Ganze hätte ausgehen können und nicht ausgegangen ist.

Er läßt unterdessen seinen Blick über die Nachbartische schweifen, auf der Suche nach irgendeinem hübschen Gesicht, ein paar lebhaften Augen, dem Widerschein der Sonne in Haaren, wie er sie mag, schwarz, glatt und lang, mit einem Stich ins Metallische, solche Haare, wie man sie manchmal bei Frauen in japanischen Filmen bewundern kann, wenn die Szene im Haus spielt. Eine exotische Schwärze.

Anfangs sieht er die Frau nicht. Eine Frau wie so viele andere, mit braunen und, wie er bemerkt, für ihr Alter übertrieben kurzen Haaren. Nicht daß sie alt wäre, aber sie ist doch *ziemlich* alt. Sie muß über fünfunddreißig sein. Er achtet nicht auf ihr Gesicht. Die Frau sitzt ebenfalls in einem Kreis von Freunden. Er fragt sich, ob der nichtssagende Mann, der neben ihr sitzt, wohl ihr Ehemann ist. Sie sprechen kaum miteinander. Es muß ihr Mann sein.

In Wirklichkeit hat der Junge gar nicht die Frau angesehen,

sondern die Dogge. Denn neben dem Stuhl der Frau steht auf hohen Beinen ein wachsamer Hund, groß und grau. Der Blick des jungen Mannes ist von der Dogge zu der Frau gewandert und wieder zur Dogge zurückgekehrt. Ihre Reglosigkeit ist vollkommen. Sie ist grau. Erst nach ein paar Sekunden des Hinsehens bemerkt er die bläulichen Schattierungen, die in der Sonne schillern. Man könnte das Tier für eine Statue halten, wäre da nicht sein Atmen, das den kräftigen Brustkorb hervortreten läßt und eine Unmenge Muskeln unter dem glatten Fell strafft. Der Hund trägt ein Lederhalsband in der Farbe alten Goldes. Dieselbe Farbe wie die Leine, gleichfalls straff, die die Frau mit einer Hand in der richtigen Länge hält.
Die andere Hand streichelt wie achtlos, aber fest die harte Flanke.
Plötzlich wird der Junge ganz verwirrt, und er errötet, ohne zunächst zu verstehen, weshalb.
Es ist die Wiederholung der Geste, ihre Nachdrücklichkeit, der langsame und beharrliche Rhythmus des Streichelns, was ihn vielleicht durcheinander bringt. Oder die Konzentration des Hundes, der allerdings nicht seine Herrin ansieht, sonder mit leerem, nach innen gewandtem Blick vor sich hin starrt, so als ob seine ganze Existenz von der Wiederholung des Streichelns abhinge, in der Gewißheit – einer absurden Gewißheit, denn ihm muß klar sein, daß es kein ewiges Streicheln gibt –, daß die Hand seiner Herrin die Geste ein ums andere Mal wiederholen wird, in einer Art angehaltenem, mechanischem Augenblick ohne Ende. Ein immerwährender Augenblick.
Jetzt mustert der Junge die Frau, die auf der Stuhlkante sitzt, die Beine dicht beieinander und ein wenig schräg gestellt. Sie trägt einen Wickelrock aus leichtem Stoff, der über die Ränder des Stuhls fällt und ihre halbe Wade bedeckt, eine Bluse mit geschlossenem Kragen und einen Pullover, im Ton

passend zu dem Rock, über den Schultern. Sie wechselt mit ihren Tischgenossen zweifellos ziemlich banale Sätze und ändert den Rhythmus nicht, in welchem sie den Hund streichelt, der auf seinen vier Pfoten steht und beinahe ihre Schenkel und Waden berührt, dieser Hund, den sie nicht ansieht, dem sie nicht die mindeste Geste der Zuneigung widmet, den sie zu ignorieren scheint oder zu ignorieren vorgibt.

Der Junge ist sich jetzt sicher, daß auch die Frau straff und gespannt ist, und genau im Augenblick seiner Entdeckung sieht ihn die Frau an. Es ist eine blitzschnelle, kaum wahrnehmbare Begegnung von Blicken, unbedingt zufällig, aber der Junge hat sich beeilt, seinen Blick abzuwenden und sich an dem Gespräch seiner Freunde zu beteiligen. Dann schweigt er. Er wagt nicht, seinen Blick noch einmal zu dem Tisch der Frau zu lenken. Er wundert sich, daß unter den Dutzenden von Leuten, die einander in solch einem eleganten Straßencafé mit gesitteter Dreistigkeit beobachten, scheinbar er der einzige gewesen ist, der die Bedeutung einer geheimen und gleichwohl öffentlichen Sprache erkannt hat. Den Code des wechselseitigen, aber nicht mitteilbaren lustvollen Genießens der Herrin und ihres Hundes.

Der Junge rutscht auf seinem Stuhl hin und her. Er verspürt mit einem Mal eine Woge des Zorns gegen sich selbst und gegen seine Freunde. Es ist unrecht, sagt er sich. Unrecht, unrecht, unrecht. Diese Lust, sagt er sich, ist unschuldig, und dennoch ist sie abstoßend und schmutzig. Ja, aber weshalb? Diese Lust hat nichts mit Liebe zu tun.

Diese Lust ist alle Lüste.

Er steht unvermittelt auf und stottert zu seinen Freunden eine Entschuldigung. Er sagt, daß er nun selbst zur Bar gehen werde, um noch ein Glas zu bestellen, weil der Kellner sein Winken nicht beachte, ein Winken, das er, so bedeutet man ihm, noch gar nicht versucht hat. An Geist und Gestalt

das Urbild der Sorge selbst, sagen sie, was er bloß wolle, wonach er suche?
Die Bar ist gedrängt voll, und der Junge bahnt sich mühsam einen Weg. Ihn streifen Arme, Ellbogen, Hüften, die er sich mit übertriebenem Nachdruck vom Leibe hält, so als wären die Berührungen nicht natürlich und völlig unbeabsichtigt, und als würden sie ihm zum ersten Male unerträglich, eine Art Zudringlichkeit oder Beleidigung. Endlich nimmt er einen tiefen Schluck von seinem zweiten Gin Tonic, ohne eigentlich Durst zu haben, und stützt sich mit den Ellbogen auf die Theke. Er läßt den Blick über die Terrasse schweifen, die in der Sonne liegt, und ahnt, weiß, erhofft vielleicht, was er sehen wird: die Dogge, und die Frau, die wie geistesabwesend ihren Blick auf das Innere der Bar richtet, um ihn zu suchen. In Wirklichkeit ist der Blickkontakt vielleicht nie zustande gekommen. Aber das Gefühl von Nebel ist vollkommen wirklich. Es ist sogar absurd, sagt er sich, an einen zweiten Blickkontakt zu denken, denn das würde das Eingeständnis bedeuten, daß es zuvor bereits einen anderen gegeben hat. In jedem Falle ist nichts real, meint er abschließend, was nicht mit Vorbedacht geschieht, und mit dem Rücken zu den Fenstertüren, die auf die Terrasse hinausgehen, trinkt er seinen Drink aus und zahlt. Dann macht er sich auf den Weg zur Treppe, die nach unten zu den Toiletten der Bar führt. Er geht mit um eine Nuance zu entschiedenen Schritten.
Im Untergeschoß werfen einige auf antik gemachte tulpenförmige Wandlampen ihr unwirkliches, spärliches Licht auf ein paar Waschbecken. Er beugt sich über eines, läßt das Wasser laufen und seift sich die Hände ein. Im Spiegel sieht er die Türen zu den Toiletten, mit Schildern aus Holz, auf denen jeweils der Umriß einer Pfeife beziehungsweise eines Fächers aufgemalt ist. Eingehend mustert er seine Gesichtszüge. Er findet sie verschwommen und wenig ausgeprägt.

Er macht sich das Gesicht frisch und trocknet sich mit mehreren Papierhandtüchern ab, die er mit jähen Bewegungen aus dem automatischen Handtuchspender reißt. Er will gerade das letzte Handtuch in den Papierkorb werfen, als er, sogleich alarmiert, das harte Klappern von Frauenschuhen vernimmt, welche die Treppe herunterkommen.
Der Junge ist wie gelähmt, die Augen starr auf die noch leeren Stufen geheftet, auf denen im nächsten Augenblick die Schuhe auftauchen werden, schwarze Schuhe mit halbhohem Absatz, die in aller Ruhe herabsteigen und mit einem scharfen Knall auftreten, immer tiefer, Frauenschuhe – die Schuhe *der Frau*, das weiß er –, die einen Moment reglos in der Luft zu verharren scheinen, ehe sich mit ihnen das Gewicht des Beines, des gesamten Körpers voll ruhiger Entschlossenheit auf den unechten Marmor der Stufen senkt. Es ist ein theatralischer und langsamer Abstieg, wie der einer mit Bedacht in Szene gesetzten Bedrohung. Die Strümpfe haben einen Grauton. Dann taucht der Rocksaum in Höhe der halben Wade auf. Schließlich die weiße Bluse, streng zugeknöpft. Kein Schmuck am Hals.
Der Junge blickt konzentriert auf das feuchte, zerknüllte Papier, das er in der Faust hält. Er erinnert sich daran, daß die Frau das Haar sehr kurz trägt, und an das flüchtige Funkeln von Ohrringen wie Splitter aus Gold. An das Gesicht erinnert er sich nicht. Schließlich wirft er das Papiertuch auf den Boden, nicht in den Korb, und schickt sich an, auf der ersten Stufe an der Frau vorbeizugehen, ohne ihr ins Gesicht zu sehen. Aber intuitiv nimmt er ihre Bewegung wahr. Er blickt hoch und sieht den Ärmel der Bluse, der ihm im rechten Winkel zur Wand den Weg versperrt.
Er befindet sich weniger als einen Meter von der Frau entfernt. Fast ohne es zu bemerken, tritt er einen Schritt zurück, so als wolle er einer möglichen Berührung ausweichen. Oder vielleicht, um eine bessere Perspektive zu gewinnen

und die Frau mit gespielter Überraschung anschauen zu können, in der stummen Aufforderung, sie möge das Mißverständnis ausräumen und mit einem nichtssagenden Lächeln eine Entschuldigung murmeln. An diesem Punkt der Begegnung weiß er jedoch bereits, daß es keinerlei Mißverständnis gibt, daß sie nicht von der untersten Stufe herabtreten und den Weg freigeben und auch keine Worte der Entschuldigung äußern wird.

Sie lächelt. Ja, sie lächelt. Es scheint kein spöttisches Lächeln zu sein. Ihre Augen betrachten ihn eingehend und mit einer dunklen Starrheit. Es sind weder häßliche noch hübsche Augen. Es sind Augen, die ihn ansehen, ihn, der nicht angesehen werden will. Augen, die sich von den seinen nicht lösen. Augen, die mächtiger sind als seine.

Keiner bricht das Schweigen. Der Junge vermeint ein rhythmisches Klopfen in seinen Schläfen zu hören. Dann öffnet die Frau ganz leicht ihre kaum geschminkten Lippen.

»Meine Dogge hat dir gefallen, nicht wahr?«

Er braucht eine Zeit, ehe er antwortet. Vielleicht ist es auch ein anderer, der da mit seltsam ausdrucksloser Stimme antwortet.

»Ich finde Ihren Hund abstoßend.«

Es scheint, als habe sie ihn nicht gehört. Sie spricht weiter, hastig jetzt, so als sähe sie eine unwillkommene Störung voraus, aber in heiterem Ton.

»So viele Leute, und du bist der einzige, der ihn beobachtet hat. Die anderen sind blind.«

Der Junge ist vor Verlegenheit rot geworden, aber auch vor Zorn.

»Bitte, meine Dame, machen Sie doch Platz. Ich bin nicht Ihr Hund.«

Sie antwortet mit einem Lachen, das nach der Hälfte seiner ansteigenden Tonleiter abbricht. Das Lachen einer Verrückten.

»Bist du sicher?« fragt sie.

Sie vollführt eine halbe Drehung und beginnt langsam die Treppe hinaufzusteigen. Der Junge atmet erleichtert auf. Aber er gelangt nicht weiter als bis zur dritten Stufe. Dann wendet sie ihm wieder das Gesicht zu, während sie zu einer sonderbaren Bewegung ansetzt. Es scheint, als wolle sie die Arme kreuzen. Sie legt ihre linke Hand rechts an den Saum ihres Rockes und die rechte Hand an die andere Seite. Eine Schlaufe wird gelöst, ein Reißverschluß knarrt. Langsam, zögernd öffnet sie jetzt die Arme und bietet sich dar, indem sie den Rock völlig ausgebreitet hochhält, wie ein Nachtvogel, der sich anschickt, zum Fluge aufzusteigen. Im Licht der Wandlampen haben die Strümpfe eine bläuliche Färbung angenommen. Die Strümpfe, die auf halber Höhe der Schenkel von Strumpfbändern in der Farbe alten Goldes gehalten werden. Der Slip ist winzig und durchsichtig, von der Farbe der Strümpfe. Der Junge wendet den Blick ab, aber er hat deutlich die jugendliche, wenngleich gerundete, üppige Vollkommenheit ihrer Formen wahrgenommen, die maßlose Ausdehnung der nackten Schenkel jenseits des kreisförmigen Abschlusses der Strümpfe, den gewissermaßen spärlich sprießenden Schatten, den der Slip in der Kurve des Schamhügels durchscheinen läßt.
Er wirft hastig einen Blick treppauf. Da sind keine Schritte in den Schatten. Verstohlen sieht er zu den beiden geschlossenen Türen der Toiletten. Es gibt keine störenden Geräusche, kein Rauschen der Wasserspülung, keine Türen, die mit einem Knall entriegelt werden. Dann blickt er wieder auf die Hüften, den Bauch und die Beine der Frau. Er will etwas sagen. Da wird ihm bewußt, daß sie für ihn die Farben der Dogge und des Halsbandes der Dogge zur Schau stellt.
»Ich bitte Sie, meine Dame. Bedecken Sie sich und machen Sie Platz.«
Aber sie macht weder Platz noch bedeckt sie sich.
Seine Stimme hat einen flehenden Tonfall angenommen.

»Bitte, meine Dame, ich bitte Sie...«
Sie lächelt nicht mehr.
»Hast du Angst? Ich nicht. Ich habe nicht geglaubt, daß du zu denen gehörst, die Angst haben...«
Endlich Schritte auf der Treppe, Schritte, die den Lärm der Stimmen und das Lachen aus der gedrängt vollen Bar übertönen, die der Junge einen Augenblick lang nicht mehr wahrgenommen hat. Die Frau nimmt nun eilig die Arme herunter, und der Rock schließt sich. Ihr Blick ist spöttisch.
Alles wird wieder normal, ist bereits wieder normal geworden. Die Frau allerdings bleibt reglos auf der vierten Stufe stehen und schließt in aller Selbstverständlichkeit die Schlaufe an der Seite ihres Rockes wobei sie dem Störenfried, der soeben aufzutauchen beginnt, den Rücken zuwendet.
Der Junge versucht nun, hastig an der Frau vorbeizukommen. Aber für alle drei ist nicht genug Platz auf derselben Stufe. Die Frau hakt sich bei ihm ein, hält ihn so fest, zieht ihn beiseite, um dem Mann Platz zu machen, der an ihnen vorbeieilt, ohne sie anzusehen. Dem Mann, der nun hinter der Tür mit der aufgemalten Pfeife verschwindet.
Unterdessen hat die Frau zu reden begonnen, ziemlich schnell und in normalem Tonfall, nicht ungeduldig; so wie eine ältere Verwandte, die einem Jungen, den man nicht im Waschraum einer Bar zu treffen erwartete, wegen irgendwelcher Nichtigkeiten Vorhaltungen macht.
»Bestimmt wolltest du heute abend mit einem Schulmädchen ausgehen. Sie muß sehr hübsch sein. Ihr haltet Händchen. Sie liebt dich, und ihr küßt euch. Und du liebst sie auch. Aber das zwischen uns wird mit Liebe nichts zu tun haben, und das weißt du...«
Während sie redet, hat sie ihre Hand in die Tasche seines Jacketts geschoben. Er versucht mit aller Macht freizukommen. Er kann sich kaum beherrschen, um nicht laut zu werden.

»Sie sind verrückt! Lassen Sie mich los! Damit Sie es wissen: Sie stoßen mich genauso ab! Sie stoßen mich ab!«
Sie lacht wieder ihr verrücktes Lachen und läßt ihn los.
»Das, mein Lieber, ist völlig ohne Bedeutung.«
Der Junge nimmt Reißaus, die Treppe hinauf. Er nimmt immer zwei Stufen auf einmal. Er taucht in den Rauch der Zigaretten ein, in den Lärm der Unterhaltungen wie in einen befreienden Nebel. Nach und nach wird sein Atem ruhiger. Er zündet sich eine Zigarette an. Er gibt sich den Anschein, als sei alles normal, kehrt an den Tisch seiner Freunde zurück und drängt sie zum Aufbruch.

Sie bringen ihn mit dem Auto nach Hause.
Auf halbem Weg entdeckt er das Streichholzbriefchen in seiner Jackentasche, ein Reklamebriefchen aus der Bar. Vorher hat er es noch nicht gehabt. Er weiß daher, daß er innen auf der Lasche etwas geschrieben finden wird. Er macht es auf. Er liest den in Großbuchstaben notierten Namen einer Straße, eine Hausnummer und die Angabe eines Stockwerks. Und weiter unten, unterstrichen: »Heute abend, fünf Uhr.«
Das ist alles dermaßen absurd, daß er lachen möchte, aber er lacht nicht. Er verspürt den Impuls, die Botschaft aus dem Fenster zu werfen, aber er tut es nicht. Statt dessen zerdrückt er mit wachsendem Zorn das Streichholzbriefchen in der geballten Faust.
»Einer Frau die grauen Strümpfe auszuziehen«, sagt er laut, »einer Frau, die man nicht liebt, die man vor allem nicht liebt, einer Frau, die man weder kennt noch vor allem kennenlernen will – das muß so sein, als beiße man in die Frucht des Baumes von Gut und Böse, den Apfel der Erkenntnis...«
Sie antworten ihm mit den obligaten Witzen und den vorhersehbaren Zoten, dann wechseln sie das Thema: »Dann

treffen wir uns also zwanzig Minuten vor der Vorstellung am Kinoeingang.«
Mit neutraler Stimme meldet sich der Junge wieder zu Wort: »Ich habe den Film ausgesucht, schon richtig, aber wenn ich nicht pünktlich da bin, kauft mir keine Karte und wartet auch nicht auf mich.«

Der Junge geht zeitig genug von zu Hause los, damit er ohne Hast die Verabredung mit der Gruppe seiner Freunde einhalten kann, und macht vorher noch in einer Bar halt, um einen Kaffee zu trinken. Er möchte um jeden Preis pünktlich am Kinoeingang sein. Er stützt sich auf die Theke, bestellt seinen Kaffee und holt eine Packung Zigaretten hervor. Er sucht sein Feuerzeug. Seine Finger sind in der Tasche auf das Streichholzbriefchen mit der schriftlichen Nachricht gestoßen, haben es beiseite geschoben und schließlich umklammert. Er bricht eines der Hölzchen ab, reißt es an und zündet die Zigarette an. Er liest die Botschaft nicht noch einmal. Er kennt sie auswendig. Und dennoch kommt ihm die Szene von vor ein paar Stunden unwirklich vor, so als habe sie nie stattgefunden. Vielleicht wie eine Szene aus einem halbvergessenen Film. Tatsächlich kann er sich nicht einmal an das Gesicht der Frau erinnern, wohl aber an ihre Worte. Das Bild des Slips und der Strümpfe, glatt, grau, durchscheinend, die Nacktheit des Schenkels einrahmend, und das Schimmern des goldenen Strumpfbandes stehen ihm allerdings noch deutlich vor Augen. Ebenso wie jene Gebärde von ihr, mit der sie langsam ihren Rock geöffnet und mit fast gekreuzten Armen so ausgebreitet hatte, als wolle sie sich gleich in die Lüfte erheben...
Wieder auf der Straße, läßt er sich treiben. Aber nicht in Richtung Kino. Er schreitet mit großer Leichtigkeit aus, ohne seinen Körper zu fühlen. Er weiß, daß ihm noch reichlich Zeit bleibt für seine neue Verabredung, und er schlendert aufs Geratewohl umher.

Es ist wenig Verkehr auf den Straßen. Er sieht auf die Uhr und lenkt seine Schritte auf einen magnetischen Punkt zu. Ein Häuserblock, ein Portal, eine Wohnungsklingel außen auf einer Tafel. Er drückt sie.
Kurz darauf hört er das Summen, das ihm die Tür öffnet. Niemand hat ihn durch die Sprechanlage etwas gefragt. Es gibt nur dieses anhaltende, beharrliche Summen, so als ob man dort in der Wohnung vorhersähe, daß er es trotz allem nicht hören oder, wenn er es hörte, sich plötzlich umdrehen und davonlaufen könnte.
Der Junge hat die Tür aus Glas und Schmiedeeisen aufgedrückt. Die Eingangshalle liegt im Halbdunkel. Die Portiersloge ist felsenfest verschlossen. Er geht zu den Briefkästen, um den Namen zu lesen, aber da ist kein Namensschildchen für die angegebene Wohnung. Vielleicht haben sie es eben erst herausgenommen, damit er es nicht liest. Er zuckt mit den Schultern. Auch egal.
Der verglaste Fahrstuhl schwebt ganz langsam nach oben, und sein Gefühl von Leichtigkeit ist jetzt vollkommen.
Er ist noch nicht aus dem Fahrstuhl gestiegen, und schon hört man das Bellen der Dogge. Mehr noch ein Knurren, drohend heiser und wild. Aber ihm macht das nichts aus. Ihm macht nichts mehr etwas aus. Alsbald hört er eine barsche Stimme. Die Stimme der Frau. Und einen Peitschenhieb. Dann hört man nichts mehr.
Er geht zu der Klingel und will sie gerade drücken, als die Tür aufgeht.
Die Frau steht da, gekleidet wie am Vormittag, ihr zur Seite die Dogge, die auf ihren Hinterbeinen sitzt, und deren häßliche Äuglein ganz wachsam sind. Die Frau hält den Hund mit der Leine von der Farbe alten Goldes unter Kontrolle, die sie sich so um die rechte Hand gewickelt hat, daß kaum eine Handbreit Leine zwischen dem Halsband und der Faust bleibt. Mit der anderen Hand scheint sie eine Bewe-

gung hin zu der seitlichen Schlaufe ihres Rockes machen zu wollen, aber sie hält inne. Sie lächelt. Sie schaut ihm in die Augen. Dann hält sie ihm die Leine des Hundes hin.
Er versteht die Gebärde nicht. Er hat sie nicht einmal gesehen.
»Ich bin gekommen«, sagt er.
Da erklingt vom dunklen Flur her die Stimme eines Mannes, absurd, unverständlich.
»Ist er es?«
Das Lächeln der Frau wird breiter. Sie hat ihm die Leine der Dogge in die Hand gedrückt. Dann lehnt sie sich in einer Pose, die der vom Vormittag ähnelt, mit leicht abgewinkeltem Arm gegen den Türrahmen. Sie dreht sich halb um und ruft mit lauter Stimme etwas in Richtung der Wohnung. »Ja, er ist es.«
Dann wendet sie sich zu dem Jungen und zeigt auf die Dogge: »*Othello* war schon ganz ungeduldig. Er muß spazierengeführt werden. Er kennt den Weg. Er ist intelligent und sehr diszipliniert, aber reiz ihn nicht. Laß dich führen. Er wird dich von selbst in einer halben Stunde zurückbringen.«
Die Dogge stürmt rücksichtlos auf den Treppenabsatz zu.
Sie schließt die Tür.
Othello hat, oder zumindest kommt es ihm so vor, ein unerträgliches, triumphierendes Funkeln in den Augen.
Bis zum Treppenabsatz dringt das unverkennbare Geräusch von gedämpftem Auflachen, von Liebkosungen und von keuchendem Atem.

CRISTINA PERI ROSSI

DER ZEUGE

Ich wuchs im Kreis der Freundinnen meiner Mutter auf. Wieviele es waren, weiß ich nicht mehr, auch würde ich nicht sagen, daß ich mich noch an alle erinnere; einige freilich konnte ich nicht vergessen und weiß noch gut, wer sie sind, ja denke an sie mit Sympathie. Ich habe nicht mit anderen Kindern gespielt, sondern mit den Freundinnen meiner Mutter. Im Grunde genommen bin ich ein ausgesprochener Einzelgänger und ziehe die elektrische Eisenbahn der Gesellschaft anderer wie mir vor. Entweder die Loks oder die Freundinnen meiner Mutter. Im allgemeinen tauchen sie eine nach der anderen auf. Es gibt ganze Zeiten, in denen meine Mutter nur eine Freundin hat, die praktisch bei uns zu Hause wohnt, an unseren Mahlzeiten teilnimmt, an den Videovorführungen, den Fernsehprogrammen, den Spaziergängen und den Nächten. Immer haben sie mich liebevoll umsorgt.

»Mir gefällt es sehr, daß keine anderen Männer im Haus sind«, sagte ich einmal zu meiner Mutter, denn ich war ihr dankbar, daß meine Kindheit nicht vom Gebrüll eines jähzornigen Vaters oder eines anspruchsvollen Liebhabers getrübt wurde. Die Frauen sind sehr viel zartfühlender. Mit ihnen verstehe ich mich einfach besser. Mir hätte es nicht behagt, das Haus mit anderen Männern zu teilen; das Leben mit den Freundinnen meiner Mutter entzückte mich hingegen.

Ich glaube, meine Mutter dachte das gleiche. Seit sie und

mein Vater sich voneinander getrennt hatten – als ich noch ganz klein war –, wurde das Haus nur von Frauen aufgesucht, und das war sehr beruhigend. Ich vermute, für meinen Vater auch. Die erste, an die ich mich erinnere, war ein Mädchen mit einer verhältnismäßig dunklen Haut, einer schrillen Stimme und leuchtend schwarzen Augen. Meine Mutter war sehr jung damals, und ich zählte drei Jahre. Gemeinsam unternahmen wir zahlreiche Spaziergänge; ich schlief in meinem Zimmer und sie bei meiner Mutter. Doch des Nachts stand ich manchmal auf und erschien im Zimmer der Großen. Dann nahm mich eine der beiden in die Arme, um mich in den Schlaf zu wiegen, und in ihrer Mitte schlief ich ein, von der Wärme ihrer nackten Körper behütet. Eine andere wiederum hatte langes blondes Haar, und nichts fand ich angenehmer, als mich mit meinen Fingern in ihnen zu verlieren wie Schmetterlinge im Sommer. Meine Mutter kämmte sie ihr mit äußerster Sorgfalt, glitt mit dem breiten Schildpattkamm durch das seidige Haar, das fast bis zur Taille reichte, während ich den beiden zusah. (Stets bedauerte ich, nicht als Mädchen geboren zu sein, dann hätte meine Mutter auch mir in hingebungsvoller Andacht die Haare gekämmt; ich bedauerte, ein Junge mit kurzem Haar zu sein, dem etwas entgeht, was ihnen so viel Genuß bereitet.) Da gab es noch eine andere Freundin von eher männlicher Erscheinung: Sie hatte breite Schultern, war kräftig gewachsen, sprach mit tiefer Stimme und schien eine äußerst starke Frau zu sein. Von ihr bekam ich ständig Spielsachen gekauft: Sie schenkte mir ein Fahrrad, mehrere Puzzles, forderte mich zum Wettkampf heraus, maß sich mit mir beim Springen, Boxen und Schwimmen. Ihr brachte ich zwar nicht die gleiche Zuneigung entgegen wie den anderen, fand aber ihre Späße sehr lustig und freute mich diebisch, wenn ich sie beim Schachspiel besiegte. Meine Mutter war von dieser übertriebenen Aufmerksamkeit, die mir zuteil wurde, weniger entzückt, ja ich glaube, sie stritten sogar gelegentlich meinetwegen, doch ich beruhigte meine Mutter, indem ich ihr versicherte, natürlich hätte ich sie lieber als die andere, sie sei die schönere und intelligentere.

Die letzte war eine junge Schauspielerin. Sie hatte in einem Film mitgewirkt, den ich nicht sehen durfte, denn meine Mutter entschied, er sei für mich nicht geeignet. Wir mußten sie beschützen, so sagte zumindest meine Mutter. Ihre Kindheit war unglücklich verlaufen, und daher sollte sie noch viele Dinge lernen, bevor sie ihre Karriere weiter verfolgen könnte: Wir würden ihr ein Heim geben und den nötigen Schliff, der ihr noch fehlte.

Meine Mutter ist eine überaus großzügige Frau. Immer hilft sie jemandem, und mich hat sie in diesem Sinne erzogen. Viele Frauen haben wir so unterstützt, auch wenn sie sich danach nicht mehr bei uns blicken ließen. Unser Heim bietet ihnen ein Dach über dem Kopf, Verpflegung, Behaglichkeit, Bücher, Musik und Zuwendung. Der jungen Schauspielerin sah man schon von ferne an, daß sie schutzbedürftig war: Obwohl sie nicht nur fröhlich und unbeschwert wirkte, sondern auch sehr sympathisch, war sie nicht gerade ausgeglichen und ziemlich sprunghaft.

»Du wirst zusammen mit meinem Sohn lernen und dich bilden«, bedeutete ihr meine Mutter. Tatsächlich wies ihr meine Mutter von Anfang an Aufgaben zu: Sie hatte Übungen für Englisch und Französisch zu machen und mußte eine Reihe von Büchern aus unserer Hausbibliothek lesen, die ihr meine Mutter anempfahl.

Es war herrlich, ihnen zuzusehen, wenn sie alte Dichter lasen, Opern hörten oder Kleider anprobierten, die sie untereinander austauschten. Das eine Mal streifte die Schauspielerin den Rock und die Bluse meiner Muter über; das andere Mal war es meine Mutter, die in die Hosen ihrer Freundin schlüpfte und dazu ihren englischen Hut und den Schal

trug. Von meiner Mutter erfuhr ich auch, die Schauspielerin sei von zu Hause fortgelaufen, doch ein wirkliches Heim habe sie dort nicht gehabt, sondern erst bei uns gefunden.
»Dir kann ihre Gegenwart nur guttun«, meinte meine Mutter, »denn du ziehst dich immer mehr zurück.«
Ich mußte ihr recht geben, mir gefiel Helenas Anwesenheit. Sie hatte große blaue Augen, war hoch gewachsen, schlank, und ihr überlanger, weißer Hals glich dem eines Porzellangefäßes. Ich vernarrte mich in sie. Sie ließ ich in mein Zimmer – zu dem nicht einmal meine Mutter Zutritt hatte –, zeigte ihr meine Zeichnungen, lauschte mit ihr meinen liebsten Platten. Ich schaute sie gerne an. Ihre Bewegungen waren flink und geschmeidig, nicht so linkisch wie meine (in der letzten Zeit bin ich mächtig gewachsen und ziemlich schlaksig); sie sprach mit einer sanften, betörenden Stimme voller Untertöne, und sobald sie sich mir näherte, befiel mich ein undefinierbares Prickeln. Besonders gerne vertiefte ich mich mit ihr in meine Schmetterlingssammlung. Sie begeisterte sich für die Muster auf den Flügeln der Falter und lernte schnell, sie einzuordnen. Mehrfach unternahmen wir Ausflüge aufs Land, um seltene Arten zu fangen, während meine Mutter im Auto auf uns wartete und dabei in einem ihrer Bücher las.
Meine Mutter brachte ihr auch das Kochen bei, und so überraschte sie uns bisweilen mit einem Gericht, das wir besonders gerne mochten.
Nachts schliefen sie gemeinsam im Zimmer meiner Mutter. Ich war immer bemüht, diesen Moment hinauszuzögern, denn ich hatte mich an ihre Gegenwart gewöhnt und verspürte nicht die geringste Lust, schlafen zu gehen. Bestimmte meine Mutter freilich erst einmal, es sei an der Zeit, sich zurückzuziehen, war es äußerst schwierig, sie umzustimmen.
In der Früh, bevor ich mich auf den Schulweg begab, machte

ich noch einen Abstecher zum Zimmer meiner Mutter, um mich zu verabschieden. Stets war die Tür geschlossen; behutsam klopfte ich an, und wenn ich hörte, daß meine Mutter wach war, schob ich die Tür einen Spalt weit auf und trat in das dämmrige Zimmer. Ich brauchte eine Weile, bis ich sie im Dunkel erahnte, doch binnen kurzer Zeit nahmen meine Augen die beiden Gestalten Seite an Seite wahr. Normalerweise schlief Helena noch, ganz offensichtlich hatte sie festeren Schlaf. Ohne einen Laut zu machen, gab ich meiner Mutter dann einen Abschiedskuß. Doch einmal, als ich hineinging, ohne anzuklopfen, traf ich Helena noch schlaftrunken und nur in ein durchsichtiges Negligé gehüllt an: Unter dem Stoff zeichnete sich vorwitzig ihr Brustansatz ab, und zwischen den Laken ragten ihre festen, prächtigen Schenkel hervor.
Diese Entdeckung traf mich wie ein Blitz. An jenem Tag konnte ich mich in der Schule nur mit Mühe konzentrieren und war so zerstreut und fahrig, daß meine Lehrer sich sehr wunderten.
Nervös und stark erregt kehrte ich heim, in der Hoffnung, Helena anzutreffen. Tatsächlich war sie in der Küche, wo sie den Nachtisch anrichtete, und ich begnügte mich damit, sie hüpfend und springend zu umkreisen, um ihre Aufmerksamkeit auf mich zu lenken.
»Bleib doch mal ruhig«, meinte sie lachend zu mir.
Ihr Lachen betete ich an. Es war keck, spitzbübisch, ein wenig kindlich. Das meiner Mutter hingegen war ernst, leise, erwachsen. Das Lachen einer Frau, die bisweilen streng sein kann.
Nach dem Essen hielten sich beide noch im Wohnzimmer auf, um gemeinsam ein Buch zu lesen. Nervös spazierte ich in meinem Zimmer auf und ab, ohne die mindeste Neigung, mich an die Aufgaben zu setzen oder mit der Eisenbahn zu spielen. Ich sehnte mich danach, bei Helena zu sein, doch dies war die Stunde, in der sie meiner Mutter gehörte.

Da ging ich ins Badezimmer, um zu masturbieren. Dabei dachte ich an Helenas Brüste und an die Beine meiner Mutter. Ach, die Beine meiner Mutter! Früher, als ich klein war, hatte meine Mutter die Angewohnheit, nackt durch das Haus zu streifen und ihre wunderschönen weißen Beine zur Schau zu tragen. Sie sind ausladend und prächtig wie zwei romanische Säulen. Nicht einmal Helenas Beine gefielen mir so sehr wie die meiner Mutter. Nun, seit Helena bei uns ist, hat meine Mutter aufgehört, halbnackt vor mir umherzulaufen.
Nach einiger Zeit hörte ich, wie die Tür des großen Zimmers geschlossen wurde. Sicherlich hatten sich beide für eine Weile gemeinsam in ihr Bett zurückgezogen. Der Gedanke an diesen Augenblick schmerzte und erregte mich zugleich. Ich stellte mir vor, als sei es auf einer Leinwand, wie meine Mutter sich die weiße Seidenbluse auszog und Helena ihre schwarzen Samthosen abstreifte. Ich hielt mir die Haut meiner Mutter und Helenas weiße Haut vor Augen. Ich sah beide ihre Brüste, ihre Schenkel, ihre Scham miteinander vergleichen. Alles ganz lautlos, um nur ja nicht meine Neugierde zu wecken. Alles ganz lautlos, damit ich glaubte, sie schliefen.
Ich brauchte nicht durch das Schlüsselloch zu spionieren. Die Szene kannte ich auch so, ohne sie jemals gesehen zu haben. Die Tür blieb verriegelt, mit ihnen dahinter, vor mir verschlossen. Ich wurde ausgesperrt, abgewiesen, war einfach nicht da. Tausend und einen Weg ersann ich, um einzugreifen, um die Szene zu stören, die sich dort im Zimmer meiner Mutter abspielte, und doch war mir klar, letztendlich würde ich rein gar nichts unternehmen, aus Feigheit. Ich brachte nicht den nötigen Mut auf, meiner Mutter etwas zu vereiteln, auch war ich mir nicht sicher, ob ich dem Anblick der nebeneinander auf dem Bett ausgestreckten Körper gewachsen wäre.

Am selben Abend bekam ich wärend der Mahlzeit keinen Bissen herunter und war ziemlich gereizt. Es gelang mir sogar, meine Mutter aus der Fassung zu bringen, bis sie schließlich ausrief: »Ich wüßte wirklich mal gerne, was eigentlich mit dir los ist. Du hast ja eine unbeschreibliche Laune.«
Helena griff zu meinen Gunsten ein. Sie zwinkerte mir zu, schenkte mir ein Lächeln und berührte mein Bein unter dem Tisch. Ihr Zuspruch richtete mich wieder auf. Eine Zeitlang hielt ich ihren Fuß mit meinem fest und stieß dann absichtlich, um meine Mutter zu ärgern, das Weinglas auf dem Tischtuch um.
Als ich an jenem Abend in mein Zimmer ging, hörte ich, wie sie noch im Wohnzimmer miteinander stritten. Mit meinem Anfall übler Laune war es mir wenigstens gelungen, Unruhe zu stiften, und zufrieden mit dieser kleinen Rache zog ich die Zimmertür hinter mir zu.
Eine Woche später erhielt ich den von meiner Schule organisierten Preis für die beste Zeichenarbeit. Aufgeregt lief ich nach Hause mit der Absicht, meiner Mutter eine riesige Freude zu bereiten. Mit meinem Schlüssel schloß ich die Tür auf, traf jedoch niemanden an. Gewiß, ich war früher heimgekehrt als erwartet, doch selig über meinen Preis wünschte ich mir nichts brennender, als mein Glück mit ihnen zu teilen. Gerade als ich mich in mein Zimmer einschließen wollte, entdeckte ich bei meiner Mutter Licht. Ich näherte mich der Tür, die verschlossen war, und rief nach ihr.
»Ich habe Migräne«, antwortete meine Mutter, ohne zu öffnen. Dabei hörte ich, wie sich etwas im Zimmer bewegte, ein Rascheln von Kleidern und Laken.
Ich ahnte, daß Helena dort bei ihr war. Ein Gefühl der Panik überkam mich, und Tränen schossen mir in die Augen.
»Ich komme schon heraus«, verkündete meine Mutter, die wohl bemerkt hatte, daß ich mich nicht von der Schwelle fortbewegte.

Ich glaube, ich wurde rot. Auf dem Boden hockte meine Mutter nur spärlich bekleidet und las wie ein Hund die noch fehlenden Kleidungsstücke auf. Ich war schockiert, sie in dieser Stellung anzutreffen.
»Verschwinde!« befahl sie in barschem Ton, doch ich rührte mich nicht. Ihre Füße waren nackt, und sie trug nur ein schwarzes Spitzenkorselett. Ich sah ihre wunderschönen weißen Beine, die ausladenden, kaum unter der Spitze verborgenen Brüste, die angeschwollenen Lippen, ihr zerzaustes Haar. Bei ihr befand sich, noch auf dem Bett ausgestreckt, Helena. Sie brach in albernes Gekicher aus. Nackt wie sie war, beeilte sie sich, als sie mich sah, ihre Blöße mit dem Laken zu bedecken.
Da machte ich mich über sie her. Ich bin ziemlich groß, und mit der Wucht riß ich meine Mutter mit auf das Bett. Vor Schreck stieß sie einen heftigen, verzweifelten Schrei aus: »Verschwinde!«
Es gelang mir, beide auf das Bett niederzudrücken. Vor Verlegenheit lachte Helena noch einfältiger. Meine Mutter war völlig überrascht und konnte sich schwer erklären, mit welcher Absicht ich unter plötzlicher Mißachtung der Regelung, die bislang stillschweigend zwischen uns herrschte, gewaltsam in ihr Zimmer eindrang. Mit den Armen drückte ich beide nieder und stieß ebenfalls einen heftigen, dumpfen, anklagenden Schrei aus.
Helena hatte inzwischen angefangen zu weinen. Heulsusen kann ich nicht ausstehen. Nie habe ich meine Mutter weinen gesehen: Ich glaube, sie hat sich in meiner Gegenwart niemals eine derartige Blöße gegeben. Auf einmal verachtete ich Helena, weil sie so zimperlich war.
»Küß sie!« herrschte ich Helena an. Sie setzte sich im Bett auf, bedeckte ihren Körper mit dem Laken, während ich meine Mutter festhielt, und sah verwundert mit tränenüberströmtem Gesicht zu mir auf.

Mit einem Ruck riß ich die Laken vom Bett herunter. Es war eine blitzschnelle, ungestüme Gebärde. Helenas Körper trat zum Vorschein, langgliedrig und schmal, die ausgeprägten Schulterknochen, ihre Brustwarzen wie blau-violette Trauben, das tiefdunkle Haar der Scham, die rot lackierten Fußnägel. Auch den kräftigen Hals meiner Mutter sah ich, noch mit geröteten Flecken, die milchweißen Arme.
»Küß sie!« befahl ich.
Zaghaft und immer noch weinend näherte sich Helena meiner Mutter. Sie hauchte ihr einen Kuß auf den Mund. Es war ein flüchtiger, ungezielter Kuß, doch ich ließ nicht locker.
»Küß sie!«
Meine Mutter zappelte, um sich aus meinen Armen zu winden, doch trotz ihrer Größe ist sie keine sehr kräftige Frau, und so gelang es ihr nicht, sich zu befreien.
»Jetzt faß ihr an die Brüste!«
Helena blickte ungläubig zu mir auf.
»Na los!« brüllte ich sie an.
Ich merkte, daß sie mich zu fürchten begann. Allmählich, ganz zaghaft, führte Helena ihre Hände an die Brust meiner Mutter.
»Du hast wohl den Verstand verloren!« schrie diese auf, und machte Anstalten, sich aus meiner Umarmung zu lösen.
»Schon einmal hast du dich meinen Armen entwunden«, gab ich zurück. »Ein zweites Mal wird es dir nicht gelingen«, fügte ich hinzu.
Helena streckte ihre zitternden Hände nach meiner Mutter aus und berührte den äußersten Ansatz ihrer Brüste.
»Die Brustwarzen«, verlangte ich. »Greif ihr richtig fest an die Brustwarzen.«
Entsetzt starrte Helena mich an.
»Na los«, drängte ich.
Helena berührte sie flüchtig.
»Kräftiger«, beharrte ich.

Nun packte sie mit den Fingern die Brustwarzen meiner Mutter und drückte so fest zu, wie sie konnte.
»Gut so«, sagte ich zustimmend.
»Leg dich drauf!« fuhr ich fort.
»Wie bitte?« wisperte Helena fassungslos.
»Du sollst dich auf sie drauf legen!« fauchte ich sie an.
Mit einem Schlag war es mir gelungen, meine Mutter auf das Bett niederzuwerfen. Ich empfand Genugtuung bei ihrem Anblick: Halb nackt lag sie auf das Bett ausgestreckt, mit dem schwarzen Korselett aus Nylon und Spitze, das ihr kaum den Bauch bedeckte, die Taille, den unteren Teil der Brust. In der Leistengegend schauten einige dunkle Schamlocken hervor.
Widerstrebend ließ Helena sich auf sie gleiten.
»Richtig so«, murmelte ich vor mich hin.
Ihr Körper, schlanker und fester, bedeckte den meiner Mutter. Ich sah Helenas kürzeres Haar, ihre gewölbten Gesäßbacken, die nackten Füße. Der Körper meiner Mutter ragte kaum unter Helenas hervor. Die Arme waren auf das Kissen gestützt, und beide lagen Stirn an Stirn. Nun bot sich mir der Anblick von vier Brüsten, vier Beinen, zwei vereinten Körpern wie eine verheißungsvolle Doppelstatue, wie zwei siamesische Zwillinge, die durch eine Nabelschnur verbunden sind.
Kurz entschlossen streifte ich meine Hosen ab, und von rückwärts erklomm ich die Pyramide beider Frauenleiber.
Als der obenauf Liegende bildete ich die dritte Gestalt des Triptychons und die einzige, die ruckartige Bewegungen vollführte. Fest auf meine Schenkel gestützt drückte ich die beiden Frauenkörper unter meinem Gewicht nieder. Blitzschnell drang ich von hinten in Helena ein. Ihr entfuhr ein Schrei. Meine Mutter, die zuunterst auf dem Bett lag, keuchte.
Ich explodierte wie eine berstende Knospe. Es war ein kur-

zes, heftiges Auflodern. Erschöpft stand ich sogleich auf und wollte eiligst das Zimmer verlassen. Bevor ich jedoch die Tür hinter mir schloß, sagte ich noch, zu meiner Mutter gewandt: »Um mich brauchst du dir keine Sorgen zu machen. Ich bin ein echter Mann. Genau der hat uns bisher in diesem Hause gefehlt.«

ANA ROSSETTI

DER ZAUBERRING

Laura brachte ihr Haar etwas in Unordnung, rieb sich die Wangen, um ihnen einen Hauch von Röte zu verleihen, und fuhr sich mit der Zunge über die Lippen, damit sie feucht glänzten wie eine Frucht. Trotz der üppigen Aureole ihrer orangeroten Haarpracht, ihrer jadeschimmernden Pupillen, ihrer Lippen, die sich wie ein weinroter Atlasstoff abzeichneten, empfand sie ihr Bild im Spiegel nicht als hübsch: denn sie zählte kaum vierzehn Jahre, und selbst jener bernsteinfarbene Regen von Sommersprossen auf ihrer puderzarten Haut grämte sie. Extremen Gefühlsschwankungen unterworfen, verfiel sie von der niederschmetterndsten Schwermut in die ekstatische Verzückung, so unvermittelt, daß der Umschwung kaum nachzuvollziehen war. Das Blut begann, ihr in den Adern zu pochen, ohne daß sie den Grund für diese Ergriffenheit hätte nennen können: war es nun vor Entsetzen oder aus Liebe. Selbst die Worte glichen einander. Sie fuhr mit der Hand an die Stelle, wo die Pulsschläge sich noch immer zu überschlagen drohten, und da entdeckte sie das Fehlen des Rings. Nun fühlte sie sich ausgeliefert, nackt, und bedauerte, daß sie ihn der alten Cornelia hatte geben müssen.

Alle Welt wußte, daß die alte Cornelia die Leiden junger Mädchen kurierte, und Laura hatte sie aufgesucht, als sie zutiefst verzweifelt war, wie es nur junge Mädchen sind. Am Anfang suchte sie nichts als Linderung für ihre schlaflosen Nächte und Heilung von den Qualen, die sie jedesmal schmerzlich überkamen, wenn sie an ihn dachte. Ein Ende der unerträglichen Ängste, wenn sie ihn unter den jungen Männern zu entdecken glaubte; der Schmetterlinge, die sich zwischen ihren Schenkeln einen Kampf zu liefern begannen, sobald auch nur sein Name ausgesprochen wurde; der Panik, die sie hochschrecken ließ, das Haar naß an den Schläfen klebend und die Hände wie Spinnen starr auf ihren Brüsten, jedes Mal, wenn er ihr in ihren Träumen erschien.

Dies war es, was sie der alten Cornelia erklärt hatte. Doch die alte Cornelia hatte ihr weder einen unter rätselhaften Zauberformeln gebrauten Trank verabreicht noch ihr aufgetragen, irgendein magisches Kraut zu suchen, oder sie einen Zauberspruch gelehrt, um den Dämon zu vertreiben, der sie so unerbittlich verfolgte. Die alte Cornelia hatte sie aufmerksam angehört und dann gesagt: »Du liebst ihn.«

Laura war ungläubig zurückgewichen, hatte ihr doch niemand gesagt, daß die Liebe solches Leid zu bereiten vermochte. Alsdann war sie in Weinen ausgebrochen. Als das Schluchzen nachließ, hatte die alte Cornelia wissen wollen: »Wer ist es?« Und sie hatte nur ein Stammeln hervorgebracht: »Der Fremde.«

Der Fremde hieß Fabricio. Er war zur Ernte auf den Hof gekommen. Er hatte breite Schultern, kräftige Arme, einen feurigen Blick, und sein Haar war vielleicht eine Spur zu lang und zu gelockt im Vergleich zu den jungen Männern, die Laura kannte.

Ferner trug er einen Ring mit einem seltsamen Stein. Doch noch seltsamer war es unter Männern seinesgleichen, überhaupt einen Ring zu tragen. Er spielte Mundharmonika, verstand es, lustige Anekdoten zu erzählen, und erwies sich als ein ebenso ausdauernder Tänzer wie Trinker. Keines der Mädchen schlug ihm einen Tanz ab, und keiner der Männer ein Glas Wein. Von dem Augenblick an, als sie begriff, daß sie ihn liebte, erkannte sie ihr Unglück.

Die Anfälle von Eifersucht setzten unverzüglich und mit grausamer Heftigkeit ein. Doch die alte Cornelia hatte ihr einfach gesagt: »Du wirst ihn bekommen.« Als Laura den Namen dieser Anwandlungen, die ihr so zusetzten, erfahren hatte, gab sie ihnen nach und ließ sich widerstandslos mitreißen. Viele Tage lang bestand ihre einzige Sorge und ihre größte Unruhe darin, Fabricios Schritte zu verfolgen. Die alte Cornelia hatte sie aufgefordert: »Erzähle mir alles, was du von ihm weißt«, und ein Ohr zu haben, dem sie ihre Sorgen anvertrauen konnte, war ihr ganzer Trost.
Eines Abends bei Anbruch der Dämmerung überraschte sie ihn, als er aus dem Fluß stieg. Wie stramme Zweige tauchten seine Schlüsselbeine, die Halbkugeln seiner Schultern aus dem Wasser auf. Die breite, kaum behaarte Brust kam zum Vorschein, um sich in ihrer ganzen Pracht zu zeigen, seine Taille, seine schmalen, sich nach unten verjüngenden Hüften. Die silbertropfenden Algen seiner Scham, die dunkelviolette Säule seines Geschlechts, die straffen Hoden, hart wie Nüsse, wurden sichtbar. Schließlich zeigten sich die prächtigen Säulen seiner Schenkel, seine göttlichen Beine. Sein wassertropfender Kopf funkelte. In Lauras Augen sah er so strahlend schön aus, daß es ihr war, als müßte sie vor Liebe sterben, und sie stammelte: »Fabricio.«
Kurze Zeit darauf glaubte sie erneut, sterben zu müssen, aber diesmal vor Qual. Denn ein Mädchen eilte ihm entgegen und schlang die Arme um seine nasse Brust. Durch die Bluse hindurch zeichneten sich die aufgereckten dunklen Brustwarzen ab, nach denen er begierig mit den Zähnen zu schnappen begann. Das Mädchen verteidigte sich jedoch, bis sie ihn schließlich mit ausgestreckten Armen auf eine unüberwindbare Entfernung zu bringen vermochte. Nun begann sie, behende mit der anderen Hand ihre Bluse aufzuknöpfen; diese löste sie dann von der Haut, behutsamer als von einer Wunde. Fabricio berührte sie nicht mehr, doch

zwischen seinen Schenkeln war die Begierde bereit, ihren Schnee hervorquellen zu lassen. Um Laura herum begann sich der Wald immer schneller zu drehen, bis er unvermittelt stillstand. Alles blieb völlig starr, nichts rührte sich mehr. Nur das Mädchen kniete ganz langsam nieder. Ihre Hände hielten die Bluse geöffnet und ihre bloßen Brüste begannen, an Fabricios Körper herabzugleiten. Er vereinte seine Finger mit dem gemächlich über seinen Bauch streifenden Kopf und zog ihn schließlich mit einer heftigen Gebärde zu sich heran.

Laura konnte nicht mehr sehen, wie das Mädchen ein pralles Lilienbündel in ihren Mund versenkte.

Als sie die Augen endlich wieder öffnete, war es dunkel geworden und niemand zu sehen.

Die alte Cornelia lauschte ihr wie gewöhnlich, doch diesmal blitzte es wie Karfunkel in ihren Augen. Von nun an begleitete sie Laura. Gemeinsam spähten sie durch ein spaltweit geöffnetes Fenster, zwischen quadratisch geschnürten Heubündeln hindurch, aus dem Schatten einsamer Winkel hinaus, durch die Öffnung der Schlüssellöcher und aus der Verborgenheit unter den zitternden Intarsien des Weins hervor.

An Orten, an denen die Männer rar waren, mißtrauten die Mädchen einander, bekämpften sich, schmiedeten geheime Pläne, stellten sich nach, um sich gegenseitig zu verraten, um sich Fabricios Gunst streitig zu machen. Jede einzelne schmückte sich mit neuen Bändern und mit Keckheit, um sich unter den übrigen hervorzutun. Kein anderes Bestreben kannten sie, als bei Fabricio einen unauslöschlichen Eindruck zu hinterlassen, und die Neugierde ihrer Liebkosungen, die Geschicklichkeit ihrer Küsse waren weit eher dazu bestimmt, Fabricios Anerkennung zu erringen als seine Begierde zu befriedigen. Laura blieb nur eines zu tun: Fabricio auszukundschaften, ihn Schritt für Schritt, Geste für Geste zu erforschen, ihn auswendig zu lernen; denn ihre vierzehn

Jahre mußten mit der schwer zu stillenden Gier einsamer Frauen in Wettstreit treten.
Die kleine Laura und die alte Cornelia wohnten vielen dieser Glücks- und Unglückstreffer bei. Sie erfuhren, wie lüsterne Mädchen, die sich vor sich selbst fürchteten, Fabricio anflehten, er möge sich ihnen nicht nähern, sie nicht berühren, während sie ihm gleichzeitig die Hose aufknöpften, mit der Hand hineinlangten, sodann den Mund folgen ließen und ihn schließlich jasminverschmiert zurückzogen wie die Saugmünder der Kälber. Andere, mit umgestülptem Unterrock, der ihre bezopften Köpfe bedeckte, bückten sich, um Fabricio ihr Hinterteil für seine Attacke darzubieten. Oder sie kugelten sich auf dem gelben Heuteppich in einem Wirbel von Fingern, Zungen und verrutschter Kleidung. Doch diejenigen, die keine Schwangerschaft fürchteten oder sie sogar herbeiwünschten, entkleideten sich vollkommen und zogen mit beiden Händen das stramm aufgerichtete Glied Fabricios zu sich heran.
»Sieh hin, sieh nur gut hin«, sagte ihr die alte Cornelia. Laura glaubte, diese Lektionen, die sie nur quälten, würden ihr niemals zugute kommen, und bat die alte Cornelia vergrämt um irgendein Heilmittel.
Hoffentlich, dachte sie bei dem Gefühlssturm, der ihr Herz durchzog, bringen mich diese Höllenqualen, die ich leide, dazu, daß ich ihn verabscheue; denn sie meinte, dieses Leid nicht länger ertragen zu können.
Doch die alte Cornelia hatte nicht vor, sie von dem Dämon der ersten Verliebtheit zu befreien, sondern wollte den abweisenden Geliebten in den hingebungsvollsten Liebhaber verwandeln. »Er wird dein sein, vollkommen dein«, versicherte sie.
Nun begann sie, Laura Anweisungen zu geben. Sie mußte Schlangenherzen verbrennen, Vogelzungen essen, in Wasser baden, in das sie hilfreiche Pflanzen gestreut hatte, im

Schein des zunehmenden Mondes Zauberformeln aufsagen. Die alte Cornelia veranlaßte sie, Gegenstände als Amulett zu sammeln, und Laura schlich ihm nach und belauerte ihn überall, um eine Wimper aufzuspüren, ein Stückchen Fingernagel, eine Faser seines Hemdes, einen Tropfen seines Schweißes oder seiner Tränen, einen Flanellfussel oder ein Tabakstäubchen...

Eines Sonntags verknotete die alte Cornelia heimlich beim Tanz zwei Seidenfäden mit zwei Wollfasern, wobei sie einen Spruch murmelte, und daraufhin trennte sich Fabricio von seiner Partnerin, um Laura aufzusuchen, der er zum Spaß einen Kuß auf die Lippen hauchte.

In jener Nacht konnten sie, so sehr sie auch hinter ihm herspionierten, ihn mit keiner anderen überraschen. Er zechte bis spät in die Nacht, machte einen ausgiebigen Spaziergang und kehrte dann, fast schon im Morgengrauen, nach Hause zurück. Dort legte er sich alleine schlafen.

Ein scharfes und sehr süßes Messer fuhr in Lauras Lenden. Sie hätte sich gewünscht, diesen Kuß festzuhalten, ihn an sich zu pressen, seinen Mund zu kosten, sich in seinem warmen Speichel zu ertränken, in seinen Lippen festzubeißen, auf ihrer Zunge die Windungen von Fabricios Zunge aalgleich zu spüren. Sie mußte sich kundig machen, um ihm zu gehören, sie mußte lernen, ihn zu dem Ihren zu machen. Er, sich in ihrem Körper zu bewegen wie an einem vertrauten Ort, sie, ihn in sich zu spüren wie einen geläufigen Gast. Sie mußten sich daran gewöhnen wie an ein feierliches Amt, ein andächtiges Gebet.

Mit Daumen und Mittelfinger formte sie Fabricios Lippen nach, mit dem Zeigefinger die Zunge. Dann schloß sie die Augen und legte die Finger auf ihren Mund. Doch dieses Mal zogen sie sich nicht wieder zurück: Sie drängten hartnäckig, bis es ihnen gelang, den Mund zu öffnen, bis der Zeigefinger den schwachen Widerstand der Zähne überwand und zur Zunge gelangte. Er berührte die Zunge und verfing sich in ihr mit der Heftigkeit eines alles verschlingenden Wirbelwinds, forschend, bis er in die geheimsten und verborgensten, die zartesten und glühendsten Winkel vordrang und sich dort verlor. Als der Kuß schließlich vollzogen war, glitt der nachgemachte Mund an ihrem Hals herab, gelangte bis zum Hemd, stieß durch die Knopfleiste vor und führte dort seine Erkundungen fort. Zart umkreiste er die Brustwarze, verweilte auf dem glatten Hof, bevor er sich darum schloß. Jetzt erst begann der Zeigefinger, die immer noch feuchte Zunge ihrer Hand, sie mit ihrem kühlen Tau zu benetzen, bis sie hart wurde, sich aufreckte wie eine stolze Lanze.

So wie die Braut vor der Hochzeit an ihrer Aussteuer stickt, wob sie auf ihrem Fleisch die Bahnen, die Fabricio zurücklegen sollte; er bezwang sie, zähmte sie. Als ihre Hand sich schließlich zwischen die Leisten flüchtete, fand sie diese feucht, als sei Fabricio wahrhaftig dort, als bahnte er sich mit seinen Lippen den Weg durch das dreieckige Gestrüpp der Scham. Ja, es waren Fabricios Lippen, die sie küßten, seine Zunge, die sie liebkoste, sein Mund, der an ihr sog. Es war Fabricios Speichel, der sich über ihre Schenkel ergoß. Da preßte Laura ihre Knie zusammen und rief ihn, um zur Vollendung zu gelangen.

Ihre Hand wäre imstande gewesen, weiterhin für Fabricio zu stehen, um an der Stelle einzudringen, die ihr selbst fremd war. Doch da die alte Cornelia sie gewarnt hatte, das einzig unlösliche Band der Liebe bestehe aus dem Faden, den die ersten Blutstropfen knüpfen, riß sie sich eben noch auf der Schwelle der Lust zusammen, um die des schlimmsten Alptraums zu überschreiten.

Währenddessen hatte Fabricio begonnen, seine Aufmerksamkeit auf sie zu lenken, ihr ein Lächeln zu schenken, sobald er sie traf. Laura befiel ein derart heftiger Schauder, daß sie zu keiner Reaktion fähig war.

An dem Tag, als die alte Cornelia einen Kupferring zerbrach, steckte Fabricio Laura seinen eigenen Ring an den Finger. Laura mußte sich ihn mit einem Stück Kordel anpassen, und nun war bei ihren heimlichen Liebkosungen ihre rechte Hand Fabricios Hand, die ihr über den Körper strich, während sein vermeintlicher Mund sie küßte.
Alles war schon bereit. Die alte Cornelia hatte sie instruiert, was zu tun sei. Gemeinsam probten sie es unzählige Male. Laura fürchtete zu versagen und drängte: »Bitte noch einmal.« Und aufs neue mußte sich die alte Cornelia vor sie stellen, damit sie ihre Bewegungen nachahmen konnte, als sei eine der anderen Spiegel. Am schwierigsten war die Beschwörungsformel, die sie in jedem Moment wiederholen mußte, ohne zu stocken, zurückzubleiben oder sich zu verstricken. Laura stammelte, flehte um Aufschub: nur zwei Tage, einen wenigstens. Doch die alte Cornelia entschied: »Am Freitag muß es geschehen, oder niemals mehr.« Denn die Wirkung des Zauberspruchs gewährleistet nur einen einzigen günstigen Augenblick im Verlauf der Zeit. Laura aber fühlte sich derart unsicher, daß sie am liebsten alles aufgegeben hätte.
Dann dachte sie jedoch daran, wie sich Fabricios Zunge in ihrem Mund anfühlen würde, auf ihren Brüsten, zwischen ihren Schenkeln; wie sie ihre Brustwarzen umkreisen würde, bis sich diese in zwei Kirschkerne verwandelt hätten; wie seine Zunge über die rosige Muschel ihrer Scham fahren, ihre saftigen Wände streicheln würde und wie sie zu ihrem Mund zurückfinden würde, um sie zu lehren, woraus der süße Saft ihrer Höhlung gepreßt war. Fabricios Zunge..., und die Verabredung war für Freitag..., und Freitag war heute.
Die alte Cornelia geleitete sie zu einem Zimmer mit einem riesigen Bett in der Mitte, fast ein Schiff unter dem Baldachin, fast ein Katafalk auf einem Sockel. An der Mauer zur

Rechten befand sich ein grünlicher, unebener Spiegel, ein Tisch mit einem brennenden Leuchter und einem beinernen Kamm, einem Parfümfläschchen mit magischen Kräften, einer Räucherpfanne und einem Amulett. Vor dem Tisch stand ein Stuhl, über dessen Lehne ein Hemd aus weißem Linnen gefaltet lag.
Die alte Cornelia entkleidete sie, rieb ihren Körper mit dem parfümgetränkten Stöpsel ab, zog ihr das Hemd über, glättete ihr das gelöste Haar, und erst dann verlangte sie ihren Lohn. Laura fiel die Trennung von Fabricios Ring schwer, wenn sie auch wußte, daß statt dessen er ganz ihr gehören sollte.
Die alte Cornelia wickelte die Kordel ab und ersetzte sie durch einige von Lauras Haaren, die sich im Kamm verfangen hatten. Dann steckte sie sich den Ring an den linken Zeigefinger und zog sich zurück.
Laura brachte ihr Haar etwas in Unordnung, rieb sich die Wangen, um ihnen einen Hauch von Röte zu verleihen, und fuhr sich mit der Zunge über die Lippen, damit sie feucht glänzten wie eine Frucht, versuchte, sich in der undurchdringlichen Oberfläche des Spiegels zu erahnen, und tat einen Seufzer. Verzagtheit und Begierde schwenkten zugleich ihre Fahnen. Sie mußte sich beruhigen und vergegenwärtigen, daß die alte Cornelia in ihrer Nähe war, in dem Zimmer nebenan.
Mitten im Nebenzimmer stand ein riesiges Bett, fast ein Schiff unter dem Baldachin, fast ein Katafalk auf einem Sockel. An der Mauer zur Rechten befand sich ein grünlicher, unebener Spiegel, ein Tisch mit einem brennenden Leuchter und einem beinernen Kamm, einem Parfümfläschchen mit magischen Kräften, einer Räucherpfanne und einem Amulett. Vor dem Tisch stand ein Stuhl, über dessen Lehne ein Hemd aus weißem Linnen gefaltet lag.
Die alte Cornelia entkleidete sich, rieb sich den Körper mit dem parfümgetränkten Stöpsel ein, zog sich das Hemd über,

löste sich das Haar und glättete es mit dem Kamm. Dann hörte man ein Klopfen an der Tür nebenan, und die alte Cornelia sagte ebenfalls: »Tritt ein.«
Fabricio erblickte Laura hinter dem Stuhl stehend. Der Kerzenschein warf einen sanften Schimmer auf Lauras Antlitz und verlieh ihm eine leicht rosige Tönung, wie ein Pfirsich. Und er fand sie unschuldig und rührend, doch vor allem wunderschön. Laura begann, die Beschwörungsformel zu murmeln. Indes knöpfte sie sich das Hemd auf, glitt mit der Hand in die Öffnung und zog sie wie zur Schale gerundet wieder hervor, fest über einem Schatz geschlossen. Doch zwischen ihren Fingern ragte ein rosarotes Häubchen hervor; sie führte es an Fabricio heran mit der zärtlichen Geste einer jungen Mutter. Fabricio setzte sich auf den Stuhl, wo Lauras Arm ihm als Kopfkissen diente, und machte sich begierig daran, sein Werk zu vollbringen und die zarte Blüte in einen Amethyst zu verwandeln. Seine Hände glitten unter das Hemd; sie strichen über lange und feste Schenkel, gelangten zur noch nicht ausgeformten Taille und trennten sich von dort an. Eine Hand hob sich bis zu der vernächlässigten Brustwarze, und seine Finger traten in den Wettstreit mit der Behendigkeit seiner Zunge. Die andere Hand strich liebkosend über den Bauch, immer wieder, immer wieder... Bis Laura schließlich mit einer jähen Gebärde ihren Schamhügel vorschob und die Beine öffnete. Fabricios Hand wagte sich in die dichte Behaarung vor, und seine Finger vergruben sich in einem seidigen Krater und glühten in seiner Lava. Alle anderen Liebkosungen hörten auf.
Laura war ganz feuchte, perlmuttschimmernde Molluske. Fabricio ganz flinke, eifrig arbeitende Finger. Der Raum versank in einem Meer von Keuchen, verschwamm im Flimmern des Kerzenscheins.
Sie hob ein Bein über Fabricios Beine. Fabricio knöpfte seine Hose auf. Laura hielt den Atem an und ließ sich fallen,

während sie seinen Mund suchte. Immer weiter ließ sie sich fallen, bis sie spürte, wie er wuchs, anschwoll und in sie eindrang, während ihr Blut aufwallte und beider Zungen miteinander verschmolzen. Nichts weiter.
Die alte Cornelia, rittlings auf dem Stuhl, erstickte einen Schrei. Einen Moment lang verharrte sie zuckend, den Kopf nach hinten über die Lehne gelehnt, mit schlaff herabhängenden Armen, die auf der Erde schleiften. Dann fuhr wieder Leben in sie, und sie begab sich, so weit die schmerzenden Lenden es zuließen, daran, die Räucherpfanne zu entzünden.
Laura deckte die Räucherpfanne auf. Sie griff eine der Kerzen des Leuchters, und es gelang ihr, das Räucherwerk zu entzünden. Fabricio, bereits nackt, entkleidet, umschlang sie und versuchte, über Lauras Schulter hinweg in ihrer beider Gesichter zu blicken, die sehr nahe beieinander waren. »Ich begehre dich«, sagte er ihr. Laura spürte, wie die Kraft seiner noch nicht ermatteten Männlichkeit sich gegen ihre Gesäßbacken preßte; sie hätte ihm antworten wollen, daß sie ihn liebe, ihn fragen wollen, ob auch er sie liebte, ihm schwören wollen, daß sie auf immer ihm gehören werde... und ihn bitten wollen, sich hinzuknien, damit sie spüren könne, wie sein Atem ihr die Scham verbrannte und seine Zunge in jede einzelne ihrer Falten eindringe, sich dort wand, erregt wie eine Schlange. Doch sie mußte weiter die Beschwörungsformel aufsagen.
Die alte Cornelia hatte soeben die Räucherpfanne entzündet. Sie hatte bis dreiundneunzig gezählt und begab sich nun zu dem Bett, wobei sie die Fußbodenfliesen diagonal durchquerte.
Laura und Fabricio gelangten eng umschlungen an das Bett. Eng umschlungen ließen sie sich auf die Kissen nieder. Laura öffnete die Beine, hob sie an und legte sie um Fabricios Taille.

Das Räucherwerk legte sich wie dichte Watte über das Zimmer, und die Träger des Baldachins bebten.
In Schweiß gebadet unterdrückte die alte Cornelia mit Mühe ihren stoßweisen Atem; ihre Brüste schwankten heftig hin und her, geschüttelt von den Blitzen, die ihren Leib durchzuckten; ein noch ungezähmtes Fohlen schien ihr zwischen den Beinen entlang zu galoppieren, und ihre zusammengekrümmten Hände umklammerten das Kissen. Der letzte zuckende Krampf würde sie ergreifen, wenn sie von den eigenen Sporen angetrieben, außer sich vor Erregung, in den Abgrund stürzen, abspringen, ein Ende machen würde. In Lauras Eingeweiden brannte die Wucht von Fabricios Samen. Ihr entfuhr ein schwacher Seufzer, bevor sie in Ohnmacht fiel.
Fabricio wich zurück und betrachtete sie erstaunt. Lauras rot erhitztes Gesicht war bleich geworden wie durchscheinendes Wachs; unter den Wimpern löste sich eine Träne, und ihre Nase ragte spitz und gerade hervor wie ein Dolch. Sie war so schön, daß es schien, sie sei ein Engel. Sie war so reglos, daß es schien, sie sei tot.
Im Zimmer nebenan lag die alte Cornelia, eine leblose Puppe, eine Medusa aus zerknittertem Organza, eine schlaffe, stillstehende Uhr.
Fabricio beugte sich über ihre Brust auf der Suche nach einem Lebenszeichen, und eine Brustwarze streifte seine Lippen. Sie drang ein, und seine Zunge vermochte dem Geschmack dieses Eindringlings nicht zu widerstehen. Er saugte mit der Wildheit eines hungrigen Säuglings. Seine Hand preßte das angeschwollene Gefäß, als wollte er es in seinen Mund entleeren, der Druck der den Hof umkreisenden Zähne übersäte sie mit winzigen roten Rubinen.
Da schauderte Laura und öffnete die Augen. Sie setzte sich auf und blickte Fabricio an, als sähe sie ihn zum ersten Mal. Sie betastete ihn, als wollte sie sich überzeugen, dann warf

sie sich in seine Arme, als kehrte sie von sehr weit heim, und küßte ihn, wie um sich einer Trophäe zu bemächtigen, eine Beute abzuschleppen.
Fabricio spürte sie gegen sein Fleisch pochen und erkannte, daß zwischen dem Adernetzwerk eines Kindes flinke Echsen erwachten, die Schwaden aufsteigender Raupen und Vögel.
Lauras Mund hatte aufgehört zu rezitieren: Er erkundete Fabricios Körper, umwob ihn mit dem glänzenden Netz ihres Speichels und schloß sich schließlich um seine funkelnde Eichel mit der Gier einer fleischfressenden Pflanze.
Eine Hand verschwand unter Fabricios zusammengepreßten Gesäßbacken, und ihre Finger bahnten sich den Weg durch ihre Mitte, teilten sie und glitten sanft vorwärts, mit behutsamen Druck, unter Liebkosungen, bis sie, von einem engen und tiefen Tunnel angesaugt, sich schließlich in ihm vergruben.
Sie hatte aufgehört, eine kindliche Jungfrau zu sein, die streng nach Vorschrift die Zeremonie erfüllt; die gelehrige Schülerin. Fabricio spürte auf seinen Schenkeln das Stechen von Lauras Brustwarzen, auf seinen Lenden das Lodern ihrer Zunge und ihre plötzlich höchst erfahrenen Finger, die seine geheimen Gänge erkundeten, da erkannte er, daß er bei keinem Mädchen eine derartige Präzision, eine derartige Wildheit kennengelernt hatte. Keine hatte ihn je so begehrt. Keine hatte ihn je so geliebkost. Keine hatte je so von ihm Besitz ergriffen.
Laura fuhr an seiner Brust hoch, auf der sie mit der Zunge eine feuchte Spur hinterließ: ihr Mund auf seinem Hals; ihre Hände, die sich in seinen Locken verfingen, ihr Leib, der über seinen glitt, bis er sich auf ihm festhakte, bis er sein Geschlecht einließ... und die Vorhänge des Baldachins sich lösten.
Im Nebenzimmer verharrte die alte Cornelia weiterhin reg-

los und kalt wie das silberne Herz eines Fisches. Die Räucherpfanne hatte ihren wohlriechenden Inhalt abgebrannt. Selbst die Wachskugel, die jene als Amulett wirkenden Gegenstände Cornelias bedeckte, alles war zu Asche verbrannt.

Laura saß rittlings auf Fabricio. Auf seiner Schamgegend, ihr zartes kakaofarbenes Vlies auf dem schwarzen Gestrüpp des jungen Mannes, und ließ ihre Brüste wie harte Pampelmusen tanzen.

Fabricio zündete sein weißleuchtendes, bengalisches Licht in Lauras samtener Höhle, während diese ihn mit den Stacheln ihrer Nägel in seinen Flanken anspornte.

Ihre Schreie lösten sich gleichzeitig wie zwei verknotete Bänder, wie die Enden einer Kordel. Beide rollten über die verknitterte Landschaft der Laken, geschlagen und siegreich zugleich.

In diesem Moment, mitten im Nebel, der sich seines Willens bemächtigte, gewahrte Fabricio, daß Laura den Ring trug, den er ihr gegeben hatte. Doch nicht dort, wo er ihn ihr an jenem Tag angesteckt hatte. Er befand sich an ihrer linken Hand, mit lockig zarten Haarsträhnen befestigt.

Im Nebenzimmer lag die alte Cornelia, die Lenden von einem Film trockenen Blutes bedeckt und auf dem Gesicht den pathetischen Ausdruck eines Mädchens, dem Gewalt angetan wurde. Ihre Finger waren bloß.

Lauras Schenkel bedeckte eine Handvoll dunkler Blüten, auf dem Gesicht zeichnete sich das Lächeln einer alten Dirne ab. Einen Augenblick lang dachte Fabricio, daß Laura diesen Ring die ganze Nacht lang nicht getragen hatte. Dann vergaß er es jedoch und ließ sich von einem lauen und zuckersüßen Schlaf übermannen.

»Laura«, murmelte er zwischen den Spiralen der aufsteigenden Träume hindurch.

»Laura ist nicht hier«, erwiderte sie aus dem Laura entrissenen Körper heraus, »Laura wird niemals mehr hier sein.«
Fabricio hörte sie nicht mehr. Er streckte den Arm aus und preßte jene weise und blutjunge Taille gegen seine.
Fabricio schlief. So sah er in jenen jadegrünen Augen nicht das seltsame, siegesbewußte Karfunkelblitzen. Sonst hätte er sich gefürchtet.

LOURDES ORTIZ

ALICE

I. Er ist ja ganz nett, aber ziemlich nervtötend. Außerdem ist er ein katastrophaler Geschichtenerzähler. Er bringt es einfach nicht fertig, mal mit einer zu Ende zu kommen. Plötzlich stockt er verstört, und ich sage zu ihm: »Los, weiter... das mit dem Kaninchen.« Und er stammelt: »...das Kaninchen, das Kaninchen«, dann, wenn die Geschichte gerade etwas besser wird, fängt er an, albernes Zeug ohne Hand und Fuß zu erzählen. Er glaubt wohl, ich bin blöd, nur weil ich klein bin. Dabei mag ich ganz normale Geschichten, wie die von dem Prinz und der Prinzessin oder vom Jungen, der viele Prüfungen bestehen muß, aber er macht weiter und sagt: »Ah, ja, das Kaninchen«, und dann das mit der Uhr..., denn die Zeit vergeht, und er bemerkt es nicht einmal. Ich will immer wieder spielen gehen, aber er, ich soll ein bißchen warten, und bitte noch ein Photo. Eine Tortur, das mit den Photos...! Ich muß stundenlang stillhalten, und er beginnt eine Geschichte, doch dann fängt er an, den Faden zu verlieren, und sagt: »Aaah, ja..., jetzt erinnere ich mich!« Er überspringt einen Teil, der gerade anfing, spannend zu werden, und scheint alles vergessen zu haben, was er eben noch gesagt hat..., wie das mit dem Zauberhut...! Was für ein dämlicher Spaß...! Klar, daß er ständig den Tee neben die Tasse schüttet und er immer weiter Wasser auf den Teller gießt und gießt, während er mich mit weit aufgesperrtem Mund anstarrt, und es scheint, als wolle er Fliegen fangen oder Maulaffen feilhalten, wie meine Lehrerin sagt, wenn ich meine Hausaufgaben nicht mache und zerstreut bin..., nun, er macht es genauso: Er schweigt und starrt mich an, starrt, als sei er irre geworden..., und letztens geh ich einfach hin, als er so war, wie vom Herzschlag getroffen, und hab ihm den Keks aus der Hand genommen, den er gerade in die Tasse tunken wollte, und ihm statt dessen einen Stein gegeben, und er macht sich daran und tunkt den Stein in den Tee, hat ihn sich einfach in den Mund gesteckt und hätte sich um ein Haar einen Zahn ausgebissen, dann ich, vor Lachen wäre ich fast zerplatzt, und er, plaff!, verschluckt sich, spuckt den ganzen Tee wieder aus, als wäre er ein Springbrunnen, und wird daraufhin tatsächlich rot, wie Jim, wenn er eine Dummheit macht, der Lehrer ihn dabei erwischt und er ein Gesicht aufsetzt, als könne er keiner Fliege was zuleide tun, obwohl ihn seine roten Ohren verraten, mir kann er nämlich nichts vormachen; nun, genauso ist er, rot wie eine Tomate, wird dann stinkvornehm, verbeugt sich, bittet mich um Entschuldigung... Das macht mir am meisten Spaß..., erwachsen spielen: Er behandelt mich wie eine junge Dame, dabei ist es lustig, ihn fast ganz zusammengeklappt zu sehen, wenn er mich um Verzeihung bittet wie der Herr Lauren mit der Tante Miller..., dann sage ich ihm, daß wir Prinzessin spielen sollen, ich bin die Königin und er ist der Sklave, der in einem türkischen Serail gekauft wurde, da ist er dann ganz Feuer und Flamme, er kniet nieder, und ich packe eine Weidenrute, die er mir geschenkt hat, und versetze ihm viele Hiebe auf den Hintern, dabei bellt er und krümmt sich zu meinen Füßen wie ein Knäuel zusammen..., dann schon, dann habe ich echten Spaß, denn es ist viel einfacher, ihn dahin zu bringen, daß er macht, was ich will, als Mathilde...; Mathilde will immer die Königin sein, außerdem ist sie herrschsüchtig, er aber spielt Katze oder Hund, eben was ich will... Heute zum Beispiel habe ich ihm gesagt, er soll mir eine Wunde lecken..., und er macht es sofort, genau wie

Pretty, die Katze von Frau Cirlot, da leckt er mir doch solange die Hand, daß ich darüber beinahe einschlafe, bis ich angefangen habe, mich zu langweilen und ihm gesagt habe, ich würde nicht mehr spielen, woraufhin er, statt sich aufzurichten, dran geht und schnurrt wie eine Katze, dabei hab ich gedacht, er weint. Er war sehr merkwürdig, wie er das machte, beinahe wie ein Schnarchen, da hab ich einen Schreck bekommen, denn sein Kopf war puterrot, wie als das Kind von der Frau Lorris die Masern mit hohem Fieber hatte...

II. Ich habe einen Zwieback gegessen und dabei die Augen geschlossen, um zu sehen, ob ich einen Schub tu. Wie in der Geschichte. Da heißt es, man braucht nur die Augen zu schließen und, plaff, wächst man oder schrumpft... Vor kurzem haben wir ein sehr lustiges Spiel gespielt... Er sagt: »Iß mich«, und, plaff!... wirklich ist das größer geworden, was er weggesteckt trägt..., man brauchte es nur anzusehen, und... und später ist es wieder geschrumpft wie das Mädchen aus der Geschichte, das beinahe in eine Flasche paßte..., doch bei mir klappt es nicht. Ich habe den ganzen Morgen damit zugebracht, mir den Daumen zu reiben, mit geschlossenen Augen, wobei ich gesagt habe: »Iß mich«, doch das klappt so nicht..., vielleicht stimmt es, daß er ein Zauberer ist... oder daß man es mit der gleichen Ernsthaftigkeit tun muß, mit der man am Sonntag zum Gottesdienst geht... Steck mich in den Mund, iß mich, trink mich... Heute hab ich genau das gleiche mit Larry gespielt, und der Dummkopf ist doch einfach davongelaufen; er sagt, das sei des Teufels, das täte man nicht, es sei Sünde..., Larry will nämlich nichts anderes spielen als Räuber und Pirat, ich mag aber jedes Mal weniger Pirat spielen, mir gefällt es besser, Wunder zu vollbringen, daß die Dinge sich vergrößern oder klitzeklitzeklein werden wie die Alice in der Geschichte, die in das Loch stieg und fiel, fiel..., später wäre sie beinahe ertrunken, das ist wirklich toll: Wenn der Moment mit dem Wasserfall gekommen ist... und ich zu ihm sage: »Mal sehen, ob er heute stärker ist!«, denn eigentlich ist es ein winziges Seechen, in dem kaum eine Fliege ertrinken könnte, doch mir macht es einen Heidenspaß, wenn ich es auf einmal hervorquellen sehe..., wie einen Strahl weißer Milch, die überläuft und mich von oben bis unten bespritzt, und ich lache und möchte, daß er es noch einmal macht, doch er wird sehr ernst und sagt: »Für heute genug damit; jetzt laß uns etwas ausruhen..., wir haben schon viele Geschichten erzählt«, und ich werde ganz zornig, denn gerade in diesem Augenblick fängt die Sache an, interessant zu werden..., daraufhin wird er ganz zahm und erzählt mir, wie sie, Alice, herumplätschert und beinahe ertrunken wäre, bis... Das sind die schönsten Momente, die mir am wenigsten langweilig sind, aber da wird er schläfrig, und ich merke, daß er keine Lust mehr hat fortzufahren, doch ich weiß, wenn ich mich an seine Seite kauere, wird er immer weiter sprechen, dabei gleicht er einem dieser Bauchredner, denn er spricht, als bewege sich alleine der Mund, als wäre der Körper nicht mehr da, ich glaube, daß er durchsichtig wird, was ich ihm auch gesagt habe, da hat er mir das mit der Edamer Katze erzählt, und ich sage zu ihm: »In Ordnung, du bist meine Edamer Katze«, dann lacht er mit diesem Lachen einer verschmitzten Katze,einem seltsamen Lachen, von dem man eine Gänsehaut bekommt, das aber doch freundlich ist, und nachts träume ich von diesem Lachen, das ich nicht richtig erklären kann, ein Lachen, das in den Bäumen hängt, wie eine Katze, die sich putzt, ein riesiger zufriedener und verschmitzter Kater, der mich von jedem Ast her verfolgt, und das habe ich ihm erzählt, woraufhin er sagt, er will immer meine Edamer Katze sein, mich mit seinen beiden Augen wie Laternen bewachen, damit mir nichts Schlimmes zustößt, mir keiner wehtun kann. Dann singt er mir das Lied vom Kätzchen und der Schäferin vor, und wir spielen Theater: »Der Kater sah sie an, taram, taram, taram...«, singt er, »der Kater sah sie an, die Augen gierig glänzen.« Und ich mache weiter: »Gibst du mir einen Krallenhieb, taram, taram, taram, gibst du mir einen Krallenhieb..., so stutz ich dir das Schwänzchen«, dann läßt er sich auf alle viere fallen und verfolgt mich, und wenn er mich erwischt, versucht er, mich zu kratzen, obwohl er mir niemals wehtut, dann muß ich ihm das Schwänzchen stutzen, und er lacht und verrenkt sich beinahe, weil ich ihn kitzle, bis er am Ende aufgibt, sich rücklings hinlegt, die Pfötchen in die Höh, genau wie León, mein Hund, wenn er will, daß man ihm den Bauch krault, und ich setze einen Fuß auf seinen Bauch und stoße einen Schrei aus, indem ich mir die Hand auf den Mund lege und sie wieder wegziehe, so wie Larry es tut, wenn er ein Fort einnimmt, dann miaut er, aber nur noch ganz leise, das traurige Miauen einer besiegten Katze, und schon setze ich mich rittlings auf ihn drauf, als ob ich auf einem Pony reiten wollte, und sage zu ihm: »Dreckiger Kater, jetzt kannst du dich nicht mehr bewegen... Ein Kater ohne Schwanz ist ein Nichts«, damit schneide ich ihm dann auch die Schnauze ab, jenes Lachen, das in den Bäumen hängt, und so bleiben wir eine ganze Weile, er besiegt und ich auf ihm liegend, denn nun bittet er mich um Verzeihung und sagt: »Meine Herrin, liebe Schäferin, eine Katze ohne ihr Schwänzchen...«, dann fängt er an, mir eine neue, noch längere Geschichte zu erzählen, und sagt, ich soll die Augen schließen, damit ich durch den Spiegel hindurchkomme, ich schließe sie, und er sagt: »Mein Mädchen ist müde, mein Mädchen möchte genau wie Alice unter den Bäumen schlafen...«, und so, ganz ruhig, schlafe ich nach und nach ein, wobei ich die ganze Zeit imHintergrund seine sanfte Stimme höre, eine Stimme, die einlullt, dabei ist mir, als wirbelten alle Blätter durcheinander, und dort in weiter Ferne sehe ich wieder das Lachen der Katze, während das weiße Kaninchen aufgeregt davonläuft, weil es spät dran ist, und der Hutmacher die Teekanne umdreht, und dort überall Papierschilder sind, auf denen steht: »Iß mich«, »Trink mich«.

III. Heute war ich böse auf ihn, denn ich bin es leid, immer wieder zu posieren, da bin ich mit Larry und den anderen Kindern spielen gegangen. Doch Larry ist langweilig, mit ihm mopse ich mich sofort, also bin ich zu ihm gegangen und habe zuerst böse getan, da ist er auf die Knie gefallen und hat mir versprochen, wieder lieb zu sein, wenn ich ihm verziehe, dann habe ich ihm ein Küßchen auf die Backe gegeben, auf jede Seite eins, als wollte ich ihn zum Ritter schlagen. Da hat er mir sogar versprochen, nicht mehr den Faden zu verlieren und mir eine Geschichte zu erzählen, wie es sich gehört, mit Anfang und Ende, und weil ich weiß, daß es ihn wütend macht, habe ich ihm gesagt, wenn nicht, würden wir weder Wasserfall spielen noch Edamer Katze, noch sonst irgend etwas, und dann habe ich noch gesagt, wenn ich groß wäre, würde ich nicht ihn, sondern Larry heiraten, aber jetzt noch nicht, denn jetzt wäre er noch ein Kind, das nur mit dem Schwert Krieg spielen wolle, und er hat mir gesagt, ich sollte nie groß werden, weil Mädchen wie ich nicht erwachsen werden dürften; da habe ich gesagt, um ihn zu ärgern, daß ich natürlich groß werden wollte, ganz groß, und außerdem viele Kinder haben, da wurde er noch wütender und hat mir erzählt, daß die Frauen als Erwachsene zu gräßlichen Hexen würden und die Kinder immerzu nur heulten und jammerten, wie kleine Ferkel, unausstehliche Schweinchen, die bei ihren Müttern Milch nuckeln und sie schließlich fast aussaugen, bis sie ganz abstoßend werden, abgezehrt, ungepflegt und keifend, den ganzen Tag von Kochtöpfen umgeben, und damit nicht genug, voller Fettflecken, Zwiebel- und Bratgeruch, mit geröteten, von Blasen übersäten Händen, die immerzu im Teig stecken, um Brot zu backen, in der Küche herumklappernd, und ich habe ihm gesagt, daß meine Mami nicht so ist, sondern sehr hübsch und chic, gar nicht schmutzig oder schlecht riechend, da hat er gesagt, gut, meine Mutter vielleicht nicht, aber das Normale wäre, wie es Alice erlebte, als sie zu dem Haus kam, wo alle Frauen in der Küche hantierten, und besser, ich hielte mich immer so wie jetzt, platt wie ein Brett, damit ich nie Ferkel zu stillen brauchte, die an den Brüsten zerren und reißen, bis sie so groß wie ein Ballon werden, riesig und ausgeleiert, da hab ich eben versprochen, nie zu heiraten, sondern wollte Tänzerin oder so etwas werden, um niemandem Pfannen an den Kopf werfen oder auf dem Waschtisch bürsten und schrubben zu müssen; er meint, wenn ich wachse und ganz dick und häßlich werde, wird er nicht mehr mein Freund sein und mir keine Geschichten mehr erzählen, dann hat er mir eine Menge Photos von anderen Mädchen gezeigt und mir gesagt, daß er mich auf jeden Fall lieber hat als all die anderen und er keiner so viele und so lange Geschichten erzählt wie mir und er, wenn ich auf ihn höre, mir das Schachspielen beibringen will, damit ich Larry und all die anderen Jungs der Siedlung schlagen kann.

IV. Was er am liebsten mag, ist Apfelkuchen, der mich unheimlich ekelt. Er ißt meine Portion mit, ohne es zu merken, denn ich tausche einfach die Teller aus, wenn er schon fast aufgegessen hat, dabei erzählt er mir vom Kampf zwischen dem Löwen und dem Einhorn, von dem er mir erklärt hat, daß es ein Fabelwesen ist, ein weißer Esel mit einem einzigen Horn, dann spielen wir, ich wäre Alice und er das Einhorn, und er sagt, nur die kleinen Mädchen können die Einhörner sehen und ihnen das Horn streicheln, daß sie haben, dann legen sie den Kopf auf den Rock des Mädchens und schlafen dort ein, während die Jungfrau, wie er sie nennt, ihnen weiter ganz sanft das Köpfchen streichelt, ganz behutsam, als wollte sie ein Silbertablett polieren. Das Horn steckt voller Wunder, alles heilt es, und wenn das Mädchen sich traut, ihm ein Küßchen auf die Spitze zu geben, wird es ganz glücklich und läßt eine Träne fallen, eine kleine Perle, die man liebevoll mit der Zunge kosten muß, denn es ist ein warmer Zaubertrank, der dazu dient, jede Art von Rätseln zu lösen, und wenn man von ihm gekostet hat, wird man schlauer und kann mit Worten spielen, sogar neue Wörter erfinden oder über die Kästchen des Schachbretts spazieren wie durch einen Wald. Ich brauche nur die Augen zu schließen und loszugehen, während er mir erzählt. Doch dann bringt er wieder alles durcheinander und fängt an, eine blöde Geschichte von einem Zug zu erzählen, mit einem Mann, der nur Papier anhatte, und mit einer Ziege; da habe ich ihm gesagt, daß mir die Geschichte nicht gefällt und ich die mit der Spielkarte lieber mag, dann kann ich nämlich die Herzdame sein oder die Schachdame oder sonst eine Königin, woraufhin er mir gesagt hat, wenn ich ihn weiter so streicheln würde, bekäme er allmählich einen klareren Kopf, weil es machmal sehr schwer wäre, auf Ideen zu kommen, sie würden ihm entwischen wie in diesem Laden von Frau Ziege, wo die Gegenstände unaufhörlich in Bewegung sind und immerzu den Platz wechseln, sobald jemand versucht, nach ihnen zu greifen, dann habe ich gesagt, ich wollte nicht weiter die Jungfrau sein, weil ich vor Müdigkeit meine Hand nicht mal mehr fühlen könnte. Ich wollte mit meinen Freundinnen spielen gehen und nie mehr Apfelkuchen essen, auch wenn mir die Herzdame den Kopf abschnitte.

V. Heute ist etwas sehr Seltsames passiert. Ich war es schon leid, dazuliegen mit diesem wirklich affigen Schleifchen, das er mir umgebunden hatte, und er meinte, für heute wäre es schon genug, außerdem hätte er etwas mitgebracht, von dem er wollte, daß ich es sähe; es war eine dieser Pfeifen, eine Wasserpfeife wie die der Raupe, die auf einem großen Pilz saß und rauchte; er hat die Pfeife angesteckt, aus der dann weißer, ganz seltsamer Rauch aufstieg, und dann hat er angefangen zu rauchen: er hat die geschlossene Hand auf die Mundspitze gelegt und den Rauch tief eingesogen, um den Pfeifengeist zu beschwören, der, so hat er gesagt, in das Reich der Träume führt. Danach hat er sich hingelegt und dabei auf eins der Kissen gestützt, der Kissen, auf denen ich liegen muß, wenn er mich portraitiert; er lag da wie ein Römer, auf einen Ellenbogen gestützt, und ich hab die blaue Atlasschleife abgenommen und ihm einen Turban gemacht, damit er der Raupe ähnlicher sähe, dann habe ich mich mit verschränkten Beinen neben ihn auf den Boden gesetzt, als wäre ich sein Dienstmädchen, und während er rauchte, habe ich Kuchenstücke abgebrochen und sie ihm eins nach dem anderen in den Mund gesteckt, so als wäre er ein Baby, da wurde er ganz lustig, so lustig wie noch nie, ja er war auf einmal wie ausgewechselt! Er hat gesagt, er wäre Humpty Dumpty und wenn ich ihn ein wenig schubste, würde er auf den Boden purzeln und in 1000 Stücke zerbrechen, da habe ich angefangen, ihn zu puffen, um ein bißchen zu spielen, und er hat unheimlich gelacht, so sehr, daß ich geglaubt habe, er wäre verrückt geworden, wie der Hutmacher, und er hat gesagt, niemand dürfte die Pfeife sehen. Da habe ich ihm gesagt, niemand hätte sie gesehen oder würde sie je sehen, und er hat angefangen zu sagen, daß, wenn niemand sie gesehen hätte, dürfte niemand es irgend jemand erzählen. »Niemand kann es erzählen, denn niemand hat sie gesehen«, habe ich betont, und er hat sich vor Lachen gekrümmt. »Sag diesem Niemand, daß, wenn er es weiter erzählt, er es mit mir zu tun bekommt.«

Es war einer dieser albernen Tage, an denen ich mich freuen

würde, wenn Larry dabei wäre, weil er mir hinterher nichts von dem glaubt, was ich ihm erzähle, wie zum Beispiel wenn er gesagt hat, daß er einen sehr schönen Traum gehabt hätte, in dem ein Mädchen, schon wieder Alice, in einen Garten ging und ein paar Gärtner die Rosen mit roter Farbe anmalten und Alice dann Cricket spielte und, als sie den Schläger nahm, um den Ball fortzuschießen, der Schläger weich wurde, so weich als wäre er ein Schwanenhals... ein langer, weißer Schwanenhals, hat er gesagt und gelacht, und dann hat er gesagt, es würde ihm gefallen, wenn ich seine Leda wäre (ich weiß nicht, ob er Leda, Meda oder Neda sagte) und wir würden zusammen Cricket spielen und was ich wollte. »Du«, hat er gesagt, »würdest den Stock packen, um den Ball wegzustoßen« – und er hat gelacht – »doch wie ärgerlich, wenn du sähest, daß er ganz weich und nachgiebig ist wie ein langer, langer Hals...!«, und auf einmal hat sich mir alles gedreht, es war wie als Alice durch den Schacht fällt und alles auf dem Kopf steht, es war ein leichtes und gutes Gefühl wie in der Geschichte; ich habe mich auch gefühlt wie ein Blatt, eines der Buchblätter, die vom Wind weggeweht wurden und es war, als wäre ich federleicht, als ob ich auch aus Papier wäre wie eine der Spielkarten, und er hat wie die Raupe nicht mehr aufgehört zu lachen und mich mit diesem weißen Rauch angeblasen, der kreisförmige Spiralen bildete, die aussahen wie Buchstaben in der Luft, da habe ich auch angefangen ganz heftig zu lachen, bis es mich am ganzen Körper schüttelte, und er hat sich langsam verändert, sein Lachen war nicht mehr wie das der Edamer Katze, sondern er sah ganz aus wie ein riesiges Ei, Humpty Dumpty, der auf seiner Mauer sitzt, und ich habe ihn leicht angestoßen wie ein Stehaufmännchen, da ist er vor und zurück geschaukelt und hat plötzlich den Mund aufgesperrt, wie der riesige Mund des roten Königs, und ich habe Cricket mit dem Bällchen gespielt, das plötzlich riesig und behaart aussah, als ob auf ihm ein Wald gewachsen wäre, ganz verfilzt, wobei er etwas vor sich hin trällerte von delikaten Austern und Tänzerinnen, die aus dem Meer gestiegen sind und vom Walroß und dem Specht verschlungen wurden..., appetitliche Austern..., die von dem Walroß mit den langen Barthaaren aufgefressen werden sollten, und er hat was weiß ich von geschlossenen Blüten gesagt, ich wäre eine Blume mit weißen, noch nicht aufgegangenen Blüten – ich glaube, so war es, wie das, was die Blumen zu Alice sagen – und es war ein schönes Gefühl, ein sanftes Gefühl wie von einer Brise am Nachmittag, wenn sich die Haare lösen und es ist, als flögen sie fort, und dann wieder das Lachen der Katze, die ihre riesige Zunge herausgestreckt und mir ganz behutsam den ganzen Körper abgeschleckt hat, aber vor allem den Rücken und die kleine Brust, genau wie Kitty, die Katze von Alice, ihre Jungen wäscht, und ich konnte mich nicht rühren, ich saß fest und hatte die Arme durch die Fenster des Hauses gestreckt, aber ich hatte keine Angst, weil ich wußte, ich konnte etwas vom Keks abbeißen oder aus dem Fläschchen trinken, und dann würde ich wieder riesig werden, und auf einmal schoß die Quelle hervor und hörte nicht auf zu sprudeln, und ich war ganz voll mit dem Wasser, beinahe wäre ich ertrunken mit dem ganzen Mund voll davon, und danach bin ich wohl eingeschlafen; als ich schon im Traumland war, habe ich gehört, wie er mir von ganz weit weg, ganz entfernt, beinahe wie von den Sternen herunter, immerzu wiederholte: »Niemand darf von unseren Spielen erfahren, Larry nicht und auch sonst niemand«, und ich glaube, ich habe im Traum geantwortet: »Wenn es doch niemand weiß, kann es auch niemand erzählen...«, und er: »Er kann es erzählen, kann es sehr wohl erzählen; und sollte ich diesen Niemand lebend erwischen, reiße ich ihm den Kopf ab...« Da hat mir die Edamer Katze ihre riesigen weißen Zähne gezeigt, spöttisch einschmeichelnd, aalglatt, daß ich beinahe Angst bekam, während Humpty Dumpty, schwer und aufgeblasen wie eine riesengroße Billardkugel, neben mir eingeschlafen war und nicht einmal alle Soldaten des Königs es geschafft hätten, ihn wachzurütteln.

ALEJANDRO GÁNDARA

FRAUEN AM RANDE DES ABGRUNDS

Er hatte beschlossen, die Fahrt nachts zu unternehmen, nach dem Abendessen, etwa vierhundert Kilometer in Richtung Norden über eine erbärmliche Straße, die förmlich danach schrie, von Autos gemieden zu werden. Er saß mit seiner Frau und dem Kleinen beim Essen, und es war einer jener Abende, an denen es nie zu einem Abschied kommen dürfte, so voller Kälte und in sich selbst zurückgezogen waren sie. Genau wie vor fünfzehn Jahren wurde seine Frau immer noch jedesmal böse, wenn er beschloß, die Fahrt nachts zu unternehmen, und wenn er beschloß, den Wagen zu benutzen. Beide Dinge waren schon für sich allein genommen Grund genug, böse zu werden, und nun wollte es der Zufall – nicht zum ersten Mal –, daß beide zusammentrafen. Sie zog sich in die Küche zurück, machte zwei Teller mit einem kalten Imbiß fertig und stellte sie auf das Tischchen vor dem Fernseher, so wie jemand, der sich einer verwaltungstechnischen Aufgabe entledigt. Der gekochte Schinken, der einfache Salat, der kleine Tisch und die Möglichkeit, jederzeit den Fernseher einzuschalten – eine Aufforderung, nichts zu sagen, wenn doch niemand etwas sagen wollte –, bildeten den Rahmen, in dem sie eine unversöhnliche Gleichgültigkeit zur Schau trug, die vollständige Synthese ihres Ärgers. Ebenfalls aus Gewohnheit beschloß er, im selben Tenor weiterzumachen, und das Abendessen verlief in einem Schweigen, das nicht einmal die leise gestellte Stimme des Fernsehers beachtete, auf den alle schauten. Er dachte ein paarmal daran, sich Luft zu machen und sie ein für allemal zu fragen, was der eigentliche Grund für diese Szenen sei. Zu einer Zeit, als ihre Streitigkeiten noch den Nerv irgendwelcher Gefühle trafen, brachte sie immer das Argument einer vagen Furcht vor dem Auto vor, die allerdings nicht vorhanden war, wenn sie ihn begleitete. Ihm war es immer so vorgekommen, als verberge sich hinter diesem Grund ein anderer, als sei dies nichts als ein Vorhang aus Rauch, um den eigentlichen Grund zu verbergen, denjenigen, den sie verschwieg. Auf jeden Fall machte er sich keine Luft. Er glaubte, vor langer Zeit schon den geheimnisvollen Grund entdeckt zu haben. Systematisch mißtraute seine Frau allem, was er allein unternahm, aus mangelnder Liebe vielleicht, auch wenn sie das Gegenteil glaubte. Abstrakt fühlte sie sich im Stich gelassen, wenn er beschloß, etwas allein zu tun. Konkret dachte sie immer an die Möglichkeit, daß eine Frau ihren Platz in dem Fahrzeug einnehmen könnte, wohin er auch fuhr. Diese Möglichkeit, erschaffen vor allem von ihrem eigenen Mißtrauen, die sie einfach als gegeben annahm, ohne irgendeinen anderen Hinweis, erschien ihr als etwas Objektives, das außerhalb jeder Diskussion stand. Auf diese Weise kostete es sie nur geringe Mühe, von dem, was bloße Möglichkeit war, zur vollendeten Tatsache zu gelangen. Für sie lag kein Unterschied darin, ob sie ihn der objektiven Möglichkeit bezichtigte, die er sich verschaffte, oder ob sie ihn des letztlich vollzogenen Betrugs bezichtigte. Luis Pozna, der wenig zu intellektuellem Sezieren neigte, hatte schließlich die Entdeckung gemacht (er verdankte sie mehr der Offensichtlichkeit, die sich durch ständige Wiederholung herauskristallisiert hatte, als einem willkommenen Geistesblitz), daß all dies Ergebnis der Tatsache war, daß sie beide einander nicht kannten. Er hätte auf solch einer Fahrt niemals eine Frau eingeladen, ihn zu begleiten. Es wäre ihm nicht einmal in den Sinn gekommen, eine zufällige Begegnung zu suchen, ganz gleich ob bezahlt oder umsonst. Das Wesentliche ist jedenfalls, daß Cecilia, seine Frau, dies nicht wußte und darüberhinaus gar nicht in der Lage war, es zu wissen. Das Traurigste war, daß seine Frau nach fünfzehn Jahren nicht wußte, wen sie geheiratet hatte. Der Druck, den beide in Momenten wie diesem auszuhalten hatten, fand kein Ventil. Sie würde ihre wahre Furcht nicht eingestehen, und er war genausowenig bereit, so einfach zu akzeptieren, daß er sich ein Leben mit jemandem aufgebaut hatte, für den er ein Fremder war.

Der Junge blieb vor dem Fernseher sitzen und sah sich ein Quiz an, und sie ging im Kittel mit nach unten, um ihn zu verabschieden. Sie hielt die Arme strategisch vor der Brust gekreuzt: die Haltung einer Brigade, die in einem Graben festsitzt, aus dem sie weder durch einen Angriff noch durch einen Rückzug wieder hinauskann. Auf den Asphalt der kleinen Vorortsiedlung fiel ein glanzloser Mond, voll und hart, der alle Dinge irgendwie entfernt erscheinen ließ. Es herrschte eine feuchte, undurchdringliche Kälte, die einen das Unwirtliche der Witterung mit der Zeit tief im Innersten empfinden ließ. Es folgte natürlich jener Moment unschlüssigen Schweigens, in dem beide bereit schienen, etwas zu tun, das sie dann doch nicht taten. Sie strichen einander über das Gesicht und nahmen beide mit nicht sehr ruhigem Gewissen Abschied voneinander.

Erst als er den Motor anließ und dann auf die verlassene Allee einbog, die zur Hauptstraße führte, fand Luis Pozna zu einer relativen Ruhe. Nach etwa sechzig Kilometern, kurz bevor er den ersten Paß erreichte, klarte die Nacht vollständig auf. Der Umriß der Berge, die immer näherkamen, zeichnete eine strahlende, bläuliche Linie an den Horizont, wie ein Pfad, den die Sterne übertrieben stark erhellten. Während der Wagen die ersten Steigungen nahm, hatte der Fahrer das Gefühl, seinem weiteren Weg ohne Scheinwerfer

folgen zu können. Es war ein Spiel, das er sich schon bei anderen Gelegenheiten erlaubt hatte, sogar in ziemlich finsteren Nächten, und das ihn wie ein Rausch anregte, wenn er für ein paar Sekunden auf einem nicht vorhersehbaren Weg dahinglitt. Bisweilen hatte er das Gefühl, in einen Abgrund zu stürzen oder langsam eine Steigung von fünfzehn Grad zu nehmen, wenn in Wirklichkeit genau das Gegenteil geschah. Das Ergebnis waren ein paar Augenblicke der Unwirklichkeit, die, wenn er die Lichter wieder einschaltete, mit einem fast physisch spürbaren Schlag verschwanden: Für ein paar Minuten hatte er Mühe, sich wieder auf die Strecke zu konzentrieren, und er mußte sich regelrecht anstrengen, um das Fahrzeug unter Kontrolle zu behalten. Dieses Spiel hatte er bis zum Exzeß ausprobiert, als er noch jünger war. Er gelangte zu der Überzeugung, daß dies eine Art sei, seinen eigenen Tod zu spielen, den Tod in der Form des Selbstmordes. Eines Tages blieb er auf einer Geraden, die er genauestens kannte, fast bis zum allerletzten Moment im Dunkeln. In dem Augenblick, wo er die Scheinwerfer einschaltete, warfen diese ihren gebündelten Strahl ins Leere und zeichneten eine kreisförmige Wolke ab, die ihm sogleich anzeigte, daß er am Ende der Geraden angelangt war und sich mitten in der daran anschließenden Kurve befand. Es blieb ihm noch mehr als genug Zeit, das Steuerrad herumzureißen und sie ohne den geringsten Zwischenfall zu durchfahren, aber er tat es nie wieder. Jedes Spiel wird gefährlich, wenn man systematisch versucht, die einmal erreichten Grenzen zu überschreiten – die Art von Laster, deren ursprünglicher Sinn verloren geht, sobald sie vom Spieler Besitz ergreifen.
Jetzt hatte er die Erinnerung an dieses Verlangen gespürt und verbrachte einige Kilometer mit der Überlegung, ob er es erneut versuchen sollte. Er dachte an seine Frau und flüchtig an das Kind, wie es sich die Quizsendung im Fern-

sehen ansah, und ein mildes Schuldgefühl brachte ihn schließlich davon ab.
Langsam, langsamer als je zuvor fuhr er die letzten steilen Abschnitte der Paßstrecke hinab, und der Wagen nahm Kurs auf eine kleine Hochebene, die wie die Bühne eines Theaters von den Lichtern des Himmels erleuchtet wurde. Zunächst achtete er nicht auf die dunkle Silhouette, die wie angewurzelt auf dem erdigen Seitenstreifen neben der Fahrbahn stand. Er hielt sie für ein Verkehrsschild oder etwas dergleichen, als die Scheinwerfer wenig später ihre nähere Umgebung streiften. In diesem Moment wurde ihm womöglich bewußt, daß sie, worum auch immer es sich handeln mochte, seiner Aufmerksamkeit wert sei. Als die Lichtkegel seiner Scheinwerfer den Schatten voll erfaßten, erlaubte ihm das auch nicht zu erkennen, um was es sich handelte. Es mochte eine Art Vogelscheuche sein oder einfach ein großer Karton, der zufällig aufrecht stehengeblieben war, etwas wie eine feste, übergroße Papiertüte. Instinktiv verringerte er die Geschwindigkeit, bis der Wagen schließlich ein paar Meter vor dem Gegenstand zum Stehen kam. Nun konnte er ein Kleidungsstück erkennen, das einem Umhang glich, der vollständig dasjenige umhüllte, was darin steckte. Er stellte den Motor nicht ab. Der Lichtkreis der Scheinwerfer und die Konzentration seines Blickes auf das dunkle Gebilde ließen die Nacht fast weiß werden. Und ziemlich seltsam, wenn er bedachte, daß er ohne jeden erkennbaren Grund am Rande des Straßengrabens angehalten hatte und daß er weiterhin dort stand, ohne sich zu entscheiden, ob er aus dem Wagen steigen oder einfach weiterfahren sollte.
Er begann sich allmählich der Absurdität dieser Situation bewußt zu werden, als sich die Gestalt sanft umwandte und er durch einen Spalt, den der Umhang offenließ, das blasse, irgendwie traurige Gesicht einer Frau erahnen konnte, die beschämt zu sein schien über das, was geschah. Ein paar Au-

genblicke lang rührte sich keiner von beiden. Es waren Momente der Unsicherheit und unangenehmer Empfindungen für Pozna, der schon die Nähe des Lächerlichen spürte. Mit einer zu brüsken Bewegung, die vor allem gegen ihn selbst gerichtet war, öffnete der Autofahrer die Tür und sagte etwas wie: »Soll ich Sie irgendwohin mitnehmen?«

Das Gesicht sagte nichts. Es beschränkte sich darauf zu schauen und, soweit es die Entdeckung Poznas betraf, zum ersten Mal ein Paar dunkler Augen zu öffnen, denen der Kontrast zur Haut in keiner Weise zum Vorteil gereichte.

»Es kostet mich keine Mühe. Außerdem stehe ich ja schon.«

Die letzten Worte kamen ihm ziemlich albern vor, aber nicht schlimmer als die gesamte Situation, wenn man sie von einem objektiven Standpunkt aus betrachtete, mochte der Grad an Objektivität auch noch so gering sein.

»Ich nehme Sie soweit mit, wie Sie es mir sagen. Ich habe noch eine ganze Strecke vor mir. Es macht mir nichts aus, das sage ich Ihnen ganz ehrlich.«

Er spürte, daß er sich auf eine ziemlich instinktive Art von dem Bedürfnis hinreißen ließ, die Fremde von etwas zu überzeugen, von dem er selbst durchaus nicht überzeugt war. Er hatte den Eindruck, daß sich die Dinge in einem Tempo entwickelten, das nichts mit dem Rhythmus zu tun hatte, in dem sich die alltäglichen Dinge abspielen, am allerwenigsten die Begegnung zwischen zwei Unbekannten unterschiedlichen Geschlechts. Aber all das waren bloß Eindrücke, denn wenn er Zeit gehabt hätte, darüber nachzudenken, was in eben diesen Augenblicken geschah, hätte er genausowenig gefunden, was er sich konkret hätte vorwerfen können. Er war es, der jenem Vorgang, der ansonsten nichts Außergewöhnliches an sich hatte, Transzendenz und Bedeutung beimaß.

»Wir machen es so: Ich werde mit dem Wagen an Sie heranfahren, Ihnen die Tür öffnen, und wenn Sie möchten, steigen Sie ein.«

Er verharrte noch einen Moment in derselben Haltung wie zuvor, ehe er seine Tür zuzog und den Wagen langsam auf die Stelle zulenkte, wo die Frau stand.
Als er sie erreichte, tat er, wie er gesagt hatte. Ihm blieb kaum Zeit, die Hand vom Türgriff zu nehmen, denn die in ihren Umhang gehüllte Frau sprang wie der Blitz in den Wagen.
Er betrachtete sie eine ganze Minute mit ersichtlichem Staunen, aber sie wandte ihm ihr Gesicht nicht zu. Das Fahrzeug setzte sich in Bewegung.
Vorsichtig steuerte er auf die Fahrbahn und versuchte, mit aller Macht Dinge wieder als etwas Normales zu behandeln, die, wie er sich erneut sagte, nichts Außergewöhnliches an sich hatten.
»Es ist das erste Mal, daß ich so etwas mache.«
Als er »so etwas« sagte, hielt er inne. Er hätte sagen können, »daß ich jemanden an der Straße mitnehme«, oder etwas in der Art, aber er hatte gesagt »so etwas«. Die Worte hatten den Beiklang zweifelhafter Absichten, wenngleich auch den von Gefahr und von einer Klage.
»So etwas« ging ihm weiter im Kopf herum, bis sich die Worte schließlich aufblähten, sein ganzes Denken ausfüllten und ihn daran hinderten, noch irgendeine Bemerkung zu machen. Sie hinderten ihn auch etliche Kilometer lang daran, die Frau anzuschauen. Tatsächlich schaute er sie nicht wieder an, ehe sie in der Nähe des schwarzen Fleckens eines Waldes, der sich gegen den Himmel über einem Hügel abzeichnete wie der zerrissene Vorhang eines Theaters, mit einer Rauhheit sagte, die nicht nur den Tonfall betraf, sondern physisch war, eine Art Zunge, die aus einem Loch in der Erde hervorkroch: »Hier.«
Pozna schaute sie ziemlich verblüfft an. Erstens, weil er die Bedeutung dieses Befehls nicht sogleich erfaßte und sie dann noch dazu falsch verstand. Zweitens, weil er ganz einfach von dieser Art nächtlicher Gespenstergestalt keinen Befehl erwartete.

»Wollen Sie sagen, daß Sie hier aussteigen?«
»Hier«, sagte bloß erneut die erdige Zunge.
»Hier ist niemand. Man sieht nicht ein einziges Licht.«
Die Frau schaute weiter geradeaus, ohne etwas zu sagen.
»Sie werden ganz alleine sein. Sie werden wieder einen anderen Wagen anhalten müssen.«
Pozna überlegte eine Sekunde und hatte sogleich eine Erleuchtung von jener absurden Art, die in unmittelbarer Nähe des Wahnsinns anzusiedeln ist.
»Bin ich Ihnen vielleicht irgendwie zu nahe getreten? Sagen Sie es ganz offen, denn ich habe bestimmt nicht die Absicht, Sie an diesem Ort zurückzulassen. Das fände ich barbarisch.«
»Hier.«
Aber diesmal klang das Wort nicht mehr gleich. Es war sanft, fast wie ein entfernter, schmachtender Gesang, der sich um die Haut des Mannes legte wie die Stoffbahnen eines Lakens. Als er das Gesicht zu ihr wandte, um zu versuchen, diese neuen Empfindungen zu verstehen, bot sich ihm ein Schauspiel, das ihm den Atem stocken ließ. Die Frau hatte ihren Umhang geöffnet und ließ einen vollkommenen, recht kräftigen Körper sehen, der in deutlichem Gegensatz zu dem verhärmten, bläulich schimmernden und eindeutig traurigen Gesicht stand. Die beiden weißen Hände hielten die Zipfel des Kleidungsstückes wie jemand, der einen höchst vertraulichen Schatz zeigt, ihn darbietet und zugleich dazu auffordert, ihn im Innersten der Truhe miteinander zu teilen.
Der Mund der Frau verzog sich zu einer Grimasse, bei der ihre zu weißen Zähne aufblitzten. Pozna brachte den Wagen zum Stehen, da er unmittelbar ein Schwindelgefühl verspürte. Er faßte sein Gesicht mit den Händen und stützte die Arme in einer Gebärde auf das Lenkrad, die zu versuchen schien, jenes Trugbild aus seinen Augen zu verbannen. Aber

fast wie in einer Verlängerung derselben Gebärde wandte er, die Hände immer noch in Höhe des Gesichts, die Arme angewinkelt, seinen Oberkörper und ließ sich auf das wohlgeformte, üppige und bereitwillige Fleisch der Frau fallen. Dort verlor er sich. Es schien, als ob sein ganzer Körper in eine warme Grotte eintauchte, während er sich zugleich der harten, scharfen Grate bewußt war, die ihre Oberfläche ausmachten. Er hatte nicht das Gefühl, als sei er in die Frau eingedrungen, sondern als sei er selbst in ein flüssiges Gebiet eingedrungen, wo die Luft nur in kleinen Blasen existierte, die von einer Seite des Raumes zur anderen wanderten.

Pozna erwachte später auf dem Rücksitz des Wagens. Er schüttelte den Kopf und sah sich suchend nach der Frau um, fand sie aber nicht. Er fühlte sich körperlich schlecht; durch seine Schulter fuhr ein ziehender Schmerz, und zwischen den Schläfen hatte er ein Gefühl, als perlten dort lauter kleine Bläschen. Er verwandte nicht allzuviel Zeit darauf, sich über die Situation klar zu werden; im Gegenteil, er beeilte sich, so gut er konnte, und sobald er dazu in der Lage war, setzte er sich ans Steuer und ließ den Motor an. Er brauchte die unmittelbare Bewegung des Fahrzeugs, das Gefühl der sich drehenden Räder und die Kraft der Achsen unter einer Maschine, die so wirklich war wie ihr eigenes Gewicht.

Zwei Stunden später erreichte das Auto die ersten Ausläufer des nördlichen Hochlands. Die Nacht zeigte immer noch ihre unbeirrbare Klarheit, deren Widerschein an verschiedenen Stellen der Landschaft Pfützen bildete und hier und da einen flüchtigen, silbrigen Blitz hervorbrachte. Pozna hatte physisch und psychisch die Ruhe wiedergewonnen (tatsächlich konnte er erst seit wenigen Minuten behaupten, daß er sie voll und ganz wiedergewonnen hatte), mit der er die Fahrt begonnen hatte. Andererseits hatte die Entfernung, die ihn von dem Ort trennte, wo er der Frau von der Straße

begegnet war, die Eigenschaft, diese Erinnerung immer weiter zurückzudrängen. Er war sich sicher, daß es ihm hundert Kilometer weiter nördlich schwer fallen würde, an das zu glauben, was er erlebt hatte. Diese Möglichkeit stimmte ihn so froh, daß er schließlich eine Euphorie empfand, die derjenigen des Alkohols oder der eines Vitamins glich, das an der richtigen Stelle des Körpers ankommt. Er fühlte sich glücklich, so absurd diese Vorstellung auch in einem Moment scheinen mochte, dem ein anderer vorausgegangen war, der unter genau dem entgegengesetzten Vorzeichen gestanden hatte.
Das Auto bremste, geriet auf dem Schotter am Straßenrand ins Rutschen, und für eine Sekunde schien es, als werde es die verhüllte Gestalt erfassen, die auf dem Seitenstreifen stand. Dieses Mal bewegte sich die Gestalt auf die Wagentür zu, und kurz bevor sie einstieg, ließ sie das Kleidungsstück fallen, um einen Körper zur Schau zu stellen, der dem von vorhin in nichts ähnlich sah: Die großen Brüste waren nun klein wie Äpfel, und an die Stelle der üppigen Formen waren nun andere, eher androgyne getreten, vielleicht auch einfach eher jugendliche. Auch war das Profil des Gesichtes nicht dasselbe. Dieses hatte etwas Leutseliges, das dem vorherigen völlig fehlte. Das Kleidungsstück blieb auf dem Boden zurück, wo es den Tau aufsog.

»Das war nicht sie, ich bin ganz sicher. Das war nicht sie, ich werde langsam verrückt.«
Luis Pozna bemerkte, wie ihm der kalte Schweiß über die Hände lief und sie auf dem Lenkrad ins Rutschen brachte. Er hatte ein hochrotes Gesicht, und ein violetter Ring begann sich um seine Augen zu bilden. Er fuhr, indem er das Lenkrad praktisch umarmte, in einer Haltung, die es ihm ermöglichte, in einem Moment der Verzweiflung den Kopf aufzustützen. Das Auto bewegte sich mit einer Geschwindigkeit

von mehr als einhundertfünfzig Stundenkilometern vorwärts, ohne daß der Fahrer es zu bemerken schien.
»Was geschieht mit mir? Ich werde allmählich verrückt. Ich begegne zwei verrückten Frauen, halte an, nehme sie mit, und dann, mein Gott, es ist, als könnte ich nicht verhindern, sie zu umarmen, auch wenn ich gar nicht weiß, ob sie mir gefallen, aber ich muß dieses Fleisch berühren. Ich weiß nicht, was für Gründe das hat, aber sicher ist, daß ich auf alles andere nicht achten kann, zum Beispiel darauf, daß das, was mit mir geschieht, unmöglich ist, und daß sie beide unmöglich sind, außerdem sind sie nicht ein und dieselbe, dabei scheinen sie es zu sein, die eine erinnert sich an die andere, es ist, als wären sie durch irgendein zeitliches Band vereint, und nicht durch das Skelett oder die Nerven, ich weiß, daß die Junge von der Älteren wußte oder die Ältere war, diesmal hat sie nicht gewartet, um den Umhang im Wagen abzulegen oder um zu sehen, ob ich mich entschied, was sage ich, das muß aufhören, es muß aufhören.«
Er war sich dessen nicht bewußt, aber da hatte er schon seit einer geraumen Weile die Augen geschlossen, und der Wagen behielt dieselbe Geschwindigkeit bei. Er konnte sich nur an die Brust oder die Hüfte oder die Haut einer der Frauen erinnern, formte daraus verschiedene Körper, die er berühren konnte, als wären sie wirklich vorhanden. Jetzt begehrte er sie, wie er sie nicht begehrt hatte, als er mit ihnen zusammengewesen war. Die Augen blieben geschlossen auf der langen Geraden, die das erste Stück Ödland durchquerte, ehe sie senkrecht zu den Feldern des Tales hinabfiel.
Als er sie öffnete, feucht und schwer und nicht willens zu sehen, geschah dies aus jenem seltsamen Zusammenwirken der Sinne heraus, die sich gegenseitig wachrufen, wenn einer Alarm schlägt. Einer von ihnen mußte wahrgenommen haben, daß sich der Wagen seit ein paar Zehntelsekunden nicht mehr auf dem Asphalt befand, sondern daß er sich

seinen eigenen Weg gesucht hatte, auf einem Pfad ohne Schlaglöcher, der leicht schwindelerregend war. Die Augen öffneten sich weiter, aber ohne zu erschrecken, als sie in einem Strahlenkranz, der aus dem Lichtkreis der Scheinwerfer bestand, den Körper einer Frau sahen, die sich von den anderen unterschied. Mit den Fingerspitzen hielt sie den Umhang, der sie entblößte. Er wurde im freien Raum immer schneller, während die Frau ihn mit einem etwas lustlosen Lächeln rief. Das letzte, was er zu denken vermochte, war, daß das Gesicht der neuen Frau dem seiner eigenen glich, und wie er das nicht früher hatte merken können.

JESÚS FERRERO

EWIGE WIEDERKEHR

Aus der Verbindung zwischen dem Schriftgelehrten Abulak und der Seherin Kubatúm gingen drei Kinder hervor: ein Junge, Kudamín, der Schriftgelehrter wurde wie mein Vater; ein Mädchen, ich, Seherin wie meine Mutter, und noch ein männlicher Sprößling, Mabug, der ein Schandfleck für die Familie wurde und den alleine ich liebte. Meine Mutter ignorierte ihn, mein Vater verabscheute ihn, und mein Bruder wollte ihn mehr als einmal des Nachts erschlagen, wenn der Mond ihm frevlerische Taten ins Ohr flüsterte. Er sagte es nie, aber ich wußte es. War ich denn nicht die Tochter einer Seherin, und hatte man mich nicht gelehrt, in den Augen der Unseligen zu lesen?
Mabug brachte das Unheil mit sich. Nicht lange nach der Niederkunft hatte meine Mutter einen Traum, in welchem ihre Göttin ihr den Rat gab, ihren letzten Sprößling zu verbergen, da sein Körper ein unmöglicher Traum sei, und das Unmögliche, für Ishtar das Wahre, muß verborgen bleiben. Außerdem sei die Schönheit Mabugs eine Blasphemie, hatte ihr die Göttin am Ende des Traumes gesagt.
In panischem Erschrecken gelangte mein Vater zu der Überzeugung, daß sein Geschlecht dazu verdammt sei, augenblicklich unterzugehen, weil es einen Sohn hervorgebracht hatte, den die Götter verschmähten. Angesichts eines derartigen Fluches war meine Mutter die einzige, die ihre Geistesgegenwart behielt. Sie war es beispielsweise, die Mabug, als sie sah, daß er herangewachsen war, eine weite und

strenge Tunika webte, welche die gotteslästerlichen Formen seines Körpers verhüllte. Wenn ich, ein kleines Mädchen noch, ihn durch die hängenden Gärten wandeln sah, die unser Haus umgaben, angetan mit dieser groben Kutte, kamen mir jene Tiere in den Sinn, die ihr zartes Fleisch unter schweren Panzerschalen verbergen.

Mabug wuchs so heran, wie die Pflanzen wachsen, unter freiem Himmel. Man brachte ihm nicht bei zu sprechen: Er wurde zur Stummheit verdammt, zur Einsamkeit, zur Blindheit. Und dennoch wußte er alles; er wußte das, was die Männer nie wissen, das, was die Frauen wissen, und das, was die Frauen nicht wissen. Ich verstand ihn, und deshalb war ich die einzige, die es wagte, ihn anzusehen. Durch ihn lernte ich, den Zweifel zu ertragen und das Licht mit der Finsternis zu versöhnen, durch ihn glaubte ich zuweilen das Rätsel zu erahnen, welches sich hinter dem Wort »Luft« verbirgt.

Ich wachte über ihn, wann immer ich konnte, und als er in das Alter kam, wo er noch schöner schien, näherte ich mich ihm. Er war furchtsam, aber nie hörte ich ihn schluchzen. Die Furcht war, wie alles an Mabug, etwas Heimliches, und seine Art, sie auszudrücken, die Stummheit. Wenn er bisweilen irgendwo im Garten saß und sah, wie sich unser Bruder Kudamín näherte, schlug Mabug die Hände vor die Brust und lief zu seiner Hütte wie ein Mädchen, das fürchtet, geschändet zu werden.

Wer weiß, woran er denkt, fragte ich mich, wenn ich sah, wie er sich über die äußerste Mauer beugte, um den Karawanen nachzusehen, die der Straße nach Susa folgten. Welchen Raum nahm ich ein in seiner Welt, wenn er denn eine Welt hatte, welchen Raum der Feigenbaum, der Regen, der Himmel, die Kamele und der Wind, der die Ziegel peitschte...

Lange Zeit getraute ich mich nicht, in seine Hütte zu treten. Es reichte gleichwohl aus, daß ich einmal eintrat, um nie

mehr davon abzulassen, bis zu dem Tag, als er aus den hängenden Gärten verschwand.
Die Dunkelheit war immer meine Verbündete, deshalb wartete ich auf die Nacht, und deshalb wurde mir die Dauer des Tages unerträglich.

Als sie elf Jahre alt wurde, an der Schwelle der Pubertät, bemerkte meine Schwester, daß sie nicht nur weiblichen Geschlechts war, sondern auch ein männliches Glied besaß. Sie fühlte sich dem Tode nahe, sie hielt sich für ein Monstrum. Bei ihrer Geburt hatte man sie den Frauen zugerechnet und Alberta getauft. Sie war ein bezauberndes Mädchen, das wie ich in eine Klosterschule ging. Bis der Arzt die Diagnose stellte, sie sei ein Zwitter. Unser Familienleben war nur noch voller Trübsinn, und meine Mutter versank in eine lang andauernde und seltsame Depression. Zu jener Zeit begann ein Arzt aus Bologna zu verbreiten, daß ein Fall von Androgynie aufgetreten sei, und mein Vater, von der Scham getrieben, verließ meine Mutter und Alberta und nahm mich mit, um mit ihm am anderen Ende von Bologna zu leben. Was meine Schwester angeht, so kann ich nur sagen, daß sie das Schlimmste für sich behielt und sich darauf beschränkte zu schweigen. Nicht lange danach zog sie sich nach Vícaro zurück, einem Dorf in den Bergen, wo unsere Großmutter mütterlicherseits lebte, und dort lernte sie, sich selbst zu akzeptieren, und dort beschloß sie, ihr Glied nicht den Chirurgen auszuliefern. Mit vierzehn Jahren kehrte sie nach Bologna zurück und ging wieder auf die Oberschule. Später arbeitete sie in einem Frisiersalon, um den Lebensunterhalt für sich und für meine Mutter zu verdienen, die ständig krank war. Zu der Zeit war mein Vater schon gestorben, ohne je im mindesten das Verlangen gezeigt zu haben, Alberta zu sehen, und ich arbeitete als Hilfsdozent für Alte Geschichte an der Universität von Siena. Es war, so glaube ich

mich zu erinnern, in jenen Jahren, daß meine Schwester kurz davor stand, den einzigen Traum zu verwirklichen, den sie in ihrem schwermütigen Kopf hegte: Sängerin zu werden. Sie wählte den Namen »Ulla« und nahm eine Platte auf. Es wurde ein Mißerfolg. »Der Zeitpunkt zum Singen ist für mich verpaßt«, sagte sie in irgendeinem Interview. Später wirkte sie in zwei pornographischen Filmen mit; nach dieser Erfahrung kehrte sie dem Film den Rücken und posierte nur noch für Photographen. Ihre neue Beschäftigung gefiel ihr nicht besonders, und sie bekam schließlich einen Komplex, aber sie ertrug ihr einzigartiges Schicksal so gut sie konnte und lebte weiter. Als ich sie wiedersah, lebte sie in Venedig mit einer anderen Frau; sie befand sich in einer Übergangsphase und wußte nicht recht, in welche Richtung der Weg führen sollte.
Ich erinnere mich ganz deutlich an unsere erste Begegnung nach zehn Jahren, in denen wir uns nicht gesehen hatten. Ich war gerade geschieden worden und hatte wie Alberta nicht die mindeste Vorstellung davon, in welche Richtung sich meine Wünsche fortan entwickeln mochten. Ich fühlte mich verloren und hatte das Bedürfnis, dasjenige zurückzugewinnen, was von meiner Familie noch übrig war; ich hatte das Bedürfnis, Alberta zu sehen, mich mit ihr zu versöhnen, sie dicht an meiner Haut und meinem Bewußtsein zu spüren.

Ich erlernte die schwierigste der Künste: die Kunst, schweigend zu warten, und wenn alle schliefen, schlüpfte ich zwischen den Bäumen hindurch zu seiner Hütte. Mit der Zeit verwandelte sich diese Beschäftigung in den Sinn und Zweck meines Lebens und in mein einziges Bestreben.
Wenn ich vor ihm stand, nachdem ich die Tür geöffnet hatte, beunruhigte mich immer sein erster Blick, der gleich demjenigen der Tiere die Gabe besaß, vage und durchdringend zu-

gleich zu sein, in der Ferne verloren und dabei doch in die elementarste Nähe versenkt. Schauten so die Fische das Wasser?

Nacht um Nacht versuchte ich, die Sprache seiner Hände zu entschlüsseln, aber nie erfuhr ich, was genau er sagte, und nur wenn ich mich von seinen Augen leiten ließ und nicht versuchte, etwas zu entschlüsseln, gelang es ihm, einige wenige Empfindungen auf mich zu übertragen. So ließ sein Blick mich zuweilen Massivität empfinden, und ich fühlte mich schwer wie ein Götzenbild aus Bronze; andere Male Schwerelosigkeit, und ich glaubte, mich auf einmal vom Boden aufzuheben, wieder andere Feuchtigkeit, und bei seinem Anblick neigte ich dazu, die plötzlichen Grimassen der Fische nachzuahmen.

Wenn schon der Morgen graute, bereitete ich mich darauf vor, mich mit ihm zu vereinigen, wie ein Priester, der weiß, daß die Stunde des Opfers gekommen ist. Ich schloß die Augen, legte meine Hände auf ihn und zog ihm die Tunika aus. Nie erfuhr ich, was er in eben diesem Augenblick dachte. Am Anfang glaubte ich in seinen Augen Erschrecken zu lesen, aber später, mit der Gewöhnung, begann er mich auf andere Weise anzusehen. Ich pflegte mich neben ihn zu setzen, betrachtete seine Brüste, seinen Nabel, sein Glied, seine Beine, und dann preßte ich mich an ihn, und er drang in mich ein.

In dem Maße, wie die aufgehende Sonne die Stadt mit ihrem goldenen Staub durchtränkte, änderte das Licht, das durch die Schilfhalme drang, die Farbe und entwickelte auf unserer Haut dieses Verwirrspiel unendlicher Variationen, das von Violett bis Orange geht; das war der Moment, da ich die Hütte verließ und lief, mich in meinem Schlafgemach zu verbergen.

Ich fragte sie nach ihrem Liebesleben, und sie sagte mir, sie habe drei Jahre mit einem Jungen aus Florenz zusammengelebt. Danach hatte sie zwei kürzere Affären, in Bologna und in Padua. Alles Männer? Nein, keineswegs; um die Wahrheit zu sagen, fühlte sie sich in letzter Zeit stärker von Frauen angezogen.

»Mit Männern habe ich immer sehr aggressive Beziehungen gehabt«, sagte sie an einem Winterabend in einer Bar am See zu mir, die – wenn mein Gedächtnis mich nicht täuscht – die »Schattenlinie« heißt.

»Und was macht die Frau, mit der du zusammenlebst?«

»Sie ist Schriftstellerin«, erwiderte sie mir.

Ich spürte das Eingeständnis wie einen Messerstich, und zu meiner eigenen Überraschung sprach ich mit ihr über eine Kastration.

»Hast du nie an die Möglichkeit gedacht, dich... operieren zu lassen?«

»Diejenigen, die sich auf halbem Wege zwischen Mann und Frau befinden, pflegen sich operieren zu lassen«, antwortete mir Alberta. »Das bedeutet nicht, daß ihre Probleme damit beendet wären. Sie tun das, was sie tun, um sich vollständig in die Normalität einzufügen... Aber mir ist es allmählich egal, ob ich mich dort einfüge oder nicht, deshalb lasse ich mich nicht operieren. So zu sein wie ich bin, hat mir geholfen, das Leben in seiner ganzen Scheinheiligkeit zu erkennen, in seiner ganzen Idiotie, in seiner ganzen Barbarei...«

»Und wenn die anderen entdecken, was du bist, wie reagieren sie?«

»Glaubst du denn, daß ich allen und jedem die Gelegenheit gebe, mich kennenzulernen?« fragte sie und sah mich einladend an.

Eines Nachts, als ich in aller Heimlichkeit den Hof durchquerte, wurde ich von meinem Bruder Kudamín entdeckt.

»Was tust du hier, du Unselige?« schrie er mich an.

»Ich habe im Garten Geräusche gehört«, sagte ich zu ihm.

»Geräusche im Garten? Ah, daß du darauf verfallen mußtest, o meine Schwester! Hebe dich hinweg von hier und verberge dich in deinem Gemach. Morgen wirst du mir wohl besser erklären, was du getan hast.«
Als er gewiß war, daß ich mein Lager erreicht hatte, eilte er, meinen Vater zu suchen.
Am darauffolgenden Morgen sah ich Mabug nicht im Garten und beging die Unvorsichtigkeit, meine Mutter nach ihm zu fragen. »Er? Wer ist er?« sagte sie zu mir. »Er, der im Garten lebt«, erwiderte ich ihr. Meine Mutter gab sich den Anschein, erstaunt zu sein, und fragte mich, ob mir in den letzten Tagen irgendein Leiden zu schaffen gemacht hätte, das ich nicht eingestehen wollte; diese unsinnigen Fragen versetzten sie in Schrecken, seien sie doch nur zu häufig die Vorboten des Wahnsinns. Dann beteuerte sie, daß niemals jemand im Garten gewohnt habe, und in dem sie näher an mich herantrat, bat sie mich zu erklären, von wem ich spräche, wer er denn sein. »Mein anderer Bruder!« rief ich voller Gram. Da ließ sie von mir ab und flehte die Götter an, ihre Tochter möge wieder zur Vernunft kommen.
Ich befragte auch meinen Bruder Kudamín, und er zeigte ähnliche Anzeichen des Erschreckens und sagte mir zum Troste: »Möge Ishtar mich erblinden lassen, wenn ich nicht dein einziger Bruder bin«, worauf er sich mir langsam näherte, mich bei der Hand nahm und ausrief: »Ach, was du da sagst, meine Schwester, entbehrt jeder Grundlage... aber du brauchst dich nicht zu sorgen. Es wird vorübergehen, Schwester, es wird vorübergehen. Letzte Nacht sah ich dich schlafwandelnd den Garten durchqueren, und da ich fürchtete, es könne dir etwas zustoßen, führte ich dich in dein Gemach...«
Dann verabschiedete er sich, indem er mir einen Kuß auf die Stirn gab und mir zuraunte: »Wende dich um Rat an unsere Mutter, die noch die Geheimnisse der verworrensten Alp-

träume kennt... Du mußt einen schlimmen Traum gehabt haben...«

Ich kann nicht erklären, was ich fühlte, als ich ihre Haut berührte; was ich wahrnahm, als ich in ihren Augen versank, kann ich nicht erklären. Der Blick Albertas besaß die Gabe, vage und durchdringend zugleich zu sein, in der Ferne verloren und dabei doch in die elementarste Nähe versenkt. Schauen so die Fische das Wasser?

Als schon der Morgen graute, bereitete ich mich darauf vor, mich mit ihr zu vereinigen, wie ein Priester, der weiß, daß die Stunde des Opfers gekommen ist. Ich schloß die Augen, legte meine Hand auf sie und zog ihr den seidenen Rock aus. Nie erfuhr ich, was sie in eben diesem Augenblick dachte. Am Anfang glaubte ich in ihren Augen Erschrecken zu lesen, aber sogleich begann sie mich auf andere Weise anzusehen. Ich setzte mich neben sie, betrachtete ihre Brüste, ihren Nabel, ihr Glied, ihre Beine, und dann preßte ich mich an sie und drang in sie ein. Es war das erste Mal, daß ich bei der Liebe eine vollkommene Stille um mich herum wahrnahm.

In dem Maße, wie die aufgehende Sonne die Stadt mit ihrem goldenen Staub durchtränkte, änderte das Licht, das durch die Ritzen der Jalousien drang, die Farbe und entwickelte auf unserer Haut dieses Verwirrspiel unendlicher Variationen, das von Violett bis Orange geht; das war der Moment, wo unsere Körper sich voneinander lösten und wir zu reden begannen.

Ich hatte mich von ihr ganz durchdringen lassen, und sie hatte sich meiner Erinnerung bemächtigt. Nur zwei Dinge verhinderten, daß mein Glück vollkommen war: zu wissen, daß sie noch immer mit jener Frau zusammenlebte, und zu sehen, daß das Versprechen, welches wir uns soeben gegeben hatten, noch nicht erfüllt war: Ich würde meine Versetzung nach Venedig beantragen, sie sich von der Schriftstellerin trennen, und wir würden in einem bescheidenen Haus beim Arsenal miteinander leben.

Ich befragte niemanden mehr und hielt mich an dieselbe Richtschnur wie Mabug: das Schweigen. Aber in jener Nacht enthüllte Ishtar mir in Träumen, was geschehen war, und ich sah im Traum, wie mein Vater und mein Bruder den Garten durchschritten, jeder mit einem Hirtenstab. Ich sah, wie sie die Tür der Hütte einschlugen, ihn zu zweit packten und bis in den Hof mit den Feigenbäumen schleiften. Ich sah meinen Vater zittern. Er sagte etwas zu Kudamín: »Mögen uns die Götter diesen Frevel verzeihen, mein Sohn; aber wir müssen es tun, und du wirst mir helfen.«
Ich sah die Hirtenstäbe hochfahren, dann sah ich nichts mehr: ein Mundvoll Rot und ein paar Augen, die Abgründe schienen, denn in jenem letzten Blick Mabugs hatten sich Zweifel und Gewißheit auf ewig verschmolzen: das Nichts-mehr-Wissen und das Plötzlich-alles-Wissen.
Als die Tat vollbracht war, schloß mein Vater mit den Worten: »Und mögen die Götter mir gleichfalls verzeihen, in den Leib deiner Mutter uneindeutigen Samen gegeben zu haben. Die Bestimmung des Vaters ist es, Söhne zu machen und Töchter zu machen, nicht Mutmaßungen zu erzeugen.«
Danach entledigte er sich mit einer heftigen Gebärde des Hirtenstabes und schritt langsam zu seinem Schlafgemach, ohne den Blick vom Boden zu heben.
Kudamín war es, der sich Mabug später auf den Rücken lud. Ich sah ihn durch die Hügel streifen, bis er ihn, fern schon der Stadt, in eine Schlucht warf und zwei Hände voll Sand über ihn streute, damit seine Seele aufhörte umherzuirren.

Endlich hatte man meine Versetzung nach Venedig bewilligt, und wir verabredeten uns erneut. Ich kam ins Hotel, und als ich sie dort nicht antraf, begann ich mir Sorgen zu machen. Ich wartete mehr als sechs Stunden, und um Mitternacht, als ich es nicht mehr aushielt, eilte ich zur Wohnung der Schriftstellerin.

Wieder und wieder klopfte ich an jene Tür ganz dicht bei der Kirche der Jesuiten, die mit ihrer weißen Unzüchtigkeit in der Schwärze schimmerte, mit ihrer trübsinnigen Pracht. Ich war das Klopfen schon müde, als mir die Schriftstellerin öffnete: »Was... ist los?« fragte sie verwirrt, so als sei sie soeben erwacht.

»Ich bin der Bruder von Alberta«, stammelte ich.

Sie sah mich an, und ich sah sie an. Sie war hübsch, wenngleich man hinter ihrem Blick eine Welt voll Unflat erahnen konnte. Wie es schien, hatte sie einen erfolgreichen Roman geschrieben, aber sie sah sich längst wieder aller Besitztümer entblößt. Vermutlich war sie wie ich, und es ging ihr genauso wie mir. Das war es, was mich am meisten erschreckte. »Alberta?« sagte sie in einem schmutzigen Ton. »Alberta gehört mir, mir allein... Nur ich weiß, wo sie ist, nur ich kann zu ihr gelangen, nur ich...«

Sie sprach, als sei sie in Trance, während ihre trügerischen Augen starr in meine Augen blickten.

»Wo ist sie?« schrie ich.

Sie sah mich mit einer krankhaften Sanftheit an und sagte mit so heiserer und weicher Stimme, daß sie fast wie die von Alberta erschien: »Unten im Kanal, sie ist unten im Kanal«, und dann lief sie zum Fenster, zeigte auf das schwarze Wasser und fing an zu weinen.

Sie log weder damals, noch log sie später. Alessandra Ratti, jene zarte und magere Romanautorin mit Augen wie Glühwürmchen, hatte Alberta in der Wanne erstochen, um ihren Hals eine riesige Bronzelampe gebunden und sie in den Kanal gestürzt, auf dessen Grund sie die Feuerwehrleute zehn Stunden später fanden.

Als es an eben jenem Tage Abend wurde, machte ich mich auf und hörte nicht auf zu laufen, bis ich seinen Körper fand. Er schien unversehrt: Ishtar hatte die Geier dazu gebracht, ihn nicht anzurühren, und von seiner Haut die Wunden des Hirtenstabes getilgt, ohne daß ein Makel geblieben wäre.
Ich lud ihn mir auf und erklomm die Hügel, die im Süden Babylons die Wüste einleiten. In der Ferne konnte ich Sandstürme erkennen. Der Mond beschien bereits die Dünen, schweigsam und voller Mutmaßungen.
Ich wußte, die Göttin hatte es mir gesagt, daß ich seinen Körper dem Fluß überantworten mußte. Als ich mit ihm ans Ufer gelangte, schob ich ihn bis ans Wasser und überließ ihn der Strömung. Feierlich entfernte er sich allmählich von mir, der flüssigen Nacht entgegen.
Seit damals ist der Frieden in unser Haus zurückgekehrt. Mein Bruder Kudamín ist längst ein vollendeter Schriftgelehrter, mein Vater zählt wieder zu den Vertrauten des Königs, und die Prophezeiungen meiner Mutter werden wieder geglaubt.
»Gesegnet seien die Götter«, sagen die drei heute, »die uns die Gunst des Königs und das verlorene Glück wiedergaben.«
Verflucht sie, schreie ich in meinen Nächten, verflucht er, der mich zur Braut geben wird, und auf ewig verflucht seien alle Geschlechter des Himmels, die mir gemeinsam den entrissen haben, dessen Blick mir von der Nichtigkeit all dessen sprach, das ich nun besitze, all dessen, was ich einst besitzen werde. Die Schwermut und den Gehorsam, den Brautschmuck – wie gerne gäbe ich sie für den Fluß, der deine stummen Gedanken forttrug, dein Schweigen eines fernen, sanften Tieres...

Alessandra wurde ins Gefängnis gebracht, Alberta ruht auf dem Friedhof, und ich fliehe aus Venedig, nachdem ich ein

letztes Mal ihr Grab besucht habe: ein Kreuz mehr auf dem mit Blumen übersäten Gelände. Vermutlich fühlt sie sich dort wohl, in jenem Garten, der von allen Seiten von Wasser umgeben ist, auf jener Toteninsel, die einem hängenden Garten so ähnlich sieht, mit ihren stolz aufragenden Zypressen und dieser Mauer, die sich gegen das Wasser abhebt und vom *vaporetto* aus so magisch erscheint.
Mein Zug entfernt sich von der toten Stadt und überquert die große eiserne Brücke. Ein Alptraum, Alberta war ein Alptraum, Alberta hat es nie gegeben, niemals, niemals, sage ich mir in meinem Inneren.
Wir haben die Lagune noch nicht hinter uns gelassen, als die Beleuchtung im Zug erlischt. Vom Fenster aus sieht man die Lichter der Stadt immer schwächer werden, und Böen eines eisigen Windes fahren durch den Wagen. Ich fühle mich in einer anderen Welt und beginne Alberta zu sehen, wie sie durch einen Garten spaziert, der irgendwie an den Friedhof erinnert, den ich soeben verlassen habe. Ich schließe die Augen, stutze, stelle fest, daß ich mir selbst fremd bin. Sonderbare Sätze beginnen sich aus dem Wortwirbel zu lösen, den mein Gedächtnis mittlerweile darstellt, seltsame Sätze, die ich zu Anfang nicht verstehe: »Aus der Verbindung zwischen dem Schriftgelehrten Abulak und der Seherin Kubatúm gingen drei Kinder hervor: ein Junge, Kudamín, der Schriftgelehrter wurde wie mein Vater; ein Mädchen, ich, Seherin wie meine Mutter; und noch ein männlicher Sprößling, Mabug, der ein Schandfleck für die Familie wurde und den alleine ich liebte. Meine Mutter ignorierte ihn, mein Vater verabscheute ihn, und mein Bruder wollte ihn mehr als einmal des Nachts erschlagen, wenn der Mond ihm frevlerische Taten ins Ohr flüsterte. Er sagte es nie, aber ich wußte es. War ich denn nicht die Tochter einer Seherin, und hatte man mich nicht gelehrt, in den Augen der Unseligen zu lesen?«

GONZALO TORRENTE BALLESTER

DER VERWIRRTE KÖNIG

Der Pfarrer von San Martín, Don Secundino Mirambel Pacheco, der mit dem Talar, brachte es am Sonntag, dem 2. Oktober, um zehn Uhr morgens, nach mehreren Stunden mühsamster, wenn auch schließlich zufriedenstellender Ausarbeitung – denn Don Secundino Mirambel hatte gelernt, die Kunst der ungebundenen Rede im Stil der großen Meister, sowohl der lateinischen als auch der volkssprachlichen, nachzuahmen (die gebundene Rede beherrschte er weniger gut) – seinen Wochenbericht vor das Ketzertribunal. Nach seiner Rückkehr las er die Messe, trank seine Schokolade und legte sich dann zur Ruhe, um, solange es ihm vergönnt sein sollte, ein Schläfchen zu halten. Um diese Zeit hatte der König bereits Marfisas Haus verlassen, freilich nicht ohne einen halben Goldtaler auf den Tisch zu legen. Er befand sich in Begleitung des Grafen La Peña de Andrade, der aus unerfindlichen Gründen ganz plötzlich zum stellvertretenden königlichen Kupplermeister ernannt worden war; vor allem der bisherige Günstling des Königs konnte sich dies nicht erklären und war bei der Nachricht vom neuen Begleiter des Herrschers vor Zorn schier zerplatzt, denn der Neuerwählte zählte nicht zu den Seinen, würde ihm also kaum die Einzelheiten dieser Affäre zutragen, und Marfisa stand nicht unter seinem Gehorsam, wenngleich es nicht schwer sein würde, sie zum Reden zu bringen. Der Graf hatte ebenfalls dort die Nacht verbracht, wenn auch auf bescheidenerem, doch nicht minder adrettem und bequemem

Lager, das er mit Lucrecia, der Zofe, teilte. Zur gleichen Stunde überflog der Großinquisitor den Bericht des Pfarrers von San Martín, während er sein Vespermahl einnahm: Sein Blick war zerstreut, doch etwas lenkte seine Aufmerksamkeit beim Lesen erneut auf den Anfang des Schreibens und hielt ihn dann dermaßen gefesselt, daß seine Mahlzeit inzwischen kalt wurde; nach Beendigung seiner Lektüre klingelte er nach einem Diener und runzelte dabei die meist furchterregende Stirn; als dieser eintrat, bedeutete ihm sein Herr, er möge die obersten Richter sowie den Pfarrer von San Martín benachrichtigen, sie sollten sich um Punkt elf Uhr bei ihm einfinden. Danach blieb er, sichtlich von Sorgen geplagt, allein zurück, wenn auch niemand zugegen war, der dies hätte bemerken können. Auf dem Weg von Marfisas Haus zum Schloß, den der König in seiner Kutsche zurücklegte, sprach dieser kein Wort, verzog keine Miene und blickte nur starr vor sich hin, ohne den Grafen zu beachten, der nicht minder reglos an seiner Seite verharrte, freilich unter seinem Bart unverändert jenes Lächeln zeigte, das er schon beim Erwachen, ja seltsamerweise bereits beim Einschlafen im Gesicht trug. »Warum lächelt wohl der Graf, wenn sonst jedermann ernst ist? Nichts Verdächtigeres gibt es als ein Lächeln, wie alles, was auf halbem Weg stecken bleibt«, hatte jemand bemerkt, und alle hatten zustimmend genickt: Daher wurde der Günstling des Königs unruhig bei der Nachricht, der Herrscher habe sich in Begleitung des lächelnden Grafen auf Freiersfüße begeben. Als der König aus dem Wagen stieg und den Palast durch eine Geheimtür betrat, wirkte er gedankenverloren und verirrte sich sogar mehrmals in den Gemäuern, so daß der Graf ihn darauf aufmerksam machen und auf den rechten Weg geleiten mußte: Erst an der Tür seines Schlafgemachs ließ er den Herrscher allein, die Hand auf der Klinke, das Herz weiß Gott wo. Die fünf herbeigerufenen Mitglieder des Heiligen Tribunals, die

Ordensmeister Pater Pérez, Gómez, Martínez, Gutiérrez und Enriquez Fernández de Velasco (der spanischer Grande geworden wäre, hätte er sich nicht in jugendlicher Unbedachtheit für den Orden entschieden) und meinten selten einhellig, es sei Sonntag und nur eine außergewöhnliche Situation rechtfertige ein derart dringlich anberaumtes Treffen. Der Pfarrer von San Martín, Don Secundino Mirambel, wurde just, als er ihn so recht zu genießen begann, aus seinem Schlummer gerissen, doch sobald er erfuhr, wer nach ihm verlangte, schlüpfte er in seine Soutane und machte sich mit dem Priesterhut in der Hand, denn schon brannte die Sonne kräftig herab, auf den Weg zum Platz des Heiligen Domingus, wenn er sich dabei auch Zeit ließ. Indes hatte der König sich in sein Gemach begeben und tauschte dort die Straßenkleidung mit dem königlichen Gewand; er tat dies mechanisch, mit abwesendem Blick, und harrte, ohne aus seiner Trance aufzuwachen, derer, die ihn zur Heiligen Messe holen würden, der er an der Seite der Königin, dicht hinter ihm sein Günstling und dessen Gemahlin, so wie es die Etikette vorschrieb, beiwohnen sollte. Der Günstling war bereits im Bilde über den Ausgang der königlichen Eskapaden und darüber, daß Seine Hoheit, als sei er gar nicht anwesend, den ganzen Morgen über kein einziges Wort gesprochen hatte, weder im Guten noch im Bösen; als die Gemahlin des Günstlings von ihm wissen wollte, weshalb er so besorgt sei, erwiderte er, die Staatsgeschäfte bereiteten ihm einiges Kopfzerbrechen, ohne dabei den Monarchen aus den Augen zu lassen, der weder wach schien noch schlafend, sondern in eine Art Wachtraum versunken, wie er Heranwachsende bisweilen überkommt, selbst wenn sie Könige sind. Das Gerücht, dem König sei etwas zugestoßen, verbreitete sich in Windeseile in allen Fluren und Salons, so daß während der Messe jedermann seine Verträumtheit in Augenschein nahm und jeweils seine eigenen Schlüsse zog, je nachdem, ob er von dem nächtlichen Ausflug des Königs wußte oder nicht. Die Wohlmeinenden vermuteten, er plage sich mit Gewissensbissen; andere argwöhnten, Marfisa habe ihn hintergangen. Die nicht Eingeweihten freilich schoben es auf eine Magenverstimmung. Der Königin war ebenfalls nichts entgangen, doch sie erklärte alles damit, daß der König ihr mehrere Nächte lang nicht beigewohnt hatte und sich daher einsam fühlte. Als der Großinquisitor sich anschickte, seine Robe überzustreifen, in der er dem Gericht vorsitzen sollte, las ein neugieriger Bediensteter den Bericht des Priesters von San Martín, der auf dem Tisch liegengeblieben war: Während der Lektüre bekreuzigte er sich mehrmals und lief dann los, um aller Welt kundzutun, was in der vergangenen Nacht, der Nacht auf den Sonntag, eine so angesehene und glaubwürdige Persönlichkeit wie Don Secundino mit eigenen Augen gesehen hatte. Das Gerücht kam selbst dem Küchenpersonal zu Ohren: Alle bekreuzigten sich, und wer nur konnte, lief hinaus, um das Gehörte zu verbreiten. Als erste fanden sich die äußerst mißgelaunten Großmeister Pérez und Gómez ein, die sich in ihrer wohlverdienten Sonntagsruhe gestört sahen; nach ihnen erschien alleine und von größter Eile getrieben Pater Gutiérrez, der sich jeden Kommentars enthielt. Bruder Teodoro Martínez folgte Bruder Roderico Enríquez y Fernández de Velázquez auf dem Fuße, der gemessenen Schritts, als befände er sich auf einem Spaziergang, unter seinem Sonnenschirm nahte, hinter ihm seine Ministranten und Hofknaben. Bruder Martínez holte ihn ein, wenn auch ächzend und keuchend vor Anstrengung, um in Begleitung Don Rodericos gesehen zu werden. »Erscheint Hochehrwürden diese Zusammenkunft nicht reichlich merkwürdig?« »Ich halte sie zumindest für ziemlich lästig.« Don Roderico pflegte sich zeitweise im Haus seines Bruders, des Marqués, aufzuhalten, das um einiges, wenn auch nicht entscheidend wohnlicher war als das Kloster, zumindest wurde dort die Hitze nicht vollends unerträglich. »Etwas Schwerwiegendes muß wohl vorgefallen sein.« – »Ich will nur hoffen, daß wir es unverzüglich erfahren.« Bruder Don Roderico hielt nicht allzu große Stücke auf Pater Martínez, einen in seinen Manieren ziemlich gewöhnlichen Mann, sosehr er sich auch in Fragen der Theologie auskannte. Alle fünf trafen mit kühlem, förmlichen Gruß in der Vorhalle aufeinander. Pater Gómez fächelte sich sichtlich erhitzt mit dem Priesterhut Luft zu. Pater Pérez hatte sich auf den Stuhl mit der höchsten Rückenlehne niedergelassen, die ihm wegen seiner mageren Gestalt und seiner für ein Land mit Menschen von relativ kleinem Wuchs beträchtlicher Größe immer noch nicht hoch genug reichte. Pater Gutiérrez versicherte, ohne daß ihm irgend jemand Beachtung schenkte, eine derartige Versammlung, so außer der Reihe, ließe nur auf gewichtige Gründe wie etwa die Aufdeckung einer neuen Irrlehre oder einer Konvertitenverschwörung schließen. Die mit Erfrischungen und verschiedenem Naschwerk ein- und ausgehenden Diener verstanden kein Wort, redete er doch hochtrabend auf latein, jenem Latein im Stil des Sallust, dem er nun einmal seinen Ruhm verdankte. Indes fehlten jene nicht, die niemals ausbleiben und die nun zu wissen begehrten: »Wie konntet Ihr nur diese Unzüchtigkeiten des Sallust lesen, ohne zu sündigen, Pater Gutiérrez?« – »Indem ich Buße tat, mein Sohn, das Fleisch kasteite.« Sie warteten bereits an die zehn Minuten unter düsteren Gemälden in der wie eine Totengruft dekorierten Vorhalle, als sich die schwere, mit Purpursamt bezogene Tür öffnete, auf der die Goldinsignien des Großinquisitors prangten, und dieser sie im amtlichen Gewand einschließlich Mitra willkommen hieß und hereinbat. Der große Ratssaal war fast ganz in Dunkel getaucht, denn die Fenster waren auf Grund der übermäßigen Hitze verhängt worden. Bevor man die Tür schloß, gab der Großinquisitor dem Diener Bescheid: »Sobald der Pfarrer von San Martín eintrifft, möchte er bitte warten, bis man ihn einläßt.« Just in diesem Moment präsentierte sich demütig, doch nicht ohne Würde der Pfarrer von San Martín höchst persönlich, vernahm die Anweisung und ließ sich auf dem hintersten Stuhl nieder, um sogleich milde die Augen zu schließen. Genau zur gleichen Zeit, vielleicht ein paar Sekunden oder auch Minuten später, erwachte Marfisa, reckte die nackten Arme und rief laut nach Lucrecia: »Bring mir ein Glas Branntwein mit Schokolade. Die Küsse Ihrer Majestät haben mir einen bitteren Geschmack im Mund hinterlassen.« Lucrecia beeilte sich sehr: Sie war von einer süßen Ermattung erfüllt, und alles, was sie ablenkte, war ihr unerträglich: die Erinnerung an den Grafen hatte sich ihrem Gedächtnis eingegraben, und es wollte ihr nicht gelingen, ihn daraus wieder zu vertreiben, nicht einmal, um das Feuer zu schüren und die Schokolade umzurühren. Sollte sie es ihrer Herrin beichten? Ob sie wohl mit dem König eine ebenso erfüllte Nacht verbracht hatte wie sie mit dem Grafen? Und konnte man eine Nacht wie diese überhaupt in Worte fassen? Voll Angst, sie könnte über die Möbel stolpern oder auch einfach herausschreien: »Herrin, in dieser Nacht habe ich das Glück erfahren«, betrat sie das Schlafgemach ihrer Gebieterin. Doch weder stolperte sie noch entschlüpfte ihr auch nur ein Wort. Als Lucrecia wieder hinauseilte, erhob sich Marfisa und betrachtete sich nackt, wie sie war, im Spiegel, um dann zum gleichen Schluß zu kommen wie an jedem Morgen: Unmöglich, am ganzen Hof einen Körper zu finden, der bezaubernder wäre als ihrer, auch wenn sie anderen schönen Frauen voraus hatte, daß sie ohne Furcht vor den Qualen des Fegefeuers wagte, sich völlig nackt im Spiegel zu betrachten. Alsdann ließ sie den Blick durch den Raum schweifen, öffnete die Fensterläden und gewahrte sogleich den Glanz jenes nicht vollständigen Dukaten, den der König auf dem

Tisch zurückgelassen hatte. Zornentbrannt griff sie danach und warf ihn zu Boden, wo der Taler mit dem melodischen Klang, der dem Gold eigen ist, aufprallte, über die Dielen rollte und schließlich in der hintersten Ecke an der Fußleiste liegenblieb, wo sein Funkeln erlosch. »Dieser Elende!« rief Marfisa aus. »Ich werde ihm schon zeigen, wie man Dirnen belohnt!« Dann machte sie kehrt in ihr Bett und schickte sich an, gar bitterlich zu weinen. »Zehn Dukaten wären das mindeste für meine Dienste, und aus der Hand des Königs wenigstens zwanzig!« Sie tobte und warf sich herum in jede nur erdenkliche Stellung, auf den Rücken, auf den Bauch: Lag sie auf dem Rücken, warf die Sonne einen schimmernden Glanz auf ihren Bauch, lag sie auf dem Bauch, dorthin, wo ihre Taille sich verjüngte: ein wahrhaft glücklicher Sonnenstrahl! Als Lucrecia nun mit dem Branntwein und der Schokolade zurückkehrte, befahl ihr Marfisa barsch: »Du wirst sogleich den Grafen La Peña in seinem Haus aufsuchen und ihm bedeuten, er möge sich unverzüglich hier einfinden!« – »Was meint Ihr bitte, Herrin?« – »Er möge sogleich herbeieilen, und sei er nur im Beinkleid!« – »Ich werde es ihm sagen, Herrin. Doch bezweifle ich, daß er es mit dem Herkommen eilig hat, wenn ich ihn noch im Bett antreffe, lege ich mich zu ihm und lasse nicht eher von ihm ab, bis er mich halbtot wieder freigibt.« – »Na mach schon, lüsterne Dirne, du hast nur Männer im Kopf...!« Nachdem der König die Königin verabschiedet hatte, schloß er sich eiligst wieder in sein Gemach ein, setzte sich an einen Tisch, wo sein Blick sich im Schatten des Deckengewölbes verlor, den Sonnenstrahlen folgte, die durch den Fensterspalt einfielen. Immer noch sprach er kein Wort. Indes hatte der Günstling im Amtszimmer seine vertrautesten Höflinge um sich versammelt; zwei Grafen, zwei Marquése und einen Paulinermönch des Heiligen Franziskus. Sie berieten über das befremdliche Benehmen des Königs. Alle waren bereits im

Bilde, wo er die Nacht verbracht hatte, doch jeder der Anwesenden, mit Ausnahme vielleicht des Paters Amaro, hatte schon einmal mit Marfisa das Nachtlager geteilt, freilich ohne daß es ihnen jemals die Sprache verschlagen hätte: Ganz im Gegenteil, denn daß Seine Majestät ein Auge auf sie geworfen hatte, war allein darauf zurückzuführen, daß jeder einzelne vor seiner Majestät die Reize und Verführungskünste jener jungen Dame in den höchsten Tönen gepriesen hatte. »Sollte sie ihn etwa verhext haben?« fragte Pater Amaro besorgt. »Genau das befürchte ich«, gab der Günstling des Königs zurück, »verhext auf Frankreichs Betreiben hin.« – »In Zeiten wie diesen ist nichts unmöglich, und selbst die traditionelle diplomatische Höflichkeit gilt inzwischen kaum noch etwas. Denn, meine Herren, früher wurden die Kriege auf dem Schlachtfeld ausgetragen und nicht in den Betten der Kurtisanen.« – »Noch niemals ist bisher behauptet worden, Marfisa sei eine Hexe«, wandte Graf Castilblanco nun ein, denn er hatte Marfisa häufiger als alle anderen aufgesucht und war sogar zur Verpfändung seines gesamten Besitzes an die Genueser herangetreten, nur um sie weiterhin aushalten zu können. »Der Teufel ist erfinderisch und nie um einen Weg verlegen«, urteilte der Mönch. »Zumindest wissen wir schon einmal, daß er auf seiten Frankreichs steht; im Vatikan bestreiten dies nicht einmal die Franzosen selbst, wenngleich vorläufig – dank seiner Barmherzigkeit – Gott noch auf unserer Seite steht. Dem Satan könnte es beim momentanen Stand der Dinge nicht übel zupaß kommen, den König von Spanien zu verhexen, und er würde sich zu diesem Zweck jedes verfügbaren Mittels bedienen. Nichts scheint mir in einem solchen Fall besser geeignet als eine Dirne wie die eben von Euch erwähnte Marfisa.« – »Ihr sprecht nur so, weil Ihr sie nicht kennt, Hochwürden! Sie ist ein geradezu engelhaftes Wesen! In Verbindung mit ihr den Dämon im Munde zu führen, ist nicht nur eine Respektlosigkeit, sondern eine ausgesprochene Verleumdung.« – »Redet doch nicht solchen Unsinn, Graf! Was wißt Ihr denn schon von Theologie?« – »Selbstverständlich nichts, Hochwürden, ich versichere Euch, nichts verstehe ich außer ein wenig von niederer Grammatik.«

Der Großinquisitor hatte den Mitgliedern des Heiligen Tribunals das Schreiben des Pfarrers von San Martín vorgetragen: mit wohlakzentuierter, dramatischer Stimme, mit einer Stimme, die bis in die letzten Winkel des Geistes vordrang, wo sich die Worte unmißverständlich festsetzten, genau dort, wo im allgemeinen das Wissen um einmalige Wunder nistet, wenn auch nicht jener, denen man mit Ehrfurcht begegnet, sondern eher jener anderen, die von Natur aus einen erleuchteten Geist in den Zustand höchsten intellektuellen Abscheus stürzen. Warum mußten die Dinge des Teufels so schmutzig, warum bisweilen so schockierend sein? War denn der Himmel über der Stadt des Königshofes nicht prächtig genug, daß der Satan ihn noch auf seine Art zieren mußte? Der Pfarrer von San Martín schilderte in allen Einzelheiten, was er in der letzten Nacht von der Stelle aus mitangesehen hatte, wo er auf Geheiß des Heiligen Offiziums hin seinen Beobachtungsposten bezogen hatte. Der Pfarrer von San Martín, ein Mensch von erwiesener Glaubwürdigkeit und Ehre, hatte den Auftrag erhalten, in den Nächten zum Sonntag die Flugbahnen der Zauberer und Hexen zu beobachten: ihre Bewegungen, ihre Riten, ihre Gestalt. Bisher hatte er die ganzen Jahre über, in denen er jene heikle Order befolgt hatte, am Himmel der Residenzstadt lediglich den Flug abscheulicher Riesenvögel oder von Personen, die wie eben solche aussahen, wahrgenommen. In jener vergangenen Nacht hatte er indes den Flug nackter Männer und Frauen von atemberaubender Schönheit beobachten können; und er hatte gesehen, wie sie in der Luft einander beiwohnten, ohne herunterzufallen, wenngleich einige Paare im Schatten einzelner Dächer Schutz suchten – ob vor Scham oder bequemlichkeitshalber, vermochte er nicht zu sagen – waren doch die Luftkissen leichter und angenehmer als die maurischen Dachziegel, vor allem für die Frauen. Und das Erstaunlichste war die zusätzliche Anmerkung, unter den Fliegenden sei ein Mann gewesen, der mit seiner Schönheit alle Begleiter und Begleiterinnen bei weitem in den Schatten stellte, ein Wesen von überwältigender Erscheinung, das nicht nur nackt war, sondern darüber hinaus noch Flügel trug und während des Fluges eine funkelnde Spur wie von Tropfen geschmolzenen Silbers am dunklen Himmel zurückließ. Don Secundinos Text ergoß sich über mehrere Seiten allein um die Kunststücke, die Reigen und Tänze sowie die Wettspiele auszumalen, an denen die Zauberer und Hexen sich ergötzten, bevor kurz nach Mitternacht, als sie endlich aller übrigen Vergnügungen müde waren, die Stunde der Liebe schlug. Welch harmonische Tänze, Herr! Welch zauberhafte Geigenklänge, ganz zu schweigen vom Gitarrenspiel! Welch herrliche Schleifen, Zickzacklinien, Kreise und paarweise Tanzschritte vollzogen sie, stets zum Klang einer Musik, die vom Himmel herab zu erschallen schien, zu Ehren des Schönsten, als sei er der König! Dieser hielt sich freilich etwas abseits, als sie sich schließlich der Liebe hingaben, mitten am Firmament, im Hintergrund die Sterne; einsam und ein wenig traurig. »Auf den ersten Blick werdet Ihr, Euer Hochehrwürden, sollte es sich letzte Nacht um einen Hexensabbat gehandelt haben, nicht wenige Abweichungen von den üblichen und bekannten Ritualen feststellen. Theologisch gesprochen überrascht meiner Ansicht nach vor allem die Einsamkeit Satans im Moment der Ausschweifungen, pflegen diese doch normalerweise von ihm auszugehen. In unserem Archiv finden sich zahllose Belege, die solches bestätigen.« – »Ich teile die

Meinung Eurer Exzellenz, doch erlaube ich mir, daran zu erinnern, daß gerade die Melancholie von unseren versiertesten Spezialisten dem Teufel zugeschrieben wird. Die Freude bleibt ihm, wie wir wissen, versagt.« – »Die Hexen waren wohl enttäuscht«, meinte in nachdenklichem Ton Bruder Don Roderico. »Es ist durchaus denkbar«, erwiderte ihm Pater Gómez, »daß jene, die der Pfarrer von San Martín uns als schöne Männergestalten beschreibt, nichts anderes als Sukkuben waren. Denn, Hochehrwürden, was die leibhaftige Teilnahme Satans am Hexensabbat betrifft, gibt es diese und jene Meinungen. Ich kenne einen französischen Theologen, der versichert, der Satan nehme niemals direkt Einfluß, sondern nur über Untergebene, die ihm ähnlich sind oder ihn zumindest nachahmen. Er ist zu stolz, um direkt mit den Sterblichen in Kontakt zu treten.« – »Und das meint ein Franzose?« – »Gewiß, ein äußerst bemerkenswerter Dämonologe, den ich selbst in Rom kennengelernt und sogar höchst persönlich gesprochen habe, Pater Pierre.« Pater Pierre, auf den er sich in seinen Ausführungen berief, war kein anderer als der König von Frankreich. »Alle Könige sind glaubwürdig, Bruder Martínez!« – »Selbst die Abtrünnigen?« – »Alle Könige sind mit dem Öl des Herren gesalbt.« – »Amen«, schlossen die fünf. Und alle seit den Ursprüngen des Reichs her bekannten Kronen geisterten nun im Raum umher, in dem das menschliche Wissen über Götter und Könige rekapituliert wurde. Der Günstling des Königs und seine Vertrauten schritten im Gänsemarsch durch den dunklen Flur. Der Günstling wagte es, die Tür zum Gemach, in dem der König meditierte, einen Spalt weit zu öffnen: Einer nach dem anderen warfen sie einen Blick hinein, als letzter Pater Amaro: Sie sahen ihn von der Seite, nun nicht mehr gedankenversunken, sondern völlig starr; nur seine reglosen Hände hoben sich alle paar Minuten, um symmetrische Rundungen in die Luft zu zeichnen, etwa denen einer Gitarre gleich. Unverzüglich hielten sie, dort wo sie waren, hinter der wieder geschlossenen Tür einen geheimen Rat ab. »Hier hat der Teufel seine Finger im Spiel«, urteilte der Kirchenvertreter. »Direkt oder indirekt?« fragte hinterlistig der Marqués de las Dos Villas. »Was wollen Sie damit sagen, Marqués?« – »Ich versuche nur herauszufinden, ob der Teufel persönlich eingegriffen hat oder mittels Marfisa.« – »Dieses Fräulein ist wohlbekannt als Hure, doch als Hexe hat sie sich bislang noch nicht verdächtig gemacht.« – »Allerdings«, gab der Kirchenvertreter zu bedenken, »ist die Hurerei nicht allzuweit entfernt von der Hexerei, und beides sind Machenschaften, die nicht selten bei ein und derselben Person zusammentreffen. Nicht alle Dirnen sind Hexen, doch alle Hexen sind Dirnen. Dies behaupten zumindest die anerkanntesten Doktoren, und sollte deren Auffassung nicht Beweis genug sein, so bleibt uns noch die Erfahrung.« – »Hochwürden, beruft Ihr Euch auf Eure Erfahrung mit Huren oder mit Hexen?« wollte Graf del Valle Amargo sarkastisch wissen. »Mit Huren, denen ich im Angesicht des Todes die Beichte abnahm, und mit Hexen, die ich auf dem Scheiterhaufen dem Allerhöchsten geopfert habe.« – »Was sollen wir also Eurer Meinung nach unternehmen? Unsere Erfahrung in dieser Angelegenheit ist bei weitem weniger umfassend.« Diese Worte kamen aus dem Munde des Günstlings. »Wenn Euch keine bessere Lösung einfällt, würde ich vorschlagen, daß ich mich jetzt zum Heiligen Tribunal aufmache, um Anzeige zu erstatten.« – »Aber, Hochwürden, das Heilige Tribunal ist doch nicht befugt, den König zu verhören.« – »Sehr wohl aber diese verteufelte Marfisa.« – »Fällt kein voreiliges Urteil, Hochwürden, denn bisher wissen wir nicht, ob es zugunsten Gottes oder des Teufels ausfallen wird.« Einer von ihnen seufzte tief und fügte hinzu: »Ihr Fleisch ist so zart! Sie würde nicht einmal die erste Folter überstehen.« – »Überdies, meine Herren, müßte man sie entkleiden, und es ist äußerst zweifelhaft, ob die Richter des Inquisitonsgerichts der Macht ihrer Schönheit zu widerstehen vermögen.« – »Dann sollen sie sich eben die Augen verbinden«, warf Pater Amaro ein. »Das ist das ratsamste Heilmittel, wie man in den Versuchungen des Heiligen Antonius nachlesen kann.« Der Günstling schien verwirrt. »Ich weiß nicht, ich weiß nicht. Das will alles noch einmal sorgsam bedacht sein. Neben den moralischen Gründen gibt es auch noch politische.« – »Aber die moralischen, Exzellenz, haben Vorrang.« – »Möglich, daß Ihr recht habt. Dennoch..., könnten wir nicht jeder für sich noch einmal darüber nachsinnen, was am ehesten zu raten wäre, und dann erneut zusammentreffen? Ich betone noch einmal, daß jede Entscheidung Gefahren birgt.« – »Gefahren für wen?« Der Günstling wandte sich feierlich dem Kirchenvertreter zu: »Meine Aufgabe ist es hier, ehrwürdiger Vater, dem König und dem Staat zu dienen.« – »Und ich, Exzellenz, trage Verantwortung für die Seelenrettung des Königs.« – »Meint Ihr nicht, das eine und das andere sei miteinander vereinbar? Ich beziehe mich auf den jeweiligen Standpunkt.« – »Zumindest theoretisch gesehen müßten sie einander ergänzen.« – »Suchen wir also nach dem Kompromiß.« Just in diesem Moment öffnete sich die Tür zum königlichen Gemach, und auf der Schwelle erschien der König. Sein Blick war weiterhin abwesend, oder besser gesagt, auf etwas nicht Vorhandenes oder zumindest nicht Sichtbares gerichtet. „Meine Herren, ich wünsche die Königin nackt zu sehen.« Sie zuckten zusammen, blickten sich gegenseitig an und fielen auf die Knie. »Wie meinen, Majestät?« – »Ich verlange, die Königin zu sehen, und zwar nackt. Jemand soll in ihr Gemach gehen und es sie wissen lassen.« – »Aber, Majestät, das ist eine Sünde«, wagte Pater Amaro einzuwenden. »Sünde? Warum?« – »Ob es eine Sünde ist oder nicht, Majestät, darüber ließe sich streiten: Doch unumstritten ist, daß die Etikette dies strikt untersagt: Wer die Königin nackt zu Gesicht bekommt, der wird geköpft, außer, wenn es sich um einen Vertreter des niederen Volkes handelt, der würde gehängt.« – »Zur Hölle mit der Etikette und der Theologie! Ich wünsche die Königin nackt zu sehen.« Alle faßten sich an den Kopf. »Mögen wir nicht ohne Beichte vor Gott treten! Was wird mit Flandern geschehen?« In diesem Augenblick knarrte die Erdachse hörbar und ihr Ächzen war in der ganzen zivilisierten Welt zu vernehmen, selbst in Westindien, wo man es für ein Erdbeben hielt. In den Geheimakten war am folgenden Tage zu lesen, daß an allen Ecken öffentlich ausgerufen wurde, zu jener Stunde sei ein tiefer, unmenschlicher Klagelaut zu hören gewesen, als habe die Geschichte selbst vor Schmerz gestöhnt. Was wird mit Flandern geschehen?

Die Gerüchtemacher hatten sich an diesem sonnigen Sonntagmorgen in zwei große Gruppen gespalten. In der einen gaben jene, die bereits die Messe gehört hatten, Kommentare zu den Nachrichten ab, die vom Heiligen Tribunal her durchgedrungen waren, erfanden unterschiedliche Versionen und schmückten sie aus. Die zweite wurde von den Besuchern der Kirche von San Felipe gebildet, deren Glocken noch nicht geläutet hatten, und hier raunte man unter dem Siegel der Verschwiegenheit jedem Neuankömmling ins Ohr: »Der König hat die Nacht bei Marfisa verbracht.« Doch als einer die Nachricht verbreitete, der König sei verhext, fanden sich die Gruppen zusammen, und die unterschiedlichen Nachrichten fügten sich zu einer einzigen: In der vergangenen Nacht habe der Satan seine Pracht am Himmel der Stadt entfaltet, sei in Marfisas Körper gefahren und habe von Seiner Majestät Besitz ergriffen; der König habe sich schließlich in aller Heimlichkeit, angelockt vom Ruhm ihrer Kunst und ihrer unvergleichlichen Schönheit, zu einem

Stelldichein bei Marfisa eingefunden. Es sei unbestreitbar, ergänzte irgendein Kasuist, daß die Schönheit der Kurtisane, nachdem der Teufel, dessen ursprünglicher Name, wie alle Welt wisse, Luzifer laute, in sie gefahren sei, sich so ins Unvorstellbare gesteigert habe. Hatte Marfisas Leib im Dunkeln vielleicht geleuchtet? War ihr Zauber unwiderstehlich? Und einer aus der Provinz wollte in aller Unbefangenheit wissen: »Sagt bloß, arbeitet die Dame etwa völlig unbekleidet?« Sie lachten ihn aus. »Weiß Euer Ehren nicht, daß sie eben damit ihren Lebensunterhalt bestreitet? Die käuflichen Damen des Hofes haben sich gerade vor einigen Tagen noch in der Kirche del Perdón versammelt und beschlossen, beim Bürgermeister offiziell gegen die illegale Konkurrenz Marfisas Protest einzulegen. Denn sie gehen allesamt im Hemd und im verborgenen ihrem Beruf nach, wähend Marfisa ihn bei Kerzenschein und splitterfasernackt ausübt.« Der Mann aus der Provinz rieb sich begeistert die Hände. »Das werden meine Brüder nicht im Traum glauben wollen, wenn ich es ihnen erzähle! Eine nackte Frau!« – »Doch, mein Herr, ungelogen. Noch dazu eine Frau von strahlender Schönheit.« – »Wie wollt Ihr das wissen, Don Bernardino?« – »Ach, am Hof gibt es doch keine Geheimnisse!« Alle im Kreis Versammelten, Jung und Alt, Kirchenvertreter und Laien, Adlige und gemeines Volk, sahen erregt, wenn auch mit geschlossenen Augen, das Bild einer nackten Frau vor sich, das wie ein flüchtiger Blitz ihre Gedanken streifte: bei den meisten wie ein Hoffnungsschimmer; bei wenigen als Erinnerungsfunke. In der Mehrzahl der Fälle handelte es sich nicht um eine realistische Vorstellung, konnten sich doch nur wenige eine nackte Frau in allen Einzelheiten ausmalen, meistens glichen diese Bilder eher der einen oder anderen Frauengestalt, wie man sie von Stichen oder Gemälden aus Italien kannte, jenem Land verderbter Sitten, aus dem solche Bilder heimlich hergelangten oder doch zumindest die Beschreibungen, die Reisende nach ihrer Heimkehr davon gaben. »Stimmt es tatsächlich, Don Paulo, daß die Frauen in Italien nackt gemalt werden? Natürlich spreche ich nicht von Maria Magdalena.« Der heimgekehrte Reisende schloß verzückt die Augen: »Ihr könnt Euch das einfach nicht vorstellen. Was es da für Venusbilder gibt!« – »Die sollen, wie ich gehört habe, auch in der königlichen Sammlung nicht fehlen. Hauptsächlich Gemälde von Tizian.« – »Habt Ihr schon einmal von dem Unterschied zwischen einem lebenden Modell und einem Gemälde gehört? Denn eine Sache ist es, ein Bild zu betrachten, ein andere freilich, den Körper zu berühren, während man ihn anblickt.« – »Berühren sagt Ihr, mein Herr? Berühren mit diesen sündigen Händen und gleichzeitig mit den Augen der Sünde frönen?« – »Und nicht weniger mit dem Geruchssinn, Don Gregorio! Die nackten Frauen verströmen auch einen Geruch!« – »Einen Geruch!! Wonach riechen sie denn?« – »Na wonach wohl, mein Herr, nach nackter Frau eben. Wonach sollen sie denn sonst riechen?«

Der Großinquisitor klingelte und trug dem Bediensteten, der herbeikam, in frostigem Ton auf: »Der Pfarrer von San Martín möge unverzüglich hier erscheinen.« Don Secundino wurde unsanft mitten aus seinem Schlummer gerissen. »Wacht auf, Ehrwürden, es wird nach Euch verlangt.« Der Priesterhut störte ihn in der Hand. »Und den hier? Wo soll ich den lassen? Es wird ja wohl nicht nötig sein, mit bedecktem Kopf einzutreten.« – »Legt den Hut irgendwo ab. Niemand wird ihn inzwischen stehlen.« Die fünf Inquisitoren hatten auf den fünf Ehrenstühlen um den schwarz verhangenen Tisch herum Platz genommen und ihren Mienen und Gesten den ihrem Amt gebührenden Grad an Strenge verliehen; der Großinquisitor saß auf einem abseits gelegenen, besonders herausragenden, etwas farbigeren Ehrenplatz, dessen Samtbezug mit gelben Fransen und Streifen verziert war. Auch er selbst erschien mit seiner feierlichen Miene noch gelber und regloser als die übrigen fünf Richter. Da nur spärliches Licht in den Raum fiel, hatte man befohlen, die Kronleuchter anzuzünden. Christus – der den Vorsitz hatte, freilich etwas weniger als der Großinquisitor, wenn auch zweifellos vom Urheber jener Sitzordnung mit gebührendem Respekt bedacht – leuchtete zeitweilig im Kerzenschein auf und verschwand wieder im Schatten, je nach dem Flackern des Kerzenlichts, ebenso wie die Gesichter der Anwesenden, außer in solchen Momenten, in denen Licht und Schatten miteinander wetteiferten, sich überlagerten und jedes Antlitz in zitterndes Helldunkel tauchte. »Tretet vor, Ehrwürden, kommt getrost näher und nehmt hier auf diesem Stuhl Platz. Habt Ihr Euch auch keiner Todsünde schuldig gemacht?« – »Gott möge mich davor bewahren, Hochehrwürden. Ich habe meine Messe Gott zu Ehren nach bestem Wissen und Gewissen abgehalten, und seitdem habe ich nichts anderes getan als geschlafen. Nun gut, zum Frühstück habe ich mich dem Genuß einer heißen Schokolade hingegeben, einer Schokolade mit armen Rittern, wie sie keine andere am Ort besser zu bereiten versteht als meine Nichte Micaela; aber das scheint mir schlimmstenfalls eine läßliche Sünde.« – »Und was Ihr letzte Nacht beobachtet habt, hat Euch nicht die Ruhe geraubt?« – »Ganz im Gegenteil, Hochehrwürden. Nur meine Pflicht zwang mich, an meinem Versteck auszuharren, wenngleich angeekelt von so viel Unzucht.« – »Und dennoch meinen wir, Ehrwürden, in der Schilderung, die Ihr von so vielen nackten Gestalten am Himmel unserer Stadt gebt, etwas wie Freude am Detail zu entdecken.« – »Freude am Detail? Wie könnt Ihr nur zu solch einem Schluß kommen, Euer Hochehrwürden? Ich habe lediglich in gewählten Worten in meiner Sprache, welche, Gott sei gelobt, die kastilische ist, ausgeführt, was ich sah. Ich stamme aus Carrión de los Condes, wo man eine gepflegte Sprache spricht.« – »Gleichwohl erlaubt mir, Ehrwürden, Euch daran zu erinnern, daß die Heilige Kirche vorschreibt, sich der lateinischen Sprache zu bedienen, wenn es sich wie in diesem Fall um ein schlüpfriges Thema handelt.« – »Das Latein, dessen ich mich zu bedienen pflege, Hochehrwürden, kennt kein schlüpfriges Vokabular.« Die Stimme des Großinquisitors ertönte von oben herab: »Worüber wir außerordentlich froh sind, Ehrwürden, zeugt es doch von einer lobenswerten Reinheit des Geistes. Dennoch bleiben einige Fragen nach unserem Dafürhalten als Vorsitzender, dem sich die hier anwesenden Herren des Gerichts anschließen, nach wie vor ungeklärt. Die erste betrifft folgendes: Was Ihr, Ehrwürden, saht und in Eurem wirklich wichtigen Bericht auch beschrieben habt, wird doch wohl nicht das Resultat einer Wahnvorstellung oder Halluzination sein?« – »Das vermag ich nicht zu sagen, Exzellenz; doch wie dem auch sei, Halluzinationen oder Wahnvorstellung, sie müssen von Satan verursacht worden sein, und dies führt uns genau zum Ausgangspunkt unserer Frage zurück.« – »Auf den Mund gefallen ist er nicht, unser Priester!« murmelte Bruder Don Enríquez, und dann tuschelten sie alle heimlich mit dem Großinquisitor. »Ehrwürden, habt Ihr schon jemals eine nackte Frau zu Gesicht bekommen?« – »Nein, Exzellenz.« – »Und habt Ihr Euch schon einmal Gedanken darüber gemacht, wie eine solche aussehen könnte?« – »Niemals wäre ich darauf verfallen, mir die Zeit mit derartigen Scherzen zu vertreiben. Ich bin ein keuscher Mann und war es immer. Gottes Gnade hat mir solcherart Versuchung erspart.« – »Der Herr möge Euch diese Tugenden bewahren! Allerdings geht aus Eurem Bericht hervor, daß Ihr nackte Frauen gesichtet habt.« – »Das entspricht der Wahrheit, Exzellenz.« – »Aber wenn Ihr niemals zuvor solche gesehen habt, wie konntet Ihr dann wissen, daß es welche waren?« – »Weil sie keine Kleidung trugen.« – »Und woher wußtet Ihr, daß es Frauen waren?« – »Weil es keine Männer waren.« – »Könntet Ihr uns einen dieser Leiber beschreiben?« – »Nein, Exzellenz, es sei denn, ich bezöge mich auf das Bild der Heiligen Magdalena, das in meiner Kirche hängt, allerdings ist sie nicht völlig nackt, denn ihr langes Haar bedeckt mehrere Stellen ihres Körpers, und die freien Partien entsprechen dem, was man von jedem Mann kennt, wenngleich ihre etwas mehr Rundungen aufweisen.« – »Ehrwürden, Ihr seid äußerst spitzfindig!« bemerkte der Ordensmeister Gómez; und der Ordensmeister Fernández ergänzte: »Und Eure Antworten ermangeln nicht der Logik.« Der Großinquisitor streckte seine Hand aus, an der trotz des Handschuhs der Ring als Symbol seiner Macht funkelte, denn er hatte ihn über den Handschuh gestreift. »Sagt mir rundheraus, Ehrwürden, seid Ihr davon überzeugt, daß Beelzebub letzte Nacht über unseren Ort flog?« – »Vollkommen, Exzellenz.« – »Und was sollten wir Eurer Meinung nach tun?« – »Vor allem uns bekreuzigen; dann ein paar Juden verbrennen. Der Geruch nach verbrannten Juden vertreibt die Dämonen.« – »Wißt Ihr das aus eigener Erfahrung? Habt Ihr, Ehrwürden, schon mal einen Juden verbrannt?« – »Ich weiß es , weil ich es in äußerst gelehrten Büchern nachgelesen habe.«

Keiner der Anhänger des Günstlings plauderte etwas aus. Als jedoch der Günstling um eine Audienz bei der Gräfin de Valdunciel y de las Torcas de Cuenca bat, der ersten Hofdame Ihrer Majestät der Königin, wollte diese von ihm wissen: »Kommst du etwa, um herauszufinden, ob die Königin einwilligt, daß der König sie nackt zu Gesicht bekommt?« – »Woher weißt du davon?« – »Jeder im Palast weiß es. Mir hat es Juanona, meine Zofe, anvertraut.« Die erste Hofdame der Königin und der Günstling duzten sich, weil sie Vetter und Cousine waren und als Kinder gemeinsam gespielt hatten; freilich war der Günstling noch nicht in den Genuß gekommen, sie vollkommen nackt zu sehen, nur auf den Brustansatz im Ausschnitt durfte er einen Blick werfen, was freilich in jenen Jahren nicht außergewöhnlich war. »Und die Königin, was meint sie dazu?« – »Die Königin weiß es vielleicht noch gar nicht, doch ich habe den Eindruck, daß sie keine weiteren Einwände machen wird. Diese Dinge sieht man in Frankreich anders, wie du weißt.« Der Günstling atmete auf vor Erleichterung. »Das ist schon mal eine gute Nachricht, nur Pater Amaro ist nicht einverstanden. Er wird nicht einwilligen, bevor er nicht mit dem Heiligen Tribunal Rücksprache gehalten hat.« – »Aber was hat denn das Heilige Tribunal damit zu tun?« – »Ich weiß auch nicht so recht.« Die Hofdame der Königin schwieg einen Moment lang. »Sag mal, Vetter, hast du deine Frau schon einmal nackt gesehen?« – »Aber Antonita, warum willst du das wissen? Hat dich denn dein Mann jemals nackt gesehen?« – »Mein Mann hatte einen keuschen Blick, Gott sei ihm gnädig, und an den Händen hatte er Schwielen vom ständigen Hantieren mit dem Schwert. Ich habe fast den Eindruck, daß er von dieser Welt gegangen ist, ohne viel von meinem Körper erfahren zu haben.« – »Hast du schon jemals von irgendeiner Person an diesem Hof gehört, die ihr Mann oder wenigstens ihr Liebhaber nackt zu Gesicht bekommen hat?« – »Soweit gehen die Vertraulichkeiten unter Frauen nicht, lieber Vetter. Allenfalls Doña Paca, die Portugiesin. Bei der ist alles möglich.«

Pater Amaro verfaßte, als er hörte, das Heilige Tribunal habe sich zu einer außerordentlichen und selbstverständlich geheimen Sitzung zusammengefunden, eine kurze Notiz und betraute den Bediensteten des Vorzimmers damit, sie dem Großinquisitor persönlich zu überreichen.

Bei Hofe standen Pater Amaro alle Türen offen, denn wenn

er auch noch nicht der Beichtvater seiner Majestät war, so doch beinahe, er war sozusagen schon zum Nachfolger erkoren: Es fehlte nur noch, daß dem mit seinen achtzig Jahren hochbetagten Pater Narváez endlich einfiele zu sterben oder er zumindest den Rest seines ohnehin nur noch spärlich arbeitenden Verstandes verlöre. Pater Narváez war ein toleranter Mann, was Bettgeschichten anbetraf, und, was ebenso schwer wog, eigenwillig in theologischen Fragen. Vor allem die Mitglieder des Flandernrates wünschten die Ablösung von Pater Narváez durch Pater Amaro aus patriotischen Gründen. Die Mitglieder des Flandernrates waren zutiefst davon überzeugt, daß der Sieg von ein paar ausgehungerten und undisziplinierten Truppen über satte, in Reih und Glied kämpfende Soldaten erst an dem Tag errungen werden könnte, an dem Seine Majestät mit seinen nächtlichen Streifzügen aufhören, seiner Gemahlin strengstens die Treue halten sowie die Mauren und anderes ungläubiges Gesindel verfolgen würde: Erst an dem Tag würden die ausgemergelten Truppen kämpfen, als seien sie wohlgenährt, und sie, die Mitglieder des Flandernrats sowie jene der anderen Räte weiter auf ihre Pfründe und sonstigen Einnahmequellen zählen können. »Pater Martín«, wollte der Großinquisitor nun vom Pfarrer der gleichnamigen Kirche wissen, wobei er das Amt mit dem Inhaber verwechselte, »habt Ihr schon einmal daran gedacht, daß Ihr möglicherweise vom Teufel besessen seid?« – »Niemals käme ich auf eine solche Idee, Exzellenz.« – »Nicht einmal hypothetisch?« – »Ich bin nicht dialektisch, außer im Beichtstuhl, und das auch nur bei läßlichen Sünden.« – »Und nun, da ich es erwähne, haltet Ihr es wenigstens für erwägenswert?« – »Wenn der Satan auf der Erde sein Unwesen treibt, ohne daß Austreibungen und Beschwörungen etwas gegen ihn ausrichten, kann diese Möglichkeit nicht gänzlich ausgeschlossen werden.« – »In Euren Erklärungen, Ehrwürden, wimmelt es von Hinweisen darauf, daß Ihr besessen sein könntet.« – »Wenn das Heilige Tribunal meint...« – »Das Heilige Tribunal will sich in dieser Angelegenheit noch nicht festlegen, ordnet indes vorläufig an, daß Ihr von einer Kommission überprüft werdet. Ihr dürft Euch jetzt zurückziehen, verlaßt jedoch nicht den Bischofssitz. Man wird Euch eine Zelle anweisen.« Dem Pfarrer von San Martín schlotterten seine alten Glieder aus Furcht vor der Folter, wie sie es angesichts der Fleischessünde niemals getan hatten. Er erhob sich und machte eine Verbeugung vor dem Großinquisitor und eine vor dem Heiligen Kruzifix, in eben dieser Reihenfolge. Just in diesem Moment trat der Bedienstete mit Pater Amaros Nachricht ein. Der Großinquisitor überflog sie eilig und reichte sie alsdann an seine Kollegen weiter. Alle sechs waren sich darin einig, daß Pater Amaro unverzüglich zu erscheinen habe. So lautete auch die Anweisung für den Diener. Beide Geistlichen begegneten sich in der Tür. Pater Amaro würdigte den armen Pater Mirambel, der in Gedanken bereits beim Tod weilte, nicht eines Blickes. »Mein Gruß dem Heiligen Tribunal, der Segen unseres Herrn Jesus Christus komme über Euch.« – »Wir erwidern Eure frommen Wünsche, Pater Amaro. Was ist geschehen?« Pater Amaro kam sogleich zur Sache: »Nichts Geringeres als dies: Der König ist auf die Idee verfallen, die Königin nackt sehen zu wollen.« – »Was sagt Ihr da?« Diese Frage entfuhr allen sechs wie aus einem Munde, und einige fügten noch hinzu: »Jesus, Jesus, was für Dinge geschehen in diesen Zeiten! Für derartige Gelüste hatten die Könige bisher ihre Liebschaften.« – »Wir hegen den Verdacht, Hohe Herren, dieser Einfall des Königs sei just darauf zurückzuführen, daß er ein Frauenzimmer nackt zu Gesicht bekommen hat, bei dem er die letzte Nacht weilte. Von dieser Dame heißt es, sie pflege sich für ihre Kundschaft zu entkleiden, und in der letzten Nacht war ihr Kunde niemand anderes als der König.« – »Wie heißt die Schamlose?«

»Es handelt sich um eine gewisse Marfisa.« – »Marfisa? Habt Ihr Marfisa gesagt? Ansässig in der Straße Cantarranas?« – »Wo sie wohnt, weiß ich nicht, Exzellenz, bis heute morgen wußte ich nicht einmal etwas von ihrer Existenz. Ich gebe zu, dies ist ein Verschulden meinerseits, doch erlaube ich mir, die ehrwürdigen Herren daran zu erinnern, daß ich in jenem finsteren Loch, daß man mir im Palast angewiesen hat, ein äußerst zurückgezogenes, um vieles unbequemeres und beengteres Leben führe als in der Zelle meines Klosters. Über bestimmte weltliche Angelegenheiten bin ich nicht auf dem Laufenden.« – »Wir, die wir an der Regierung unseres so umfangreichen und vielgestalten Landes – mit seiner ganzen Fülle von Vergehen – beteiligt sind, haben die Verpflichtung, uns über alle Ereignisse auf dem Laufenden zu halten, selbst wenn sie skandalös sind. Was Ihr, Hochwürden, uns soeben berichtet habt, läßt uns die Haare zu Berge stehen, doch aus noch weitreichenderen Gründen als jene, die Euch schockiert haben mögen. Pater Amaro, Ihr erachtet die Laune Seiner Majestät als eine überraschende und untragbare Neuigkeit im Umkreis des Palastes, seiner Sitten und seines Reglements, wir hingegen, die wir uns hier versammelt haben, sind allein in dieser Stadt fähig, dies mit anderen, nicht minder ungewöhnlichen, wenn auch noch haarsträubenderen Geschehnissen in Verbindung zu bringen. Augenblicklich, ehrwürdiger Pater Amaro, befinden wir uns alle sechs, wie wir hier sitzen, in einer Euer Hochwürden dort unten überlegenen Position, nicht etwa, weil unsere Plätze Eurem gegenüber erhöht sind, sondern weil wir vielmehr über Informationen verfügen, die Ihr, Hochwürden, nicht besitzt. Kurzum, die Reichweite der Entdeckungen, die Ihr uns zur Kenntnis gebracht habt, läßt es uns ratsam erscheinen, Euch in die Ereignisse einzuweihen, in der Hoffnung, ja im Vertrauen darauf, daß wir gemeinsam zu einer vernünftigen Entscheidung, einer angemessenen und einvernehmlichen Handhabung kommen, zählen die hier Versammelten doch zu den erlauchtesten Geistern des Landes. Großmeister Gutiérrez, wollt Ihr, Hochwürden, laut und deutlich den Bericht des Pfarrers von San Martín vorlesen? Habt gut acht, Pater Amaro. Die Angelegenheit verdient es.« Der Großmeister Gutiérrez war ziemlich kurzsichtig, so daß er fast mit der Nase auf die Papiere stieß und mit deutlich vernehmbarer Stimme und in einem dem Text, der in vorzüglichem Latein abgefaßt war, angemessenen Tonfall seine Lesung begann.

Die Nachrichtenecke war von den spanischen Granden belagert, von zwei in den Schreibstuben des Palastes angestellten Portugiesen, einer exaltierten Schauspielerin, zwei Dichtern und einem hauptamtlichen und für die Glaubwürdigkeit seiner Nachrichten bekannten Zwischenträger. Er war es auch, der bekanntgab, Marfisa sei an jenem Morgen, als sie sich erhob, in Wut geraten, wobei Lucrecia, ihre Zofe, nicht wisse, aus welchem Grunde. Einer der portugiesischen Schreiber ergänzte, durch die Flure des Palastes geistere die Nachricht, Seine Majestät habe den Wunsch geäußert, die Königin nackt zu sehen, was einen Skandal im Palast ausgelöst habe, vornehmlich bei einer beträchtlichen Anzahl jener Frauen, die bereits erfolglos versucht hätten, mit dem König das Lager zu teilen. »Man stelle sich vor, nichts Geringeres, als eine Königin völlig nackt zu sehen! Wohin soll das noch führen! Wenn schon die Königin genötigt wird, das Hemd abzulegen, was wird man dann von uns noch alles verlangen!« Die Ursache des Skandals suchten die Gelehrten in der Vielzahl von italienischen Novellen, die der König las, und der Ausgiebigkeit, mit der er sich der Betrachtung schamloser Gemälde widmete, die er von seinem Großvater geerbt hatte, dem weisesten unter sämtlichen vergangenen und künftigen Königen, doch zu sehr den obszönen Bildern zugetan. Die gegenwärtige oder zukünftige Verbreitung von Informationen über den königlichen Lebenswandel war Aufgabe der spanischen Granden, die gemäß der Palasttradition als einzige unter den Anwesenden im Bilde waren, doch einer der Dichter, ein langnasiger, grimassenschneidender Geistlicher, rief plötzlich aus: »Achtung, Achtung! Soeben sind mir einige Verse zugeflogen, die uns den Schlüssel zu den Ereignissen liefern könnten!« – »Zu welchen der zahlreichen, Don Luis?« – »Nun, ich meine die morgendliche Erregung Marfisas, die uns doch allen als Frau aufbrausenden Charakters zur Genüge bekannt ist.« – »Laßt hören, laßt auf der Stelle hören!« – »Hier habt Ihr sie, meine Herren. Und prägt sie Euch gut ein, jeder möge sie für sich wiederholen, als seien es die eigenen. Mich trifft keinerlei Verantwortung: Die Musen haben sie mir soeben eingegeben, und ich beschränke mich darauf, sie wiederzugeben.« Man schuf ihm ein wenig Platz, damit er die Deklamation seiner Verse mit den gebührenden Armbewegungen unterstreichen konnte, als sei dies unerläßlich, auch damit sein Priestermantel bei den ausholenden Gebärden mit gewohnter Eleganz durch die Luft wehen konnte; ein Mantel im übrigen, der angesichts der drückenden Hitze an jenem Oktobermorgen schwerlich zu rechtfertigen war.

»Zu Marfisa tratet Ihr
schlecht bewehrt in die Arena,
spaltet nicht mal ihren Schild,
trotz des Einschnitts, mit dem Schwerte.
So erbost sah man sie nie,
in solch heftiger Erregung,
denn gelang es Euch doch nicht,
nur vier Tränen zu vergießen,
daß der Rost auf ihrem Schild
diesen mit der Zeit zerfresse.«

»Bravo, bravo! Wahrlich ein Meisterwerk! Aber wer ist der Galan, auf den sich diese Verse beziehen? War er Eurer Muse bekannt, Don Luis?« – »Den Namen, meine Herren, hat sie mir leider nicht verraten. Der Muse, die mich inspiriert, ist er wohl selbst unbekannt. Diese Verse lassen einzig die Vermutung zu, jemand habe vergangene Nacht im Gefecht mit Marfisa versagt.« Der Zuträger, der unter den Anwesenden aufmerksam gelauscht und sogleich die Dezine auswendig gelernt hatte, verabschiedete sich nun mit einem flüchtigen Gruß und machte sich eiligst zur nahegelegenen Straße Cantarranas auf. Unterwegs sagte er sich die Verse noch einmal langsam auf, um sie nicht zu vergessen. Dann klopfte er an Marfisas Tür. Lucrecia öffnete. »Ich bringe eine Nachricht für deine Herrin.« Schon trat er in den Flur. Marfisa war bereits seit einer Stunde damit beschäftigt, sich aufzuputzen, und immer noch war einiges im Argen, wenn man sie auch schon ansehen konnte, ohne gleich vor Schreck umzufallen, so man Halt an der Wand fand. »Was führt dich zu uns, Periquillo? Was erzählt man sich heute morgen über mich?« – »Es kursieren ein paar Verse. Eben noch vor fünf Minuten wurden sie rezitiert und allseits gefeiert. Wollt Ihr sie hören?« – »Aber selbstverständlich, Periquillo! Sag sie mir sofort auf.« – »Nun gut, hört her, obwohl ich kein guter Vorträger bin. Wenn ich mich recht entsinne, beginnen sie folgendermaßen: ›Zu Marfisa tratet Ihr...‹« – »Zu Marfisa?« rief sie aus, sie sind wahrhaftig an mich gerichtet wie die Aufschrift eines Briefes. »Mach weiter, hör nicht auf!« – »Zu Marfisa tratet Ihr...« Periquillo, der Zuträger, sagte die ganze Dezine auf und machte es nicht einmal schlecht. Marfisa hörte ihm aufmerksam zu. Als er zum Schluß gekommen war, geriet sie außer sich vor Zorn: »Diese Elenden, diese Schurken! Kein Mann hat noch je bei mir versagt, das weiß doch alle Welt, am allerwenigsten derjenige, der letzte Nacht bei mir weilte, er hat sich weiß Gott wacker in der Arena geschlagen... Spricht man auch darüber, um wen es sich handelt?« – »Es wird gemunkelt, Herrin, unter dem Siegel der Verschwiegenheit.« – »Der Engel! Weißt du, daß er noch nie eine Frau nackt gesehen hatte? Er starrte mich immer wieder an, mit erstaunten Augen, und ich mußte mal hoch, mal runter, bis ich ihm schließlich gesagt habe: ›Herr, an diesen Ort kommen die Leute, um sich im Liebeslager zu bewähren, nicht um den Gegenstand in Augenschein zu nehmen.‹« Da konnte sich der Zuträger vor Lachen nicht mehr halten. »Kann ich das herumerzählen?« – »Na gut, aber ohne Namen zu nennen, nicht daß dich am Ende noch die Gendarmen in Gewahrsam nehmen!« – »Wißt Ihr, Herrin, daß der besagte Kavalier heute morgen darauf bestand, seine Gemahlin nackt zu sehen?« – »Sieh mal einer an, dieser Treulose! Doch das ist nur zu verständlich. Er wollte einfach nachprüfen, was uns Frauen allen gemeinsam ist.« – »Ihr wißt doch wohl, daß eine Königin keine Frau ist.« – »Mag sein, doch ich habe allen Grund zu der Annahme, daß ein König ein Mann ist wie jeder andere.«

JUAN GARCÍA HORTELANO

EIN LÄNDLICHES VERGNÜGEN

Am Ende entschloß ich mich, die Neonreklame auszuschalten. Wenn die drei grünen Buchstaben in der Dunkelheit leuchten, während der Mitternachtszug von Madrid seine zwei Minuten Aufenthalt hat, weiß Jacinto, daß ich noch auf bin, und kommt bisweilen auf das letzte Glas des Tages herüber. In dem alten Schlafzimmer konnte ich nicht einmal mehr die Szenen auf dem Bild sehen, die ich mir ausdachte. Ich schloß das Zimmer ab und stieg die Treppe hinunter. Als ich die Bar durchquerte, hatte ich ein Gefühl, als hätte ich in einer eiskalten Nacht den Kopf unter die Bettdecke gesteckt, und während ich durch den Flur zur Hintertür ging, fühlte ich mich wie im Kokon dieser erstickenden Zuflucht der rauhen Nächte, unbehaglich zwischen Schlaf und dem Drang zu masturbieren.

Da hörte ich sie kommen.

Nichts von jenem Tag ist mir im Gedächtnis geblieben, einem mehr wie all die anderen zuvor. Wenn man in einer alltäglichen Routine lebt, funktioniert das Gedächtnis nur auf lange Sicht. Ich werde nach dem Frühstück eine Weile im Gemüsegarten verbracht haben. Dann dürfte ich den Kühlschrank und die Vorratskammer überprüft haben. Vielleicht habe ich bei dem Lieferwagen Frostschutzmittel nachgefüllt; vielleicht habe ich mich rasiert, nur um ein Gesicht zu sehen. Ich werde gegessen haben oder vielleicht auch nicht. Als Delmira kam, bin ich bestimmt spazieren gegangen, weil ich das Ekelgefühl schlecht ertragen kann, das mir das

Verlangen nach dem welken, behaarten Fleisch dieses Weibsbildes verursacht, das sich in schlampiger Kleidung durch das Haus arbeitet.

Gegen Abend war ich zum Bahnhof geschlendert, und Jacinto sagte mir, er werde den 18 Uhr 12 nach Madrid für mindestens zwanzig Minuten aufhalten. Als ich zurückkam, ging ich durch die Hintertür hinein und machte die Leuchtreklame an, deren Buchstaben im wäßrigen Licht des frühen Abends verblassen. Ich machte die Kaffeemaschine fertig, die Gedecke, das Gebäck. Kurz nach der Ankunft des Zuges kamen die Reisenden. Von einem Moment auf den anderen waren die Theke und die Tische besetzt. Eine Viertelstunde lang brachte ich, was verlangt wurde, ohne mir zuviel Zeit zu lassen oder mich zu hetzen, mit jener kontrollierten Unrast, die ich mir in vielen Jahren als Wirt angeeignet habe. Später war die Bar wieder leer, so wie immer, so wie die Platzregen im August vorübergehen, und sie lag in einer noch tieferen Stille als vor der Ankunft des Zuges.

Ich habe es immer vorgezogen, die Zeiten zwischen der größten Betriebsamkeit, aus denen mein Beruf besteht, dafür zu nutzen, das Geschirr zu spülen und den Boden zu fegen, die Tische und Stühle zurechtzurücken, um die Szenerie, in der ich lebe, mit der Einsamkeit und der Stille in Einklang zu bringen, in die zu festen Zeiten Fremde eindringen, deren Gesichter ich vergesse, sobald sie bei mir bezahlt haben, was sie verzehren; sporadisch sind es auch Leute aus der Gegend. So kam es, daß in dem Fenster, das auf die Gleise blickt, kaum noch ein Rest von Abendlicht verblieben war, als ich mein Tagewerk beendete, die Kasse abrechnete und beschloß, einen Spaziergang zu machen.

Aber ich ging nach oben, schloß das alte Schlafzimmer auf, nahm, nachdem ich die Lampen angeschaltet hatte, das Bild von der Wand und setzte mich in einen Sessel. In dieser kraftlosen Gereiztheit, die mich immer nach dem Umgang

mit den Fremden überkommt, wollte ich nichts weiter, als die Zeit verstreichen lassen, nicht anfangen, die Erinnerungen an den Körper von Manuela aufzuwühlen, zu dieser ungewissen Stunde, da die Nacht noch nicht begonnen hatte. Wenn es nach ihr gegangen wäre, hätte der Trödler diesen Stich mitgenommen, den ich in dem Gerümpel auf dem Dachboden gefunden hatte. Aber sie widersetzte sich nicht, als ich ihn in unserem Schlafzimmer aufhängte, weil es mir Spaß machte, neue Figuren auf jener verschwommenen Darstellung einer fröhlichen Landpartie zu entdecken, zuweilen Flecken ohne jeden Sinn, zuweilen völlig klare Bilder.
»Dieses Bild ist für dich wie die Welt«, sagte Manuela zu mir, »die uns kaum das sehen läßt, was wir anschauen, und wo wir auf einmal das sehen, was nicht da ist. Wenn du mich nur das Glas abnehmen und diesen ganzen Dreck wegwischen ließest...«
Mein Gedächtnis bewahrte noch unversehrt die Erinnerung an ihren Körper, den Geschmack ihres verschwitzten Fleisches, den wechselnden Ausdruck ihrer Augen, selbst an die kleinen Einkerbungen in ihren Brustwarzen. Dennoch war es mir unmöglich, mir vorzustellen, wie sie mit der Zeit reifer geworden war, sich verändert hatte, und ich versagte mir, mich so an sie zu erinnern, wie sie gewesen war, weil jene Wirklichkeit längst gestorben war und ich sie genau so begehrte, wie sie jetzt sein würde. Was mir fehlte, war, mit ihr gelebt zu haben, und nicht der Selbstbetrug, das Verfälschen der Zeit mit dem wirklichen Geschmack ihres Fleisches, mit den wirklichen Augen und den wirklichen Brustwarzen, die ich geküßt hatte.
Ich hängte das Bild auf, machte die Lampen aus und ließ mich auf das Bett fallen. Es ekelte mich an, mich weiterhin zu fragen, warum sie mit jenem Durchreisenden verschwunden war, dessen Namen ich immer noch nicht weiß. In den ersten Tagen nach ihrer Flucht glaubte ich den Grund

erraten zu haben, aber schon seit langem hatte ich jene Rechtfertigung vergessen; schlimmer noch, ich hatte solange die Gründe verdreht, bis ich mich völlig verrückt gemacht hatte.
Manuela hatte alles, was sie besaß, in rechtlich einwandfreien Papieren auf meinen Namen überschrieben. Diese Geste hatte ich vielleicht damals falsch interpretiert; vielleicht wollte ich mich selbst davon überzeugen, daß sie, die Seßhafte, mir ihre Rückkehr ankündigte, mich dazu nötigte, auf sie zu warten, dafür sorgte, daß ich mein altes Leben nicht wieder aufnehmen konnte.
Dann, viel später, als die Jahre mir keine Illusionen mehr erlaubten, gelangte ich zu der Überzeugung, daß sie mir das Haus und die Gärten am Fluß geschenkt hatte, damit ich sie nicht verfolgte, im Vertrauen darauf, daß ein Drang nach Besitz und Stabilität, von dem ich selbst nichts wußte, mich dort festhalten würde. Wie es dann auch geschehen war.
Es lag zuviel Überlegung und zuviel Hast in der Flucht dieser so sinnlichen Frau, die ich in zwei Jahren Ehe so sehr zufriedengestellt hatte, um mich vermuten zu lassen, daß ihr Liebhaber bei ihr die unwiderstehliche Lust an etwas Unaussprechlichem geweckt hatte. Wenn ich aus eigener Erfahrung wußte, wie wenig ich mich selbst kannte, um wieviel mehr mochten mir die Geheimnisse von Manuelas Begehren fremd geblieben sein...
»Sag mir das Ausgefallenste, das du gerne tun möchtest«, das waren die Worte, die ich nie auszusprechen gewagt hatte, »und ich werde es mit dir machen. Laß mich nicht aus Liebe glauben, ich hätte das mit dir getan, was du am liebsten tun möchtest. Du, Manuela, bist eine Frau durch und durch, und es wird dich nicht verlegen machen, es mir zu sagen.«
Verlangte ich nicht deshalb um jeden Preis danach, die Frau zu besitzen, die nach und nach älter wurde, weil ich sie jetzt,

obwohl ich immer noch auf ihre Rückkehr wartete, anders als in der ersten Zeit nach dieser Schmach, nicht mehr begehrte? Nun, da ich zu der Qual verdammt war, mit der Chimäre zusammenzuleben, in die sich eine Frau durch die Erinnerungen nach und nach verwandelt, wollte ich Manuela nicht einmal mehr finden, um sie zu töten.
Ich stand auf, ging hinaus und schloß die Tür zu dem alten Schlafzimmer ab. Als ich die Treppe hinunterging, kam mir der Gedanke, daß jene drei erleuchteten Buchstaben an der Fassade in dieser Nacht wie ein Zeichen oder ein Ruf erscheinen mochten, der für Manuela bestimmt war. Am Ende entschloß ich mich, die Neonreklame auszuschalten, während ich mich auf dem Weg durch den Flur zur Küche vor einer Nacht mit Schlaflosigkeit und hartem Glied fürchtete.
Und da hörte ich sie kommen.
Nicht ihre Stimmen ließen mich aufhorchen, sondern das Lachen der Frauen. Es war schon eine Ewigkeit her, daß ich Leute von dieser Art gehört hatte, und kaum war ich in die Bar getreten, kam es mir so vor, als erkenne ich sie wieder. Als ich sah, wie sie das Lokal in Beschlag nahmen, wußte ich bereits, worauf ich mich zu richten hatte. Ehe ich nicht dadurch, daß ich steif wie eine Statue hinter der Theke stehenblieb, erreicht hatte, daß sie aufhörten, durcheinanderzulaufen und zu gackern, war es mir unmöglich, die drei Männer und vier Frauen zu erfassen, dazu ein paar Segeltuchtaschen und zwei Koffer aus rotem Leder.
Dann fragte ich, und alle auf einmal bestellten bei mir sieben verschiedene Getränke. Ich blieb weiter still und herausfordernd stehen und ging dann auf demselben Weg hinaus, auf dem ich gekommen war.
Als ich aus der Küche zurückkam, hatten sie drei Tische vor dem Fenster zusammengeschoben, das auf die Gleise geht. Sie sprachen leise, hatten alle viere von sich gestreckt und

zeigten sich jetzt ermattet von den Anstrengungen des Weges, den sie zurückgelegt hatten. Das Neonlicht, das von der Seitenfront des Bahnhofsgebäudes zurückgeworfen wurde, tauchte das Lokal in einen grünlichen Dunst. Ich schaffte die Koffer und die Taschen nach hinten an eine Wand und fragte erneut.

Während ich mir ihre Bestellungen notierte, fiel mir auf, daß einer von ihnen trotz der gewagten Sachen, die er trug, schon weit über dreißig war. Und nur wenig jünger durften die mit dem Pelzmantel und die sein, die ihm gerade ins Ohr flüsterte, eine Art weißer Maske mit Schmuck bis auf den Busen. Während ich die Sachen vom Tablett auf die Tische stellte, wollten sie wissen, um wieviel Uhr sie einen Zug bekommen könnten.

»Je nachdem.«

»Wieso ›je nachdem‹, guter Mann?«

Die Frauen waren es, die sich direkt an mich wandten, und es war nicht nur die herablassende Art der einen, die mich verunsicherte, sondern die Tatsache, daß sich ihr Pelzmantel öffnete, als sie die Beine ausstreckte, und ein Paar langer Schenkel zum Vorschein kamen, reinster, schwarzer Marmor, die aus einem ungeheuer kurzen blauen Rock ihren Anfang nahmen.

»Ich wollte sagen, je nachdem, ob Sie nach Osten wollen oder nach Westen.«

Der größte Witzbold unter den Burschen antwortete mir: »Das ist egal. Wir haben keine Vorurteile.«

Sie lachten unbändig und taten sogar so, als applaudierten sie. Plötzlich konnte ich sie nicht mehr ertragen. Obwohl ich wußte, daß der Mitternachtszug von Madrid zwei Minuten Aufenthalt hatte, murmelte ich, daß ich am Bahnhof fragen würde, und gab keine Antwort, als sie mich fragten, ob sie für den Fall, daß kein Zug mehr halten sollte, für diese Nacht hier im Hause unterkommen könnten. Der Älteste, der solch einen biegsamen Hut trug, wie ich sie in meiner Jugend zu tragen pflegte, folgte mir bis zur Tür und verspottete mich dabei, dem Gelächter der anderen nach zu urteilen, mit komischen Gebärden.

Die Nacht war wunderschön, ohne Wind und ohne Mond, frisch. Ich atmete tief durch und dachte daran, daß ich außer den beiden Flinten im Schuppen noch eine Pistole in der Kommode im alten Schlafzimmer aufbewahrte. Jacinto spielte eine Partie Schach gegen sich selbst und bat mich trotz des dichten Zigarettenqualms, die Tür des Dienstzimmers zu schließen. Auf dem Bahnhof schnüffelten zwei herrenlose Hunde herum.

»Ich muß sie mir um jeden Preis vom Halse schaffen.«

»Sag ihnen, daß der Zug von Madrid normalerweise freie Schlafwagenabteile hat und daß er lang genug hält. Ich mag sie auch nicht. Ich habe gesehen, wie sie angekommen sind; sie haben diese roten Koffer mit Fußtritten traktiert, dabei kosten die ein Vermögen, und einen Heidenzirkus veranstaltet. Nach dem, was ich gehört habe, sind sie ohne Benzin hier in der Gegend liegengeblieben...«

»Ja, sie waren in zwei Autos hergekommen.«

»...und anstatt auf das Dorf zuzulaufen, das von da aus gerade noch einen Steinwurf weiter unten lag, sind sie aus irgendeiner Laune heraus hierher gekommen. Nicht einmal gegrüßt haben sie. Die Frauen sind prachtvoll, absolute Prachtexemplare, und heißer, als sie uns vormachen mit dieser Eleganz und dem damenhaften Getue. Aber ich, was soll ich dir sagen, ich bin bei dieser Art Frauen mißtrauisch. Ehe ich die rannehmen würde, müßte ich sie erst mal nackt sehen, und schön mit der Wurzelbürste abgeschrubbt. Die sehen nach wer weiß was aus, und wenn du dann bei den nackten Tatsachen angelangt bist, bleibt wenig davon übrig, nur Knochen und teure Düfte.«

»Modetypen« – ich bewegte einen der schwarzen Läufer,

und Jacinto machte ohne nachzudenken die kleine Rochade. »Das große Wort führen und rotzfrech, aber sobald es ernst wird, ein paar Hosenscheißer.«
»Die Frauen sagen, wo es langgeht. Und die Typen dürfen lachen und fummeln. Die älteste dürfte, na ich würde sagen, so etliches über dreißig sein, die mit dem Pelzmantel, die sich immer so auf den Absätzen wiegt, denn die ist für mein Gefühl noch am ehesten eine gestandene Frau, und sie ist die gierigste. Das kommt vor. Die anderen sind ein paar Frischlinge, mit Ausnahme von dem Mann von der Gierigen, der mit dem Hut, bei dem man sieht, daß er schon ein ganzer Kerl ist, wenn auch weniger als sie.«
»Ihr Mann? Wo hast du das denn her, daß er ihr Mann sein soll?«
»Geh doch und rate selbst, wie diese Bande untereinander zusammengehört... Es gibt noch eine, die kleine runde, auch schon eher eine Frau, mit weiß angemalten Gesicht und soviel Broschen und Halsketten, daß sie sich bald erwürgt; die schwingt einen göttlichen Arsch, da guckst du aber, den besten Arsch von allen, fest und hoch, einer von diesen kleinen Ärschen, die man ganz mit einer Hand packen kann. Sie heißt Roberta. Da soll diese Mutter sie zur Welt bringen – und was nimmt die blöde Kuh für einen Namen...«
»Nach Namen kann ich sie nicht auseinanderhalten« – ich zog mit der Dame, und es stand Schach – »Ich geh' jetzt, mal sehen, ob ich sie auf Trab bringe.«
»Die müßte ich erst sehen, nachdem ich ihr das rote und weiße Zeug mit Scheuerlauge aus dem Gesicht gewaschen hätte. Mein Gott, was für eine Kruste... Ich hab' so ein Gefühl, daß die nicht mal miteinander schlafen. Viel Getue und viel Getratsche, aber nix von wegen reinstecken, nach dem Becken gleich wieder in den Hosenschlitz. Für mich sind das Drogentypen. Voller Luxus und Laster, aber solche Fixer, die sich die Venen wie ein Sieb zurichten. Achte mal auf die

Arme, sei vorsichtig, aber achte drauf. Und wenn du mich brauchst, ruf bloß« – Jacinto hielt mit der Schulter die Tür auf und verjagte mit einem Fußtritt in die Luft die Hunde –, »vor eins lege ich mich sowieso nicht hin.«
»Ich liefere sie schon bald bei dir im Wartesaal ab.«
»Die zwei jüngeren Puppen würde ich beide gleichzeitig mit einem schweinischen Gefallen beglücken. Vor allem die mit dem hochgesteckten Haar auf dem Kopf; die hat eine Mähne, diese Rothaarige, daß bei der bestimmt das Haar allein schon doppelt soviel wiegt wie die kleinen Zitzen. Wieviel vergeudete Sauereien gibt es doch auf der Welt...«
»Denk daran, daß ich dich ins Schach gesetzt habe.«
»Ach leck mich, Schach.«
Ein paar Meter vor der Tür hörte ich schon die Musik aus dem Radio. Sie hatten sich allmählich in Grüppchen abgesondert. Es saßen nur noch der mit dem Hut und einer von den Jungen, in ein lebhaftes Gespräch vertieft, die Köpfe über den Tisch gebeugt. In ihrer Nähe zog sich eines der Mädchen aus. Der andere Junge und die Rundliche mit dem knackigen Hintern tanzten und verrenkten sich dabei vollkommen ungeniert. Es tanzten auch, ohne auf die Musik zu achten und fast ohne sich zu bewegen, die ältere Frau und das rothaarige Mädchen, aber in inniger Umarmung und in einem hingebungsvollen Kuß versunken; die Arme der Frau umschlangen den Nacken des Mädchens, das Mädchen hielt mit beiden Händen die Hinterbacken der Frau.
In mir stieg urplötzlich Furcht auf, ohne jeden Grund. Bis ich mich wieder gefaßt hatte, verharrte ich so, den Rücken gegen die Theke gelehnt, vertieft in den Anblick des Pelzmantels, der an dem Geldspielautomaten hing. Dann entschloß ich mich, den nackten Körper des Mädchens anzusehen; er war groß und wohlproportioniert, mit einem etwas dickeren Bauch, als er hätte sein sollen. Kontrastierend zu ihrem

aschblonden, lockigen Haar verlief fast von ihrem Nabel aus senkrecht nach unten über den Schamhügel ein Streifen Haar, akkurat und glänzend, wie die Schwanzfedern eines Raben. Sie mußte Lola heißen. Oder Sara. Mich machte wütend, daß sie mich nicht einmal ansah. Aber mehr noch machte mich das Schamgefühl wütend, das mich daran hinderte, die Rothaarige und die Frau mit den hohen Absätzen anzusehen, die Bauch an Bauch, die Beine ineinander verflochten und beide völlig entrückt, einander verschlangen.
Roberta (laut Jacinto) lächelte mir zu, als sie bei einer ihrer Verrenkungen um ein Haar mit meinem starren Körper zusammengestoßen wäre. Auf dem Tisch des Mannes und des Jungen stand eine Flasche Whisky, die ich nicht serviert hatte. Wie sie sich über den Hüften den schwarzen Stoff glattstrich, der eher wie ein festliches Kleid als wie ein Hemd wirkte, hatte sich die Kleine in eine Wöchnerin mit weichen Schultern und sanft geschwungenem, üppigem Rücken verwandelt.
Vorsichtig, wie jemand, der einen Kindergarten durchquert, ging ich zwischen ihnen hindurch. Ohne in der Küche das Licht anzumachen, lief ich in den Garten hinaus. Im Schuppen lud ich eine der Flinten. Im Dunkeln blieb ich in der Küche sitzen, die Flinte im Schoß, und versuchte mich aufzuraffen, leise den Flur hinunterzuschleichen und vom Eingang her zwei Ladungen Schrot auf die Barregale abzufeuern. Ich wollte sie wie Kaninchen davonlaufen sehen, inmitten des ohrenbetäubenden Schepperns der Flaschen, des Spiegels: die Lust, die Spontaneität ihrer Bewegungen, die in Scherben gehen.
Um mir Mut zu machen, verfiel ich darauf, mir vorzustellen, daß irgendeiner von den Kerlen (oder den Frauen) Manuela, nachdem sie ihnen serviert hätte, mit der Hand unter den Rock gegangen wäre, den Schenkel hinauf, den glatten, fast schlüpfrigen Schenkel der Frau, die damals die meine war

und zwischen deren Schenkeln ich in der Tiefe jener Nächte mein Gesicht barg und weiterschlief. Ich war von der Vorstellung besessen, ihnen wenigstens einen Schrecken einzujagen, sie herauszufordern, und mir fiel kein anderes Mittel ein angesichts meines zusammengeschrumpften Penis, der sich umso stärker zusammenzog, je deutlicher ich mir den Rücken der falschen Sara, den buschigen Bewuchs zwischen Manuelas Schenkeln, die enthemmten Münder der beiden rasenden Frauen vorzustellen vermochte.

Als ich hörte, daß irgend jemand den Flur entlangkam, versteckte ich die Flinte hinter der Tür der Vorratskammer und machte das Licht an. Der Junge, der mit Roberta getanzt hatte, und die Frau in dem blauen Minirock tauchten auf. Während der Junge auf den Geschirregalen herumstöberte, redete sie, und ich schaute direkt auf ihre feuchten Lippen, von denen die ganze Farbe abgegangen war.

Auf einmal wollten sie zu Abend essen. Und wissen, wieviel Schlafräume, Betten und Badezimmer es im Haus gab. Zum Abendessen irgendwas, was gerade da wäre, solange es nichts aus der Büchse sei, aber rasch, denn sie seien hungrig. Diese Nacht noch, oder spätestens ganz früh am Morgen, müßte ich mich darum kümmern, daß irgend jemand Benzin zu den Autos schaffte. Und zum Schluß sagte sie: »Du bekommst alles bezahlt, und zwar im voraus. Los, Carlos.«

Der Bursche zog ein paar Scheine hervor und legte schließlich, indem er mich fragend ansah, vier davon, die er von den großen nahm, auf das unbehandelte Holz des Tisches.

»Einen Moment, und hören Sie jetzt mal mir zu. Betten gibt es zwei, ein großes. Zimmer sind genug da. Ich kann ein Sofa und eine Liege mit einer Matraze herrichten. Bad gibt es nur eines, mit Wanne und Dusche. Und heißem Wasser. Zum Abendessen Spiegeleier oder ein einfaches Omelett, Brot mit Schinken, Aufschnitt, Paprikawurst. Pfirsichkompott aus der Dose, Zuckerschnecken und Eierbiskuits.«

»Pfirsichkompott auf keinen Fall.«
»Und anständigen Wein.«
»In Ordnung«, sagte sie und ging, einen Moment bevor ich die Scheine an mich nehmen konnte.
Der Junge setzte sich auf eine Tischkante. Schweigend begann ich das Abendessen zu bereiten. Er erbot sich, mir zu helfen, und ich lehnte ab. Als ich wieder allein war und die Eier aufrührte, hörte ich sie im oberen Stockwerk herumlaufen. Niemand, nur ich selbst, Hand in Hand mit dem beschissenen Leben, hatte mich in dieser Kneipe begraben.
Mir war keine bessere Kränkung eingefallen, als daß ich schließlich ihn hervorholte, schlaff und welk. Aber er wurde immer größer, wenn auch ohne hart zu werden, je länger ich ihn in die gelbe Flüssigkeit der geschlagenen Eier tauchte, ihn mit der gebutterten Paprikawurst liebkoste, mit ihm die Oliven in einer kleinen Schüssel rührte, ihn zwischen die beiden Hälften der Stangen Brot preßte, ehe ich mein lebendiges Fleisch durch Scheiben gekochten Fleisches ersetzte. Dank der Tatsache, daß die mit dem knackigen Hintern schon im Flur zu reden anfing, konnte ich ihn mir mit einem Tuch sauberwischen und mir sogar noch den Reißverschluß meiner Hose hochziehen.
»Hör mal«, hatte sie soeben gesagt, »eins von den Zimmern oben ist abgeschlossen. Gib mir den Schlüssel.«
»Während Sie essen, werde ich die Zimmer schon vorbereiten.«
»Lebst du alleine? Ei, verflixt, das ist ja stark... Ich werd' verrückt. Hier in dieser Einöde muß es ja tierisch kalt werden. Ich habe Decken und Oberbetten in den Schränken gesehen. In diesem Haus hat es früher mal eine Frau gegeben. Das brauchst du gar nicht abzustreiten, man merkt es. Man merkt es daran, daß alles, was einen gewissen Geschmack verrät, abgenutzt und vergilbt ist. Und alles Neue ist aus Plastik und grellbunt. Das heißt also, du hast niemanden, der

dir das Bett warmhält, du Ärmster. Das Badezimmer ist ganz passabel, auch wenn man anstehen muß, um pinkeln zu können. Zum Übernachten ist dein Haus beschissen, aber als Haus ist es geil. Hast du noch genug Feuer?«

»Heißen Sie Roberta?«

»Warum fragst du? Mach schon, beeil dich, wir werden uns noch besaufen, während wir warten.«

Sie bewegte ihre prachtvollen Schenkel mit vollem Bewußtsein. Nachher hörten ihre vermaledeiten Hintern auf, mich zu beschäftigen, ihre Brüste und ihre Lippen, ihr plötzliches Zurschaustellen aufblitzenden Fleisches, die Blicke, fast immer verloren und manchmal beredt, sogar ihre Stimmen, die andauernd irgend etwas bestellten, ließen mich kalt. Als ich die Flaschen entkorkte, war ich müde und verspürte erneut das dringende Bedürfnis, mich zu entfernen. An das eine Ende der Tafel aus lauter Tischen setzte sich, die ganze Zeit den Hut auf dem Kopf, der Mann, dessen grau meliertes Haar mir gefärbt vorkam. Am anderen Ende thronte das rothaarige Mädchen, und zu ihrer Linken küßte die Frau, deren hohe Schuhe jetzt auf der Bartheke standen, jedesmal Robertas Wangen, wenn diese ihr etwas auf den Teller tat. Das Mädchen mit dem schwarzen Hemd (Sara oder Lora) weigerte sich, auf dem Schoß von Carlos Platz zu nehmen. Ich verkündete (obwohl ich damit rechnete, daß sie mich überhaupt nicht hören würden), ich ginge jetzt hinauf, um die Zimmer vorzubereiten, aber der mit dem Hut sagte: »Danke.«

Oben hatten sie die Lichter angelassen, den Fernseher genauso, die Schränke offen, und sogar im Balkonzimmer hatten sie herumgestöbert. Als ich fertig war, nahm ich die Pistole aus der Kommode, steckte sie mir in den Gürtel und hielt mich nicht einmal mehr auf, um aus dem Fenster zu sehen, was für Wetter war. Sie aßen noch immer, und das Geplapper hatte nachgelassen.

Draußen rührte sich kein Lufthauch, auch die Temperatur stagnierte. Als ich auf den Bahnsteig trat, hörte ich den Zug von Madrid näherkommen und blieb stehen. Die Fenster im Erdgeschoß und die Leuchtschrift funkelten in der Dunkelheit. Niemand stieg aus dem Zug, niemand stieg ein. Ich wartete vor der Tür zum Dienstzimmer auf Jacinto.
»Komm rein«, sagte er, warf die eingerollte Signalflagge auf den Sessel und hängte die Schirmmütze an den Garderobenständer.
»Es ist eine schöne Nacht« – ich setzte mich auf eine Bank auf dem Bahnsteig –, »selten für diese Jahreszeit.« Jacinto schloß die Tür des Dienstzimmers wieder und setzte sich neben mich. »Weißt du, die sind schlimmer, als wir es gewesen sind, als wir noch Faschisten waren.«
»Ich bin nie irgendwas gewesen. Nun, Junge, ich habe dich natürlich mattgesetzt. Das hat dir gerade noch gefehlt, als nette Ergänzung zu dem, was du da am Halse hast. Meine Wenigkeit wird sich jetzt, wenn sie nicht mehr dienlich sein kann, ins Bett begeben. Ich sag' dir, du könntest doch diese ganze Bande in den Lieferwagen packen, an Benzin mitnehmen, was du eben hast, und sie zu ihren Autos bringen. Oder ist dir sonst irgendwas eingefallen?«
»Ehe ich eine ganze Nacht ohne Benzin bin, bleib' ich lieber ohne Wasser und ohne Flinten.«
»Sag nicht, ich hätte dich nicht darauf hingewiesen. Bei dieser Art von fleischlicher Pracht ist nichts dahinter. Die werden schwach bei einer Sorte von Typen, denen an den Weibern die Höschen und die Strapse gefallen. Starte mal einen Versuch bei dieser Roberta, die hat einen Hintern, so richtig zum Hinlangen, und vielleicht unterhält sie dich ein Weilchen, und du kommst ans Ziel all deiner Wünsche. Bei den anderen, da darf man sich nichts vormachen, riskierst du nur eine präliminare Entzündung der Testikel oder eine höllische Hodenentzündung. Aber daß sich Fräulein Knack-

arsch erst den Gips und die rote Schminke abmacht, damit die ganze Leidenschaft nicht bloß Theater ist. Mann, ein Theater steht mir morgen bevor.«

»Sie haben im ersten Stock die Lichter angemacht.«

Jacinto räkelte sich und gähnte, ohne von der Bank aufzustehen. Als Jacinto auf diesen Bahnhof versetzt wurde, hatte Manuela mich schon seit Jahren verlassen. Wenn ich mir über den Nutzen des Lebens auch nie Illusionen gemacht habe, so habe ich doch nie gedacht, daß das meine so kurz sein würde. Allein die Erinnerung hatte mein Leben verlängert und ihm Konsistenz gegeben. Wie hatte ich, ohne mir dessen bewußt zu werden, diesen Ort wählen können, in der Hoffnung, daß sie von einem Tag auf den anderen zurückkäme, und mit der Vorstellung, von einem Tag auf den anderen fortzugehen, als ich aufhörte, auf sie zu warten? Ich hatte mich selbst betrogen, indem ich aus Angst die Zukunft verfälscht hatte. Und auf einmal wußte ich nicht mehr, wohin ich gehen sollte, noch wo ich die finden sollte, die so waren wie ich, und ich konnte plötzlich nicht mehr aufhören, der zu sein, der ich nie hatte sein wollen.

Jacinto verabschiedete sich. Bis zum Morgengrauen würde kein weiterer Zug kommen. Sie war womöglich sogar schon Großmutter, sie, die alles dafür unternommen hatte, daß ich sie nicht schwängerte. Ich machte mich langsam auf den Weg. Ich würde im Schuppen schlafen, auf der Klappliege. Im Wissen, daß das Haus besetzt war, würde ich wahrscheinlich eine schlaflose Nacht verbringen, hellwach. In den Fenstern der Bar war kaum noch Licht.

Sie hatten nur die Neonröhre über der Flurtüre angelassen. Sie schauten mich nicht einmal an. Sie saßen immer noch da, der Ältere, ohne den Hut abzunehmen, die Gesichter so dicht einander gegenüber, daß sie sich fast berührten, und, wie ich zufällig entdeckte, unter dem Tisch Händchen haltend.

Das Licht aus dem alten Schlafzimmer fiel bis auf die letzten Stufen. Von der Schwelle aus sah ich Roberta, die nackt quer durch das Zimmer zu der Wand ging, wo der Stich hing. Sogleich erkannte ich, vielleicht an ihrem Gestöhne, den Körper der Kleinen mit den lockigen Haaren (Lola? Sara?), die auf den Knien aufgerichtet einen perfekten rechten Winkel zu dem Körper des Jungen bildete, der auf dem Bett lag und sie aufgespießt hatte. Sie bewegte sich auf den Knien über ihm auf und ab und folgte dabei einem ruhigen Rhythmus, abgestimmt auf die Stöße des Kolbens, welcher in ihre Grotte eingedrungen war.
»*A rural entertainment* nennt sich die Sauerei«, sagte Roberta.
»Aber was soll es darstellen?« fragte der Junge.
»Das, was ich gesagt habe. Eine Gruppe von altehrwürdigen Herrschaften in Frack und Perücke, die im Grünen bumsen.«
»Willst du dich verdammt noch mal vielleicht auf das konzentrieren, was du gerade tust?« verlangte das Mädchen.
»Ach, Süße, erschreck doch den Jungen nicht.« Roberta schlang einen Arm um den Rücken des Mädchens und biß sie in die Schulter. »Ganz ruhig, mein Herzchen, sobald ich deinem Vergewaltiger den Mund mit einem saftigen Knebel verschließe, wirst du merken, wie er in deinem Löchlein wächst, mein Schatz. Meine Spätzchen, ich werde noch verrückt, so bringt ihr mich in Rage.«
Mühevoll schob Roberta sich schließlich auf den Knien und mit gespreizten Beinen über den Kopf des Jungen, der röchelnd lachte, bis sich die lockige Scham auf sein Gesicht senkte. Sara legte Roberta die Hände auf die Schultern, und diese schob aufreizend ihre Brüste hoch. Jetzt geriet das saubere Rechteck aus Fleisch, welches das Trio bildete, in Bewegung, sie schienen das Gleichgewicht zu verlieren, und ich glaubte, beide würden auf den Jungen stürzen. Aber sie

fanden zu ihrem Rhythmus zurück, und Sara fing an zu stöhnen, immer lauter und so, als wolle sie jede Silbe betonen. Unverhofft drehten sich die verzerrten Gesichtszüge Robertas mir zu.

»Raus! Scheißkerl, Fettsack, raus hier, ich will keine Spanner. Hau ab, oder ich reiß' dir die Eier ab.«

Rücklings trat ich die Flucht an, so als ob mich die Stimme der Frau vor sich her schöbe, und ich blieb erst im Dunkeln stehen, als ich gegen einen Koffer stieß. Meine Hände zitterten, und erst als ich merkte, daß ich vor der Tür zu meinem Schlafzimmer stand, wurde ich gewahr, daß ich in der Rechten die Pistole hielt. Auf der anderen Seite der Tür ertönte ein rhythmisches Quietschen. Wenn ich sie mit einem Fußtritt öffnete, würde der Körper mit den zwei Rücken, der sich auf den Laken wälzte, innehalten, sich in zwei teilen, und dabei würden die Brüste und Bäuche der beiden wieder zu eigenen Größen werden. Ich mußte die Schreie der Frau mit den schwarzen Schenkeln und der Rothaarigen hören, und ich hob schon ein angewinkeltes Bein. In diesem Augenblick verdunkelte sich der Treppenabsatz.

»Gehen Sie da weg und hören sie auf, hier herumzuschleichen.«

Ich konnte den Umriß des Hutes erkennen, der in dem vom Balkonzimmer her einfallenden Schatten schwebte, gut genug, um sicher mit der Pistole zielen zu können.

»Entschuldigen Sie«, brachte ich heraus.

»Hier haben Sie nichts mehr zu suchen, und Sie haben keinerlei Recht, uns nachzuspionieren.«

Er ging in das Balkonzimmer, wo ich die Liege mit der Matratze aufgeschlagen, die Couch zurechtgemacht hatte, wo ich (und jetzt wurde es mir klar) ein Liebesnest für ein paar romantische Schwule vorbereitet hatte.

»Ich wollte bloß hören, ob die Herrschaften noch etwas brauchen.«

Ich traf ihn am Fuß der Treppe, und das erste, was er wahrnahm, war die Pistole in meiner Hand. Er versuchte mit einer Hüftbewegung zur Bartheke auszuweichen, aber ich packte ihn an einem Arm, sah ihm gerade und fest in die Augen, und er schloß den Mund, der bereit gewesen war loszukreischen. Mir kam es so vor, als sähe ich ihn zum ersten Mal, und es war nicht verwunderlich, daß meine Augen während der letzten Stunden instinktiv jenes hochmütige, zarte Schwulengesicht gemieden hatten, das so unwahrscheinlich vulgär war und von so überwältigender Schönheit.

»Tu mir nicht weh«, wimmerte er. »Ich weiß, daß du mir nicht wehtun willst. Im Gegenteil, nicht wahr?«

»Sag mir eins, du Weibsstück.«

»Was du befiehlst, du starker, grober Mann.«

Indem er seine Arme um mich legte, hatte er mich zu einem der Tische geführt und schließlich die Pistole darauf abgelegt, die er mir aus der Hand genommen hatte.

»Bleib mir vom Leibe, du Nutte. Eins nur, und lüg mich nicht an!«

»Aber es gefällt dir doch, wenn wir uns so aneinander drücken... Ich sage dir, was immer du willst, nah, ganz nah bei dir. Bestimmt ist es etwas Schweinisches, was dieser schlimme Riesenkerl von einem Mann wissen will.«

»Caniche!« rief von oben die sanfte Stimme des Typen mit dem Hut.

»Ja, Fernando. Ich komme in einem Augenblickchen hoch. Ich trinke nur eben ein Glas Milch.« Er senkte die Stimme zu einem Flüstern und fügte hinzu: »Du willst wissen, ob Fernando mein richtiger Mann ist. Wetten, daß, du Ehebrecher? Es ist phantastisch, daß du meinetwegen eifersüchtig bist.«

»Sei still.« Seine Hände, von erstaunlicher Zartheit, ließen sich von meinen führen.

»Schau, schau, was mein Männchen von mir will. Schnell,

schnell, und ganz still, ich sterbe, wenn Fernando uns überrascht.«
»Sei du still, Mädchen. Sag mal, wie heißt die Rothaarige?«
»Neugierig... neugierig und lasterhaft...« Sein Atem brannte mir im Ohr. »Und dumm. Vergiß die und denk nur an mich, ich mache dich glücklich, glücklich, ich mache dich furchtbar glücklich, und jetzt muß ich dich im Handumdrehen verlassen, das mußt du verstehen, aber durch mich bist du glücklich, sehr glücklich...« Seine Finger schoben sich zu meinem Gesicht herauf, während mich noch die Spasmen schüttelten, krallten sich in meine Wangen, und ich spürte, wie die scharfe Feuchtigkeit seiner Zunge in meinen Mund eindrang. »Adieu, mein Schatz.«
Ich öffnete die Augen, nachdem ich seine hüpfenden Schritte auf den Stufen gehört hatte. Ich beschloß, auf der Stelle etwas zu tun, wie etwa alles im Haus zu verriegeln, mich an die Tür meines Schlafzimmers zu kauern, wo die Rothaarige sich auf ihren zwei Rücken wälzte, mich im Garten mit dem Schlauch abzuduschen, zu beten, zu bereuen, nicht die Hinterbacken von Caniche liebkost zu haben, ein Brot mit Ölsardinen zu essen, in den ersten Frühzug zu steigen. Ich trank bloß Cognac direkt aus der Flasche, bis mein Magen rebellierte, und als ich schon in der Küche war, dachte ich endlich daran, die Leuchtschrift auszumachen.
Kurz nach mittag erwachte ich im Schuppen. Mir ging es gut, und ich blieb auf dem Feldbett liegen, während ich langsam die Wahnvorstellungen des Gedächtnisses zurückgewann und darauf wartete, daß Dalmira ging. Aber sie war noch da, als ich in die Küche kam, und arbeitete weiter, während ich einen großen Becher Kaffee trank und überlegte, ihr ein paar Peseten für die Extra-Arbeit zu geben. Statt dessen war sie es, die mir zwei größere Scheine reichte.
»Die haben mir aufgetragen, Ihnen das zu geben und Ihnen zu sagen, wegen der Belästigung.«

»Wer, Delmira? Wer hat Ihnen dieses Geld gegeben?«
»Und das fragen Sie mich? Als hätte ich nicht genug Durcheinander mit dem Telefon gehabt, dem Frühstück, den Gepäckstücken... Und dazu noch die ganze Zeit die Zimmer wieder herrichten, Arbeit haben die für eine ganze Woche hinterlassen. Eine von ihnen, oder einer von den Herren wird es wohl gewesen sein.«
Mit einer Hand rückte sie sich unter der Bluse die Träger des Büstenhalters zurecht. Sie lächelte, als ich ihr versprach: »Ich werde dann morgen mit Ihnen abrechnen.«
»Auf dann, bis morgen also. Schönen Dank auch.«
Ich ging hinaus, um mir die Beine zu vertreten und saubere Luft zu atmen. Die Leuchtschrift war tatsächlich ausgeschaltet. In der Stille des Nachmittags konnte ich, wenn ich mich bemühte, Manuela singen hören, die im Balkonzimmer bügelte, bei geöffneten Fenstern.

MANUEL VÁZQUEZ MONTALBÁN

LIEBESGESCHICHTE

DER BERNSTEINDAME

Es gab welche, die waren aufregend wegen der dunkelvioletten, lasziven Augenringe, die auf ein latentes Leberleiden hindeuteten, oder diese Dunkelhaarigen mit ihrer nackten Üppigkeit, die immer nur an ihren blassen, mageren Ehemännern mit Glatzenneigung hängen, Männer, die von der Arbeit und den erodierenden Zudringlichkeiten besitzergreifender Frauen ruiniert sind. Sogar eine Rothaarige mit geröteter Haut und zwei vorwitzigen Brustwarzen, die die dezent ausgeschnittene Seidenbluse spannten, ein Versprechen spröder Haut und starker Düfte, wenn man ihr Geschlecht aus seiner rotblonden Versunkenheit befreit. Sie dagegen war wie ein leichter Hauch von Bernstein in dem Gruppenbild zu Abend speisender Ehepaare, die abendlichen Essen von Ex-Kombattanten aus der verlorenen Schlacht der empfindsamen Jugend, derer sie gedachten und einer anderen Nacht, als wäre die Erinnerung an ihre amouröse und ihre politische Initiation das wahre Motiv ihrer periodischen Treffen. Sie erholten sich, sie bekannten sich und kehrten darauf zu ihren eigenen privaten Leben zurück, mit dem Lächeln auf Halbmast – die noch nicht ganz erkaltete Asche der vorletzten Freuden des Beisammenseins nach Tisch, in die Länge gezogen mit dem resignierten Einverständnis der Kellner Chez Pipò.
Etwa um den zweiten Gang herum begann das Treffen mich zu ermüden, und nachdem ich mit wankendem Enthusiasmus an den verbalen Gefechten teilgenommen hatte, zog ich

mich zurück und betrachtete sie von der Nachhut her, von meinem Stuhl, wie Affen im Käfig ihrer eigenen Erinnerung, und ließ meinen voyeuristischen Impulsen freien Lauf. Bis zu jenem Abend waren meine Augen relativ desinteressiert über sie hinweggegangen. Die anderen kannte ich auswendig, und ich frequentierte ihre sichersten Winkel mit dem Selbstvertrauen eines äußerst erfahrenen visuellen Anfassers. Mein Blick konnte das Gewicht jeder einzelnen Brust berechnen oder den Code ihrer Blicke dechiffrieren, mit denen sie die fremden Ehemänner taxierten, auch mich selbst, geistige Spiele der Untreue nach Tisch, die bis auf eine begrenzte persönliche Erfahrung nicht weiter gingen, soweit mir bekannt war. Die Ausnahme war bis dahin die Rothaarige gewesen, Silvia Masdeu, zwei Wochen nach einem jener abendlichen Essen, es ist zwei Jahre her, als sich unsere Füße unter dem Tisch trafen und sich mein rechter Schuh aus echtem Pekari-Leder die Unterseite ihrer sommersprossigen Beine emporarbeitete, die sich immer mehr öffneten, bis er an die Stuhlkante stieß. Da schob sie den Körper vor, ohne mich anzusehen, damit der Fuß an den geheimen Gipfel gelangte, und in Erwiderung ihrer Artigkeit schlüpfte ich aus dem Schuh, und mein Fuß mit dem wollenen Strumpf gelangte an das enge Portal zu der notleidenden Stadt, und mehrmals pochte er an, mit den selbstverständlichen Entschuldigungen eines so plumpen Anhängsels, die sie mit einem Lächeln im Mundwinkel akzeptierte, das mich unvermittelt den verschleierten Augen und den rosa angemalten Lippen aussetzte, die eine leicht verruchte Linie beschrieben.

Tage später entdeckte ich, daß sie keine Kontrolle über ihr erotisches oder ihr sexuelles Mienenspiel hatte, obwohl es grausam gewesen wäre, von ihr zu verlangen, sich dessen bewußt zu sein, denn von allen Arten des Mienenspiels ist dies die am wenigsten und unvollkommensten geübte. Sil-

via Masdeu verfügte über dasselbe Lächeln für den Flirt wie für den Orgasmus, Beweis genug für eine tiefgehende Unschuld, die sie hinter einer zarten Maske der Verderbtheit zu verbergen trachtete. Sie hatte einen festen Körper und ein gymnastisches Becken, wodurch der Beischlaf mit ihr, wie ich fand, etwas von Unterleibsübungen an sich hatte, ihr Schweiß und der meine garantiert, wobei ihrer ein viskoser, sirupartiger Schweiß war, der die Falten ihres Bauches in ein Weizenfeld verwandelte, durch das ein Regen fast wie aus Öl gefahren war, der es hatte feucht werden lassen. Ich nutzte die erste Äußerung ihres Schuldkomplexes, um ihn mir zu eigen zu machen und mit ihr Einigkeit darüber zu erzielen, daß unrecht war, was wir taten, sie ihrem Mann und ich meiner Frau. Und als sie zu mir sagte: »Manchmal, wenn ich mich im Spiegel sehe, könnte ich ihn zerschlagen«, schloß ich die Augen und flüsterte: »Ich auch.«
Und ich hielt weiter die Augen geschlossen, denn ich wußte, wenn ich sie öffnete, erwarteten mich die ihren, die mich um eine Widerlegung baten, um moralische Entwaffnung. Ich tat es nicht, und die Moral verwandelte sich in eine Zyste im Gehirn, die für den Rest des Abends jede Leidenschaft unmöglich machte, ebenso eine neue Verabredung. Dieser moralischen Zyste verdankten wir es, daß später bei unseren Treffen weder Groll noch Scham zum Ausdruck kamen, sondern im Gegenteil das selbstzufriedene geheime Einverständnis von Menschen, die wir unseren jeweiligen Partnern kompromißlos treu waren.
Nicht immer setzten wir uns in derselben Tischordnung, und zuweilen hatte ich vor mir eine andere Beute, und ich kam sogar so weit, mit dem rechten Fuß aus dem Schuh zu schlüpfen und eine kurze Spähtrupp-Expedition in Marsch zu setzen. Aber die moralischen Unannehmlichkeiten der ersten Erfahrung veranlaßten mich zum Rückzug, obwohl ungeschickte Zusammenstöße von Füßen mir zeigten, daß

dieser Weg nicht von vorneherein verboten war und daß Männer und Frauen einen Jagdinstinkt nach, über und unter Tisch haben; über dem Tisch die Augen und darunter die Füße. Erst als ich sie zum Gegenüber hatte, die Bernsteindame eben, funktionierte die mysteriöse Kommunikation zwischen meinem Kopf und meinem Fuß nicht, auch wenn ich nicht aufgehört hätte, das Warum zu analysieren, um den Grund darin zu finden, daß ihr Körper und ihr Gesicht die Semiotik der Unbestimmtheit und der Unlust selbst waren. Sie hatte den starken Knochenbau einer stattlichen Frau, war aber schlank wie eine Frau ohne jeden Appetit. So weiß, daß die Venen durchschimmerten. Brüste, die bis auf die Taille herabfielen, obwohl man erahnen konnte, daß dies an ihrem tatsächlichen Gewicht lag und nicht an einer Täuschung durch den Stoff. Etwas konturlose Arme, und im Gesicht eine Reihe heller und wenig ausgeprägter Vagheiten, unter Haar, dessen Farbe irgendwo zwischen Blond und Braun lag: Bernstein. Und sie war vollkommen aus Bernstein. Nicht golden wie die Göttin der mythisierten Jugend, nicht braun wie die besten unter den reifen Liebhaberinnen, nicht dunkel wie die Sexualathletinnen der erfreulichsten Träume. Zu ihr gehörte die halbe Farbe, das halbe Lächeln, die halbe Neugierde, und ihre entschieden hellen Augen schweiften über die Tischgefährten, dazu das halbe Lächeln des kleinen Mundes als einzige Sprache einer schweigenden Frau. Wenn meine Kühnheit gegenüber Silvia auf jenem Munde beruhte, der in der Lage war, Verruchtheit zu signalisieren, wurde sie bei der Bernsteindame durch das Übermaß des Eindrucks der Abwesenheit und Tugend gereizt. Entweder ist sie blöde, sagte ich mir, oder sie hat geheime Saugnäpfe, mit denen sie uns in ihren Sog zieht, ohne daß wir es bemerken, und jetzt, gerade jetzt, da sie ihre Augen über meine Gestalt wandern läßt und sie mir aus einer kurzsichtigen Entfernung zulächeln, stellt sie sich vor, wie

ich, hart geworden, machtvoll über sie komme, wie der Alptraum eines jungen Mädchens, das davon träumt, wie es überfallen wird. Wir hatten genug getrunken, daß ein Ausflug meines Fußes schlicht ein alkoholischer Ausrutscher sein mochte, der entschuldbar war, und wenn sie gerufen hätte: »Was macht dieser Verrückte denn da!« hätte sie das mit singender, amüsierter Überraschung getan, an der die anderen ihre Freude gehabt hätten, denn ich hätte meinen Fuß unter der Tischdecke hervorgezogen und ihn als meinen Lieblingsstummel vorgestellt. Schließlich und endlich ist ein Fuß mit Socken nicht viel mehr als ein Stummel.
Aber nichts von alledem geschah. Mein kleiner Spähtrupp traf auf eine taugliche und stramme Wade und fand schnell einen glatten, warmen Schenkel, der Raum ließ, daß der Fuß sich überall auf ihm bewegen konnte, und fast ohne auf dem Stuhl die Sitzposition zu verändern, rutschte der Körper der Bernsteindame nach vorne und meiner Fußspitze kam ein Geschlecht entgegen, das von einem Höschen bedeckt wurde, dem der duftende Dampf der Begierde entströmte. Während meine Zehenspitzen in einem Morserhythmus, der reiche Ernte verhieß, auf die schwellende Frucht der Vulva einklopften, die immer mehr von der Angegriffenen zur Angreifenden wurde, war mir, als stürzten meine Augen in den abgrundtiefen Schacht zum Wunderland, ohne daß ihr Gesichtsausdruck sich verändert hätte: Sie knabberte an einem trockenen Keks, mit der Unlust, mit der vorsichtige Frauen all das knabbern, was sie dick machen kann. Aber sie bestand aus nichts, und von seinem grundlegenden Material her wurde ihr Körper bisweilen erschüttert, weil mein Fuß sich so nachdrücklich einsetzte, und ihre Pupillen verengten sich bis zur Selbstvergessenheit, wenngleich sie mich nicht ansahen, sondern merkwürdig auf etwas oder jemanden konzentriert waren, das sich auf dem Tisch oder in seiner Umgebung befand. Später nutzte ich die Trennung

vom jeweiligen Partner beim Verabschieden und Aufbruch dazu, sie um eine Verabredung zu bitten, was sie nicht zu hören schien, so geistesabwesend oder auf etwas oder jemanden konzentriert war sie, das weder ich war noch mein Vorschlag. Vielleicht auf ihren Mann, der einen Weg zur Wagentür bahnte, wie ein Stempel, der auf eine Bittschrift gedrückt wurde. Als sie ihren Beifahrersitz einnahm, ließ mich die Bernsteindame ein langes Bein sehen, geformt wie die Sichel des Mondes, eines dieser unvergeßlichen Beine, die sich zwischen den Laken hervorstehlen und die tiefen Träume unfertiger Frauen verraten. Es war kein Bein aus Fleisch, sondern aus einem erotischen Traum (ein wenig krankhaft durch die spärliche aprioristische Erotik der Frau), das plötzlich offenbart wurde wie eine Seele, deren Sexualität verwunschen war oder aufgespart im Warten auf einen finsteren Piratenfürsten.

Das feuchte Eigenleben ihres verhüllten Geschlechts und jenes zum Träumen verleitende Bein verfolgten mich eine ausreichende Anzahl von Tagen hindurch, daß die Obsession sich verdichtete und in einen Manöverplan verwandelte. Ich verfolgte sie mit Telefonanrufen, die sie ignorierte, und wartete schließlich an der Tür ihres Hauses auf sie, ihres Sportstudios, der Schule ihrer Kinder, ihres Supermarkts, ihrer Masseuse, ihrer Schneiderin, ihres Heilpraktikers, ihres Kammerkonzerts: Bartok, Mompou, Cesar Frank. Und immer war es diesselbe Ausflucht, die alles in der Schwebe ließ, weder ein Ja noch ein Nein, das in ein vages Lächeln gefaßte Vielleicht, bis ich sie in ihrem eigenen Zweitwagen in die Enge trieb und in meinen Armen ein Skelett aus Wasser hatte, auf meinen Lippen einen Kuß mit dem Geschmack von Pfefferminzkaugummi ohne Zucker, den sie hinter irgendeinem Weisheitszahn verborgen hatte. Ihre Entschuldigungen waren in Wirklichkeit ein Hin- und Herschwanken zwischen unsinnigen Treueverpflichtungen: ihr Mann, ihre

Kinder, meine Frau, unsere Freunde, ihre Mutter, ihre Schneiderin, ihre Masseuse, Bela Bartok, allesamt in Argumente für das Überleben verwandelt, die sich mir aus Gründen, in denen Zeit und Moral sich vermischten, als widrig zeigten. Manchmal sagte sie mir nein, weil sie keine Zeit hatte, andere Male, weil das die Moral von ihr, von uns verlangte. Und wenn es mir gelang, sie mit meinen Fingern oder meiner Zunge zu erotisieren, dauerte die Verzauberung solange wie ein vergänglicher Sieg, und gleich darauf versteifte sich jenes Skelett aus Wasser wieder und entschlüpfte durch eine Bresche in meiner Umarmung. Bis eines Abends die glückliche Kombination eines trockenen Martinis, mit zuviel Gin für ihren Geschmack, und ein beharrliches Zwirbeln der mädchenhaften linken Brustwarze, das ich mir bei einer der Hin- und Herbewegungen eines übertrieben lachenden Körpers herausgenommen hatte, ihren Widerstand erlahmen ließ und sie in der Milchbar zu einer Statue wurde, die auf den Meißel des Bildhauers wartet und ihm bis in das Schlafzimmer des sagenumwobenen *meublé* folgt, wo es Spiegel in allen Himmelsrichtungen gibt, auch in der fünften, der des Himmels selbst. Ich konnte sie sogar ausziehen, wie jemand, der ein faules kleines Mädchen auszieht, und vor mir kam ein langer, schmaler Körper zum Vorschein, an dem die Brüste wie von einem anderen, runderen Körper dorthin verbannt und über ihre Anmaßung beschämt wirkten. Aber da waren sie, und ich spielte mit ihnen als einer dieser von der Brust Verstoßenen, als die wir Männer die Körper der Frauen suchen, mit dem Risiko, ihre Scham nicht zu sehen, ja sogar nicht einmal sie selbst zu sehen. Aber es genügte, sie zu bedecken, um von der Unschuld jenes unbestimmten Mädchengesichts gefangengenommen zu werden, in dem sogar noch die Ringe um die Augen zarte Pinselstriche waren und der Blick, wenn sie ihn denn zeigte, ein beunruhigender Vorgang überraschten

Wiedererkennens. Ich hielt für Stil, was vermutlich bloß Kurzsichtigkeit war, aber was ist der Stil anderes als der Kunstgriff, der andere Möglichkeiten des Seins und Befindens verbirgt?

Beide Male, die wir uns an jenem Abend liebten, stöhnte sie leise, ohne den Ton zu verändern, und nur ein Lächeln, das endlich vollkommen und offen war, zeigte mir den Orgasmus an, der dank meiner Fähigkeit erreicht war, die Lust durch turnerischen Eifer zu ersetzen. Mit der Zeit und dem Abstand habe ich sie der Rasse derjenigen Frauen zugeordnet, die einen langsamen, vaginalen Orgasmus haben und die einleitenden Maßnahmen aus Wohlerzogenheit hinnehmen und den Gebrauch und den Eifer der Zunge und der eigenen wie fremden Hände nicht verschmähen, aber als Ersatz für die grundlegende Wahrheit, und wenn sie ihr gegenübertreten, verlangen sie eine solche Ausdauer, daß nur ein Sexualathlet aus dem philosophischen Abenteuer mit dem verbürgten Lorbeerkranz hervorgeht. Zeit und Abstand verhelfen mir zu dieser Einschätzung, aber damals zog mich ihre Leichtigkeit so an, daß ich auf das Risiko hin, meinen eigenen, geheimen Rhythmen Gewalt anzutun, mich innerlich auf die Selbstzerstörung und auf das Elend vorbereitete, die dann die Folge sind, wenn die Lust die Potenz überlebt.

Sie zog mich an wie eine Heimat, und ich bat voll Scham bei ihr um Heimatrecht, ich sagte sogar, daß ich sie liebte, und besichtigte mehrere Wohnungen, die zur Vermietung oder zum Verkauf standen, um ein Liebesnest als provisorische Alternative einzurichten. Mein Engagement ging weit, es reichte bis hin zu dem Extrem, daß ich mir eine radikale Änderung meines Lebens vorstellte: Ich würde mir einen Bart wachsen lassen, wir würden in eine andere Stadt ziehen und mit neuem Partner unsere eigene Geschichte neu schreiben.

Es gab kein weiteres Schlafzimmertreffen, wohl aber eine

Reihe von Verfolgungsszenen und flüchtigen Kontakten, die ihr dazu ausreichten, mein Programm der Veränderung zu zerstören. Sie konnte sich mich nicht mit Bart vorstellen, sie konnte sich keine andere Stadt vorstellen, ohne ihren Mann, ihre Kinder, ihre Masseusen, ihre Kartenlegerinnen, ihre Supermärkte, und sie konnte ihre Geschichte nicht ändern, weil sie sich niemals bewußt gewesen war, daß sie eine eigene Geschichte besaß. Sie war von ihrer Mutter gleich zu ihrem Mann gekommen, und unterwegs hatte sie nicht einmal kurz aufgeschrien. Mit einem Mangel an Scham, der mir die Sprache verschlug, erzählte sie mir, wie sie in jener Hochzeitsnacht in einem Hotel beim Monasterio de Piedra die Jungfräulichkeit verlor. Fast ohne es zu merken. Und wie sie zum ersten Mal das Geschlechtsteil ihres Mannes in den Mund genommen hatte, als wenn sie damit die naive Anmaßung der gesamten männlichen Art bewiese.

»Kaum zu glauben, daß euch Männern so etwas gefällt.«

Obwohl sie es ohne Groll sagte, vielleicht mit einem gewissen Mitgefühl für jene seltsamen Tiere, die vergebens versuchen zu wachsen, aus sich selbst herauszutreten, mit Hilfe derart unzuverlässiger Anhängsel, wie es die Zunge oder der Penis sind. Sooft ich ihr ein intimes Zusammentreffen vorschlug, setzte sie konkrete Ausflüchte dagegen: »Ich habe meine Tage.«

Oder so abstrakte wie: »Mein ältester Sohn ist auf einem Ausflug.«

Sie konnte mit niemandem ins Bett gehen, wenn eines ihrer Kinder fern von zu Hause war, gestand sie mir. Nicht einmal mit meinem Mann, fügte sie hinzu. Und beide Enthüllungen machte sie mir nach einer hartnäckigen logischen Belagerung meinerseits, die sie von der Abstraktion bis zu ihrer Ursache brachte, aber mit so offensichtlichen Ermüdungserscheinungen, daß sie schließlich über sich selbst und über mich verärgert war und die Ausrede, sich frisch machen zu wollen, dazu benutzte zu verschwinden. Vergeblich versuchte ich, sie zurückzugewinnen, und wenn es nur für ein paar Berührungen in der Milchbar war: Sie entschlüpfte mir durch die Telefonschnur wie der dünnste aller Aale, und schließlich ging sie nicht einmal mehr ans Telefon, in einem vergeblichen Versuch, aus meinem Leben zu verschwinden. Ich wußte, daß sie zu mir zurückkehren würde, und wenn es nur aus Anlaß der regelmäßigen Treffen der Ehepaare war: einmal jeden Monat oder alle sechs Wochen, und ihr Charakter einer passiven Frau gestattete mir vorauszusehen, daß sie nicht fähig sein würde, ihren Mann bei einem jener Anlässe im Stich zu lassen, die ihrem gesellschaftlichen Leben eine Daseinsberechtigung gaben. Und so war es. Blaß und in Blaßrosa, ihre Blondtönung eine Idee heller und ihre feuchten und unsteten Augen noch feuchter und unsteter, der kleine enttäuschte Mund in einem Rot angemalt, das beinahe keines war. Dann, als es Zeit war, sich einen Platz am Tisch zu suchen, machte ich mich bereit, mich in ihre Nähe zu setzen und dafür jede List anzuwenden, die erforderlich sein mochte. Aber es war nichts zu machen. Es war sie, die sich mir gegenüber setzte, in einer eindeutigen Hingabe oder Wiederholung der Anordnung aus der Nacht meiner Zudringlichkeiten, und sobald sie saß, versenkte sie sich mit dem gleichen lustlosen Appetit in das Ritual des Soupers und ließ ab und zu auf mir einen Blick kurzsichtigen Erkennens ruhen. Während der Vorspeise schwankte ich zwischen dem Entschluß, als gegeben anzunehmen, daß wir von einem Grad der Intimität ausgingen, der jegliche heimliche Berührung lächerlich macht, oder aber wieder ganz von vorne zu beginnen, ein weiser Ratschlag, der sich in diesem Falle als rätselhaft erweisen sollte, durch die Entdeckung, daß in eben diesem Anfang das Ende lag. Also streifte ich den Schuh von meinem rechten Fuß und setzte dem Wohl und Wehe unter dem Tisch mein Anhängsel aus,

das in einem dünnen Socken aus schwarzem Garn steckte, den ich für alle Fälle in harter Konkurrenz zu einem Wollsocken ausgewählt hatte. Angenommen, es kam zu einer heimlichen Berührung, würde die Wolle von dem anderen Geschlecht dankbar begrüßt, aber sie ist eine Faser, die Tastempfindungen nur schlecht vermittelt, und das Garn dagegen ist wie eine Haut, die so auf der eigenen klebt, daß sie ihnen nicht hinderlich ist. Ich sondierte das Terrain für einen Fehltritt, was nicht unbeachtet blieb. Dann suchte ich die Beine und fand sie geschlossen, aber es genügte, daß die Fußspitze ihre Absicht andeutete, einen Keil dazwischen zu treiben, damit sie sich öffneten und ihr Körper mit Vorbedacht nach vorne rutschte, die Galionsfigur bereit für das Entermanöver. Und ungezügelte Wollust war es, die mich den Zusammenstoß beschleunigen ließ, und da war mein Abgesandter, klopfte an die Pforte, ließ sie größer werden, bis sie eine Wärme und einen Grad an Schwellung erreicht hatte, die jene durch die Tischbeine begrenzte Unterwelt in einen Tiegel verwandelten, in dem die Dame und ich ein bernsteinfarbenes Feuer entfachten. Erregt, aber betrübt beendete ich die Vorstellung, voll Hoffnung angesichts der Möglichkeit, daß alles von vorne anfangen mochte, ohne mir ein Entgegenkommen vorzumachen, im Gegenteil, ich mutmaßte eine Wiederaufnahme des Spiels von Belagerung und Flucht, bis ich bei dieser unfertigen Frau eine grundlegende Überwindung erreicht hätte.
So kam es nicht. Sie ging nicht ein einziges Mal ans Telefon. Genausowenig gab sie mir Gelegenheit, ihr zu folgen, indem sie zu Zeiten aus dem Haus ging, von denen sie wußte, daß sie für mich unmöglich waren, woraus ich schloß, daß es grotesk gewesen wäre, die Belagerung fortzusetzen, und den Fall in dem voluminösen geistigen Ordner ablegte, wo all das ruht, was hätte sein können und nicht war. Fast hatte ich mich schon mit diesem Ausgang abgefunden, da ergab

sich die Herausforderung des rituellen Treffens, und ich ging dorthin, darauf gefaßt, in Gesellschaft eines Kadavers der Gefühle und der Moral zu Abend zu speisen, den ich mit der Bernsteindame teilte. Ich suchte weder ihren Blick noch ihren Körper, aber als ich mich setzte, sah ich überrascht, daß sie wieder direkt vor mir Platz nahm und das Spiel wiederholte, auf meinen Hinterhalt zu warten und auch wieder nicht darauf zu warten. Ich hielt mich während der Vorspeise und einem Gutteil des zweiten Ganges zurück, bis ich sie dabei ertappte, daß sie nervös wurde, verunsichert, mir zweifelnde und bedauernde Blicke zuwarf und schließlich den Körper nach vorne schob, wie um die Attacke herauszufordern, die sie nicht traf. An jenem Abend trug ich Baumwollsocken, die für diese Art Abenteuer weniger empfehlenswert sind, da sie weder den anderen Teil in Wallung bringen wie die Wolle, noch ihn so nahe bringen wie das Garn. Aber es gab keine andere Möglichkeit, und mit blinder Wut stürzte ich mich in den Angriff; mein Fuß verharrte verblüfft für einen Moment ziellos, als er feststellte, daß sie kein Höschen trug, und da war, weicher und faseriger denn je, das frei daliegende Schamhaar fast knisternd, das obskure Objekt meiner Begierde. Sobald sie merkte, daß ich ihre Gabe voll Liebe und Sex ergründet hatte, schenkte sie mir ein verschwörerisches Lächeln wie vom Ende eines Films voller Zärtlichkeit oder einer jugendfreien Geschichte, allem Anschein zum Trotz. Da begriff ich, daß wir so für immer aneinandergekettet waren. Jeden Monat, alle sechs Wochen würde mein Fuß die kürzeste Strecke zwischen zwei Punkten zurücklegen: zwischen ihrer Begierde und meiner, und das würde alles sein, solange das Leben uns gestattete, mit diesen gemeinsamen Essen der Ehepaare fortzufahren, und die Beweglichkeit meiner Gliedmaßen jene komplizierte Untertisch-Gymnastik ermöglichte. Sie würde es immer einfacher haben. Ich dagegen liefe mit den Jahren Gefahr, o ewige Eigenart des Mannes, nicht etwa nicht mehr auf der Höhe, sondern nicht mehr in der erforderlichen Distanz der Ereignisse zu sein.

JAVIER GARCÍA SÁNCHEZ

DIE HÄNGEMATTE ZWISCHEN DEN LINDEN

Die sinnliche Atmosphäre des Gartens ließ Ana tief einatmen, so als wolle sie die Luft kauen. Seit einigen Minuten wiegte sie sich leicht und kokett in ihrem Korbsessel. Sie fühlte, daß man sie ansah. Es war ein mechanisches und zugleich angespanntes Schaukeln. Sie glaubte den Grund zu kennen, obwohl sie mit aller Macht versuchte, ihn aus ihrem Bewußtsein zu verdrängen. Der Duft des Jasmins und der Orangenblüten schien sich mit dem Geräusch des nahen Baches zu vermischen, was der Umgebung eine Atmosphäre seltsam verzauberter Magie verlieh, in der sich das erste Dämmerlicht bereits der Sinne bemächtigte, während es zugleich die Langeweile schöner und erträglicher machte.
Sie warf den Kopf in den Nacken und ließ ihr langes schwarzes Haar in einer sanften Brise schaukeln. Sie streckte die Beine aus und schlug sie gleich darauf wieder mit Bedacht übereinander. Ihre großen, grünen, mandelförmigen Augen überflogen den Garten von einem Ende zum anderen. Es war seit langem der erste Augenblick, wo man sie in Ruhe gelassen hatte. Und sie, die Muse, die unzugängliche Göttin in ihrem Freundeskreis, vibrierte jetzt in einer Art steriler Schläfrigkeit.
Alberto, ihr Mann, war mit dem Rest ihrer Freunde zum Weinkeller gegangen, der auf der Rückseite des Hauses, beim Brunnen und einem kleinen Pinienwäldchen, gelegen war. Ein paar Meter von ihr entfernt lag Jaime ausgestreckt in der Hängematte, die an die Stämme der beiden riesigen

Linden gebunden war. Sie betrachtete ihn aufmerksam. Der Wohlgeruch des nahen Rosenstrauches drang ihr von der Nase bis hinunter in die Kehle. Sie wußte, daß dieser Mann sie seit langen Jahren begehrt hatte. Beinahe schon seit dem Augenblick, da Cristina, ihre beste Feundin, ihn ihr eines schönen Tages in einem Straßencafé in Pedralbes mit den Worten vorgestellt hatte: »Das ist Jaime. Er schreibt Gedichte, weißt du.« Woraufhin Ana, instinktiv und ohne im geringsten auf die Gegenwart des Mannes zu achten, ihre Freundin in einem halb sarkastischen, halb inquisitorischen Ton fragte: »Ja, aber *wovon lebt er?*« Das sollte die Beziehungen zwischen beiden für alle Zeiten prägen, obschon es stimmte, daß irgend etwas an der Erscheinung von Cristinas Freund sie von Anfang an gereizt hatte. Ihre Aufmerksamkeit wurde erregt durch diese vorzeitige und ausgeprägte Kahlköpfigkeit, trotz seiner Jugend, sowie von der unverschämten Art, die Jaime Frauen gegenüber an den Tag zu legen pflegte. Ihr gefiel dieser forschende und im schlechtesten Sinne des Wortes maskuline Blick ganz und gar nicht. Dennoch, in seltenen Momenten, in sehr seltenen Momenten erregte dieses dunkle, maskuline Etwas an Jaime, dieses schmutzige und anmaßende Etwas bei ihr eine gewisse Neugier, die gelegentlich ihren Ausdruck in einer seltsamen Unruhe fand, die sie nicht unter Kontrolle bekam.

Sie verbrachten nun schon einige Tage in dem Landhaus der Familie Llauradó, das Anas Großvater hatte erbauen lassen. Sie begann eine unerklärliche und andererseits gefährliche Lust auf ein Spiel zu verspüren. Auf ihre Art von Spiel. Gerade so, wie sie es nur bisweilen zu spielen beschloß. Sie bemerkte, daß die Temperatur ihres Blutes um einige Zehntel anstieg. Es geschah ganz plötzlich. Erneut blieb ihr Blick auf Jaime haften. Sie zog sich zum Tisch zurück, um einen weiteren Schluck von ihrem Bourbon zu nehmen. Es war ein tiefer, heftiger Schluck, und sie zuckte nicht mit der Wimper.

Ja, sie wußte nur zu genau, was das bedeutete, was sie jetzt spürte. Sie griff nach der Schachtel Zigaretten und nahm mit größter Vorsicht eine heraus, so als handele es sich um eine hochexplosive kleine Bombe. Sie betrachtete sie eingehend von der Spitze bis zum Filter, so als würde sie in jenem kleinen Zylinder die Erklärung für die Unruhe finden, die ihren Rücken peinigte. Dann wandte sie den Blick ab, hin zu dem goldenen Feuerzeug, das ihr Alberto zu ihrem fünften Hochzeitstag geschenkt hatte, eines jener Modelle, die jemand wie Mónica einfach nicht benutzen würde, aus Furcht, es zu verlieren. Langsam streckte sie die Hand aus, bis sie die Oberfläche des Feuerzeugs berührte. Ihre Fingerspitzen tasteten seine Kanten ab. Der Alkohol, den sie zu sich genommen hatte, bewirkte, daß ihr Tastempfinden besonders intensiv war. Jetzt erst begann sie seine Auswirkungen richtig zu bemerken. Trüber Blick, schwere Knie, trockene Kehle und eine verräterische Nervosität, die sich in ihrem Magen festgesetzt hatte. Plötzlich und ohne zu wissen, welch sonderbare Kraft sie bewegte, sah sie sich wie von einem warmen Luftstrom getrieben vorwärts gehen. Sie hielt die Zigarette in der Hand, und ihre Schritte nahmen Kurs auf die Hängematte. Sie ging mit einer einzigen Idee im Kopf, und allein schon das Bewußtsein dieser Idee verursachte ihr ein starkes Schwindelgefühl. Dennoch konnte sie nicht stehenbleiben. Ebensowenig sah sie den Mann, der dort lag. Nur die Hängematte und die feierliche Silhouette der Linden. Nicht einen Augenblick lang schaute sie zu den anderen, die sich inzwischen über den Garten verstreut hatten, wo sie weiter Boule spielten. Als sie kurz vor der Hängematte war, verlangsamte sie ihren Schritt. Sie ließ die Füße beinahe über den Boden schleifen. Das war der Augenblick, wo Jaime gewahr wurde, daß sie sich neben ihm befand. Er machte ein überraschtes Gesicht. Es war das erste Mal in all diesen Tagen, daß Ana sich auf so direkte Weise an ihn wandte. Bislang hatte sie ihm nur ihre Geringschätzung gezeigt, auch vor den anderen, oder sie hatte ihn zumindest ignoriert. Ana sah ihm in die Augen, dann auf den Mund. Sie führte die Zigarette an die Lippen,während sie sich gleichzeitig mit zur Seite geneigtem Kopf eine Haarsträhne aus dem Gesicht strich. Die Flamme in ihrem Inneren wurde zusehends stärker. Sie sah ihm weiter direkt in die Augen und fragte: »Hast du Feuer?«

Ihre Stimme hatte leicht vibriert, als sie es sagte. Jaime brauchte mehrere Sekunden, ehe er reagierte. Dann fuhr er mit der Hand in seine Hemdentasche und zog nicht ohne einige Schwierigkeiten ein Feuerzeug hervor. Er hielt ihr die Flamme hin, und Ana kam mit dem Gesicht noch näher, wobei ihre Hände die von Jaime leicht berührten. Ihre Pupillen blieben weiter fest und provozierend auf die des Mannes geheftet, der sie nun verblüfft ansah.

»Danke, du bist sehr *liebenswürdig*«, murmelte sie und blies den Rauch in einer Weise aus, daß die Rauchwolke geradewegs auf Jaimes Gesicht traf.

Sogleich machte sie auf dem Absatz kehrt und begab sich auf den Weg zum Haus. Sie begann mit langsamen Schritten zu gehen, obwohl sich ihre Knie geschmeidig bewegten. Instinktiv preßte sie die Gesäßbacken und die Schamgegend zusammen, in dem Bewußtsein, daß Jaime bei ihr genau auf diesen Bereich schaute, daß er sie noch immer mit der Dreistigkeit und Sicherheit desjenigen beobachtete, der sich herausgefordert fühlt und dessen Eitelkeit im Begriff steht überzuschäumen. Es war nicht nötig, daß sie sich unverhofft umdrehte, um das bestätigt zu finden. Sie spürte es für kurze Augenblicke auf ihrer verschwitzten Haut, an der Schwerelosigkeit der Atmosphäre, an dem aufwühlenden Stechen, das sich von Sekunde zu Sekunde in ihren Eingeweiden ausbreitete. Sie ging, ohne sich umzudrehen und stieg die Stufen hinauf, wobei sie sich erneut das Haar nach hinten strich.

Sie tat dies mit einer Gebärde einstudierter Koketterie, die sie je nach den Umständen bewußt oder unbewußt anwandte, seit sie noch ein kleines Mädchen war. Jetzt ging es nur noch darum zu warten.

So im Halbdunkel des Flures verborgen verharrte sie einige Sekunden lang.

Die Zigarette war zur Hälfte heruntergebrannt, als sie Schritte hörte, die die Stufen heraufkamen. Dazu ein nicht zu identifizierendes Hüsteln. Sie überlegte nicht eine Sekunde. Sie lief durch den Flur in ihr Zimmer, nicht ohne dafür zu sorgen, daß die Tür angelehnt blieb. Sie drückte das, was von der Zigarette noch übrig war, in einem Keramik-Aschenbecher aus, und öffnete schnell den obersten Knopf ihrer Bluse. Der Kontakt des Unterarms mit einer ihrer Brüste verstärkte noch jenes angenehme und schwindelerregende Gefühl, das sie nun wohlig erfüllte. Dann ging sie zum Fenster und stieß es jäh auf. Ihre Hände blieben verschränkt auf der Innenseite der Fensterbank liegen, auf die sie sich stützte. Das Pochen ihres Herzens beschleunigte sich immer mehr.

Sie konnte das Atmen von Jaime hören, dort, ganz dicht bei ihr, genau in der Zimmertür. Er hatte gleich reagiert. Sie wandte sich um und sah ihn mit gespieltem Erstaunen an. Ihre Zunge leckte flüchtig über ihre Unterlippe.

»Hallo«, versetzte Ana schlicht.

Jaime antwortete nicht. Er blickte sie mit animalischer Intensität an. Er begann, in einer unheilverkündenden Haltung auf sie zuzugehen. Das Geräusch seines Atems wurde lauter, und Ana fühlte, wie ihr ein Schauer über den Rücken lief. Aus dem Garten drangen Stimmen und Gelächter herauf. Es bestand kein Zweifel, daß Jaime das Spiel ganz genau verstanden hatte, obwohl Ana wirklich von der Schnelligkeit überrascht war, mit der er sich zum Handeln entschloß. Die Bitte um Feuer war eine Andeutung gewesen. Im Höchstfall eine Herausforderung, aber keinesfalls ein eindeutiger Wink. Oder vielleicht doch. Sie wußte es nicht mit Gewißheit. Sie merkte nur, wie sie immer feuchter wurde. Ein leichtes, aber hartnäckiges Zittern ihrer Fußknöchel ließ ihr bewußt werden, daß sie nicht ihre ruhige Überlegung verlieren durfte, oder das Ganze würde in einer Katastrophe enden. Allerdings war sie diejenige, die diese Katastrophe heraufbeschworen hatte. Sie wußte nicht genau, warum sie es getan hatte, aber das war auch egal. Nichts und niemand schien in der Lage, Jaime aufzuhalten. Seit etlichen Jahren wartete er schon auf diese Gelegenheit. Sein halb geöffneter Mund, die geballten Fäuste und der Glanz seiner Augen verrieten, daß er schwerlich Vernunft annehmen würde. Nun galt die Herausforderung also ihr.

»Hallo«, wiederholte Ana mit einem beiläufigen Lächeln.

»Du machst mich verrückt, du Drecksau... vollkommen verrückt«, stieß er keuchend hervor, als habe er Anas Begrüßung nicht gehört.

Dieses anstößige Wort brachte sie in Rage. Instinktiv schob sie die Hände in die Hosentaschen, in einer Geste, die ihr eher das Gefühl von Schutz geben sollte, als daß sie Ausdruck ihrer Nervosität war. Sie konnte nicht zulassen, daß irgend jemand in ihrer Gegenwart auf diese Art redete.

»Deine Manieren eines frustrierten Dichters sind ekelhaft, mein Lieber.«

Sie hatte versucht, während sie das sagte, die Haltung zu bewahren; gleichzeitig strich sie all ihr Haar nach einer Seite. Ana wurde sich dieser Geste überdeutlich bewußt, ebenso der Tatsache, daß so ihr Hals sichtbar wurde und völlig schutzlos war. Aber es war bereits geschehen. Auch Jaime schien die Bewegung, die Anas Hände nur den Bruchteil einer Sekunde gekostet hatte, nicht entgangen zu sein. Nun schien sich seine gesamte Aufmerksamkeit auf dieses Stück ihrer makellosen Haut zu konzentrieren. Zwei Adern auf

diesem winzigen Gletscher unerfüllter Begierden traten straff hervor.
Unvermittelt fühlte sie sich bei den Ellbogen gepackt und mit Gewalt an Jaimes Brust gezogen. Ihr blieb nicht einmal Zeit zu protestieren. Ihr Mund stieß heftig gegen seinen, dessen Lippen sich wie besessen auf die ihren preßten. Ein Gefühl, das dem Ekel glich, schoß durch ihr Blut, als sie diese Art Saugnapf spürte; ihr war, als ob man ihr eine Nadel in das Rückgrat stieße. Für einen Moment merkte sie, wie ihre Knie nachgaben. Sie versuchte, sich von diesem Körper zu befreien, der Wollust verströmte, aber es gelang ihr erst, nachdem sie sich eine ganze Zeit mit den Armen dagegen gestemmt hatte. Endlich schaffte sie es, ein paar Zentimeter von ihm fortzukommen, und sie stammelte hastig: »Es wird gesagt, wenn man einen Kuß bekommt, der einem gefällt, steigt derPulsschlag auf einhundertfünfzig, achtundzwanzig Muskeln des Körpers fangen automatisch an zu arbeiten, und vier Herzklappen pumpen mehr als einen Liter Blut...« In diesem Moment verschluckte sich Ana, doch es gelang ihr fortzufahren: »Ich dagegen habe absolut nichts gespürt. Hast du gehört, du Schwein? Nichts. Ich bin immer noch kalt wie ein Eiszapfen...«
Trotz des beißenden Tons, in dem sie ausgesprochen wurden, trafen ihre Worte nicht zu. Sie zitterte vor Wut, aber auch vor Verlangen, das mit Abscheu gemischt war. In jedem Falle erkannte sie, daß das, was sie da eben gesagt hatte, ein weiterer Fehler war, der die blinde Wut des Mannes, den sie vor sich hatte, nur noch weiter anstacheln würde.Ihr wurde außerdem bewußt, daß es sich um eine neue Provokation handelte, damit Jaime mit dem fortführe, was er bis zu diesem Augenblick erst halb begonnen hatte. Anas Mund war leicht bläulich verfärbt und seine Konturen gerötet. Sie hatte ein gewisses verächtliches Lächeln aufgesetzt, das zugleich ihre offensichtliche Furcht vor der vorherseh-

baren Reaktion des Mannes nicht verbarg. Er hatte sie gegen die Wand gedrängt, aber plötzlich machte er eine Gebärde, die sie aus der Fassung brachte. Mit einer raschen Bewegung näherte er sein Gesicht dem ihren und fuhr ihr mit der Zunge über die Lippen, die Nase und die Augen, während er sie mit der Brust immer mehr in die Ecke drängte.

»Gefällt dir das, du miese Hure?« keuchte er.

Diese Worte hallten wie Donner in ihren Ohren wider. Viele Menschen mochten das von ihr gedacht haben, aber nie hatte irgend jemand gewagt, es auszusprechen.

Ana dachte, ihr würde übel. Fast hätte sie die Berührung jener Zunge erbrechen lassen, die ihr über das Gesicht glitt wie ein Aal im Todeskampf, den man gerade aus dem Wasser zieht. Und dennoch spürte sie weiterhin ein verzehrendes Feuer in ihren Eingeweiden. Sie war unfähig, ein Wort hervorzubringen. Jaime hatte ihr sein Knie zwischen die Beine gezwängt, auf die Schamgegend, bewegte es hin und her und übte dabei einen starken Druck aus. Ohne zu wissen wie, fing Ana an zu sprechen. Sie war sich ihrer Worte bewußt, und dennoch klangen sie ihr so, als spräche jemand anderes: »Tu das nicht wieder, du widerliches Schwein...«

Erneut entlockte ihr die Zunge ein wütendes Aufschluchzen, während sie zugleich mit dem Gesicht zurückzuckte, um sich nicht mit Speichel zu beschmieren.

Dieses Mal allerdings schoß Anas Hand wie ein Blitz auf Jaimes Gesicht zu. Die Ohrfeige war gewaltig und landete genau unter dem Ohr. Nie zuvor hatte sie irgend jemanden geschlagen. Sie selbst war die erste, die über ihre Handlung bestürzt war. Und wenn sie im ersten Moment noch die Absicht gehabt hatte, sich zu entschuldigen, gelangte sie angesichts des unverschämten Lächelns von Jaime, der sich über die in Mitleidenschaft gezogene Wange strich, nach wenigen Sekunden zu der Überzeugung, daß ihre Sache bereits verloren war. Dennoch begann sie zu reden, in einem verzweifelten Versuch, diesem Sturmwind womöglich doch noch mit Worten Einhalt zu gebieten. Außerdem konnten sie jeden Augenblick gesehen werden. Sie dachte sogar daran, Jaime gegenüber zu erwähnen, was seine Freundin Cristina ein paar Stunden zuvor mit Ramiro im Bad gemacht hatte. Es hätte ihm überhaupt nicht gefallen, ganz besonders, da Ramiro seit Jahren Jaimes bester Freund war. Aber gerade die Erinnerung an diese Bilder ließ die Worte wie Butter in ihrer Kehle schmelzen.

»Du weißt ja nicht, was du tust, du Idiot...«, flüsterte sie ihm bloß zu, während sie sich mit einer Hand über die Lippen rieb, wie um die Reste von Speichel loszuwerden, die es dort gab.

»Und ob ich weiß, was ich tue, du Dirne. Ich werde dich in den Hals beißen«, drohte Jaime, der schon wieder über sie gekommen war.

Ana merkte, wie sie bleich wurde. Ein Adrenalinstoß schüttelte sie durch und durch, von Kopf bis Fuß. Aber in diesem Gefühl waren jetzt mehr denn je Zorn und Lust in chaotischer Harmonie vereint. Es gab kein Entrinnen. Ihr blieb nur noch der verzweifelte Versuch eines Ausbruchs, obwohl sie ebenfalls mehr denn je daran zweifelte, ob dies wirklich dasjenige war, was sie sich wünschte. Sie konnte ihn nur bremsen, indem sie in der Sprache dieses lüsternen Besessenen redete. Da waren in der Nähe Stimmen zu hören, die aus dem Garten kamen. Sie mußten schon dicht bei dem Fenster sein, auf das sie sich aufstützte.

»Und warum nicht gleich in die Fotze? Dann hast du wenigstens mal ein paar Haare auf dem Kopf...«

Der Schluß des Satzes blieb ihr in der Kehle stecken. Es entstand eine Grabesstille, die man mit Händen greifen konnte. Zu ihrem Entsetzen hatte *sie* das gesagt. Sie spürte, wie die Scham sie wie ein Peitschenhieb traf und auf ihr lastete, so daß ihre Beine wieder gefährlich schwach wurden. Beinahe wäre sie in hysterisches Gelächter ausgebrochen, aber sie beherrschte sich. Das war ja obszön. Ein viel obszöneres Wort als das von Jaime. Es war aus ihrem Innern gekommen, aus ihrem Unbewußten, mit der Geschwindigkeit und der Präzision eines Projektils, vielleicht weil es schon seit langer Zeit in ihr nistete. Niemand hätte sich Ana Llauradó vorstellen können, wie sie sich auf derart ordinäre Weise ausdrückte, und deshalb war sie selbst am meisten überrascht, kaum einen Sekundenbruchteil nachdem sie gesprochen hatte. Sie war furchtbar bestürzt. Für einen Augenblick vergaß sie sogar Jaime und dachte voller Grauen an die Möglichkeit, daß irgend jemand sie gehört haben könnte.

»Das werde ich tun...«, hörte sie Jaimes Lippen sagen, aber in diesem Moment wußte sie nicht genau, worauf er sich bezog. Gleich darauf merkte sie, wie ihr schwarz vor Augen wurde und der Boden unter ihren Füßen verschwand und sie dabei in eine Art Strudel zog.

Diese grobschlächtigen Hände, die sie mit Gewalt bei den Ellbogen packten, rissen sie wieder in die rauhe, wenngleich erregende Wirklichkeit zurück, die sie gerade durchlebte. Es waren in Wahrheit sehr unpoetische Hände. Sie hätte es ihm so gesagt: »Wie wenig lyrisch deine Hände doch sind«, aber erneut blockierte ein heftiges Schwindelgefühl auf der Stelle ihr Sprachvermögen. Vergebens versuchte sie zu protestieren und sich loszumachen. Sie war wie eine Marionette, die vom Wind durchgeschüttelt wurde. Der Druck dieser vor Lüsternheit überschäumenden Bestie war beträchtlich stärker als ihr eigener Wille, sich von ihm zu befreien. Nunmehr erstickten die Worte ihr nicht mehr im Halse, sondern wurden buchstäblich bereits zunichte gemacht, ehe sie überhaupt ihren Weg antreten konnten. Die Berührung von Jaimes Händen auf ihrem Arm ließ Ana glauben, sie sei Opfer einer Halluzination, denn sie spürte, wie ein sanfter, lang anhaltender Stromstoß sie emporhob und gegen die Wand drückte, als wäre sie eine Gliederpuppe. Sie fühlte sich als Spielball einer höheren Gewalt, das schon, aber es war, als hätte sie gleichzeitig über diese Gewalt irgendwie eine gewisse Macht; die Macht, sie auf die eine oder andere Weise zu lenken.

Obwohl sie jede erdenkliche Art von Situationen kannte, war ihr etwas Ähnliches tatsächlich nur in einem Kurort nahe Budapest geschehen, mit einem Kellner, der ein halber Autist war, aber ein strahlendes Lächeln und breite Schultern hatte. Jener feurige Slawe hatte ihr buchstäblich mit derben Stößen Gewalt angetan, auch wenn sie wie heute die Bedingungen dafür geschaffen hatte, daß es so geschehen konnte. Vielleicht war das alles, dachte sie, ein Ergebnis ihres exzessiven Bourbon-Genusses den Nachmittag über. Sicher war nur, daß sie sich überall da, wo ihre Haut und die von Jaime sich berührten, sogar zu verbrennen glaubte.

Ihre Schläfen begannen zu glühen, während sie gleichzeitig spürte, wie ihre Wäsche zunehmend feuchter wurde. Jaime hielt sie buchstäblich an der Wand gefangen und hatte in seiner Erregung nicht einmal bemerkt, daß das Fenster offen stand und daß dort unten Leute waren. Das einzige, was Ana tun konnte, um zu verhindern, daß die im Garten alles mitansahen, was sich hier abspielte, war, nach einem kurzen Gerangel Jaime so gut es ging aus dem Gesichtsfeld der übrigen zu ziehen, die sie von dort aus nur von hinten sehen würden. Aber es war schon zu spät. Irgend jemand, vielleicht Mónica, hatte laut ihren Namen gerufen. Ana merkte, wie ihr das Blut gefror. Auch wenn sie vielleicht noch nichts gesehen hatten. Möglicherweise befand sich Jaime etwas außerhalb des Blickfeldes der Gruppe, und außerdem standen sie beide im Gegenlicht. Ana schätzte die Situation in einer instinktiven Überlegung ab. Sich zu verstecken wäre vollends verdächtig gewesen, abgesehen davon, daß sie Gefahr liefen, daß die anderen im Glauben, es handele sich um

einen Scherz, schleunigst ins Haus gelaufen kamen, um herauszufinden, was dort geschah. Mit einer fast übermenschlichen Anstrengung befreite Ana sich von Jaimes Armen und zeigte sich mit einem Teil ihres Körpers im Fenster. Obwohl es ein Risiko war, dachte sie, dies sei ihre Rettung, und Jaime werde, eingeschüchtert von der Gefahr, entdeckt zu werden, völlig von seinem Vorhaben ablassen.
Sie mußte irgend etwas zu ihnen sagen, denn Alberto fragte sie mit völliger Ungezwungenheit, was sie dort mache. Sie hatte die Ellbogen auf ein kleines eisernes Geländer gestützt. Ihr Körper war starr wie der einer Statue. Sie antwortete, nichts, nichts Besonderes, und fing dann an zu lachen. Ihre Nervosität verriet sie. Zu ihrem Schrecken merkte sie, daß sie Jaime noch immer hinter sich hatte, jetzt aber hingekauert. Ihr Herz schlug wie verrückt.
Vor ihr sagten mehrere lächelnde Gesichter etwas, das sie nicht in der Lage war zu deuten.
Plötzlich verspürte sie einen Stich in der Magengegend. Es war etwas, das sie zerriß und gleichzeitig undefinierbar blieb. Jaime hatte sich minutenlang mit dem Reißverschluß ihrer Hose abgemüht, in der wahnwitzigen Absicht, sie ihr herunterzuziehen. Trotz ihres leichten Rausches und der außergewöhnlichen Umstände arbeitete Anas Gehirn auf Hochtouren, denn einer Phase völliger Umnachtung folgten nun Momente entsetzlicher Klarheit. Von da, wo sich Cristina, Mónica und Alberto befanden, konnte man genau bis zu ihrer Taille sehen, da die Fensterbank den Rest verdeckte. Das gestattete ihr, sich wenigstens noch für ein paar Augenblicke zu verstellen. Aber bald schon sollte diese Überlegung zerplatzen wie eine Seifenblase. Jaime, der über diesen Reißverschluß in Wut geraten war, der sich seinen Begierden widersetzte, hatte ihn zerrissen. Genauso verfuhr er mit dem Knopf der Hose, und er hatte ihr sogar an der rechten Hüfte wehgetan, als er die Jeans ein paar Zentimeter hinun-

terzog. Sie spürte seine Fingernägel, die sich unter ihr Höschen wühlten und es nach unten zerrten. Dann fühlte sie, daß Jaime seine Wange gegen ihre Gesäßbacken rieb, während er sich zugleich von hinten mit mehreren Fingern in ihr Schamhaar wühlte, mit festem Griff die Lippen ihrer Vagina packte und sie in einem raschen Rhythmus hin und her bewegte. Sie glaubte, sie würde es nicht aushalten, sie müsse auf der Stelle zu Boden sinken.

»Irgend etwas ist mit Ana los...«, sagte ihr Mann vom Garten her und zeigte mit einer Hand auf sie, in der er ein Glas hielt.

»Ich glaube, du machst dir zu viele Gedanken um sie... Unsere Gastgeberin ist jemand, der sehr gut selbst auf sich aufpassen kann«, erwiderte Cristina mit einem gewissen Spott.

Sie biß sich heftig auf das Fleisch ihrer Wangen. Ihre linke Hand schnellte nach unten, auf der Suche nach Jaimes Gesicht. Sie versuchte ihn zu kneifen, ihm mit den Nägeln die Wangen zu zerkratzen. Das gelang ihr auch für einen Moment, aber er hielt ihre Hand mit Gewalt fest und fing an, wie zwanghaft an ihren Fingern zu saugen, zunächst einer nach dem anderen, dann alle auf einmal. Ana preßte mit aller Kraft ihre Schenkel zusammen. Das war ja Wahnsinn, ein völliger Wahnsinn, den sie womöglich noch jahrelang bereuen würde.

»Es scheint, jetzt hast du doch einmal ein bißchen zuviel getrunken«, fügte von draußen Mónica in einem heiteren Ton hinzu, der ihr in diesem Augenblick grotesk vorkam, insbesondere als sie den stumpfsinnigen und naiven Ausdruck in den Gesichtern ihres eigenen Mannes und Cristinas bemerkte.

Sie stand kurz davor, erneut laut aufzulachen, doch ihr entschlüpfte nur ein ersticktes Kichern. Die Nase von Jaime drückte gegen ihr Steißbein, dieses Knöchelchen, das sich am Ende des Rückgrats befindet, und nun begann seine Zunge, sich zwischen ihren Hinterbacken vorzuarbeiten. Er ging mit großer Lust von oben nach unten vor. Mit einer Hand bemühte er sich, sie immer weiter zu spreizen. Als er bei der ersten Öffnung anlangte, züngelte er in all ihren Winkeln umher, umkreiste sie mit der Zunge und tränkte sie mit seinem Speichel. Bis zu diesem Moment hatte Ana mit sich selbst gekämpft und ihre Muskeln angespannt, wie sie nur konnte. Nun aber spürte sie, wie ihr Widerstand auf der Stelle zusammenbrach. Kalter Schweiß rann ihr über die Stirn. Sie hatte sogar das Gefühl, jemand hätte im Garten die Lichter angemacht, was nicht der Fall war. Der Schwindel und die Lust wurden so unerträglich, daß sie sie nicht mehr verhehlen konnte, als Jaimes Zunge mit einer treffsicheren Bewegung einige Zentimeter von hinten in sie eindrang, während er nun mit beiden Händen ihre Hinterbacken packte und sie mit Gewalt auseinanderzog, um freieren Zugang zu haben.

»Wir könnten doch alle zusammen einen Spaziergang machen... Das wäre lustig...«, rief auf einmal die Stimme von Cristina, die in einer Aufwallung von plötzlichem kindlichen Enthusiasmus in die Hände klatschte.

»Komm schon, gib dir einen Stoß...«, drängte Mónica, zu Ana gewandt.

Zugleich bewegte sich Jaimes Zunge abwärts, mit verheerenden Wirkungen auf ihrem ganzen Weg zum äußeren Ende des Vorhofes ihrer Vagina. Mit der rechten Hand streichelte er wie rasend um ihr Bein herum ihre Scham, auf der Suche nach ihrer Klitoris, während er mit der linken mit Feuereifer ihren Schenkel vom Knie bis zur Hüfte liebkoste. Ihre leicht nach vorne gebeugte Haltung, beide Ellbogen auf das eiserne Geländer gestützt und das Gesäß herausgestreckt, sorgte dafür, daß Jaime ohne übermäßige Schwierigkeiten an jene Stelle gelangte, die er so fieberhaft suchte.

Ana spürte die Berührung ihrer seidenen Höschen in Höhe ihrer Knie, ebenso die ihrer Hosen. Sie war vollkommen naß. Das Lustgefühl wurde immer stärker, und sie hätte am liebsten geschrien, verlangt, daß er sie noch kräftiger leckte, ihren Hintern noch weiter herausgestreckt. Jaimes Zunge war eine Rute, ein Fluß kochenden Wassers, der ihr regelrechte Stromstöße durch die Adern jagte. Er hatte genau den senkrechten Schlitz ihrer Vagina getroffen, und jetzt übte er dort mit Hilfe seiner Lippen einen solchen Druck aus, als ginge es darum, sie einzuatmen, sie zu verschlingen. Aus dieser Stellung heraus suchte seine Zungenspitze das obere Ende der Vagina, die Klitoris, und somit den Kontakt mit seinen eigenen Fingern. Auf diese Art bearbeitete seine Zunge in einem teuflischen Hin und Her den größten Teil dieses Bereichs von Anas Körper, der kurz davor zu stehen schien, von einem Moment auf den anderen zu zerbersten.
»Hast du irgend etwas, Liebling?« fragte Alberto und sah sie mit einem verwunderten Blick an.
Die Angst, das anwachsende Lustgefühl und das Aberwitzige der Situation ließen Ana etwas verspüren, das einem Anfall von Brechreiz glich, gemischt mit einem unendlichen Glücksgefühl, aber sie beschränkte sich darauf, verneinend den Kopf zu schütteln. Dann ließ sie unbewußt ihr Haar ein Stück über die Wangen fallen und stammelte: »Was... was macht ihr da?«
Die Albernheit der Frage und die sonderbare Art, auf die sie gestellt worden war, veranlaßte Alberto und Mónica, einander sekundenlang anzusehen, verständnislos wegen dieser Reaktion Anas, die bei ihr natürlich alles andere als normal war. Das Gesicht Cristinas dagegen nahm einen leicht treuherzigen, aber angespannten Ausdruck an, vielleicht auf Grund des Schuldgefühls wegen ihres Geplänkels mit Ramiro eine Weile zuvor, eines Geplänkels, bei dem alleine Ana zufällige und stumme Zeugin gewesen war.

»Nichts, wir sind nur ein bißchen herumspaziert«, sagte Cristina mit einem Lächeln. Anas Schultern beugten sich noch weiter über die Brüstung, so als ob sie versuchte, den halben Körper hinauszuschieben. Sie spürte die Wirkung eines Zyklons in ihrem Rücken, in der Brust und in den Beinen, wobei sich das Zentrum des Wirbelsturms in ihrem Unterleib befand. Die rhythmischen und anhaltenden Stiche der Lust waren in den letzten Augenblicken gefährlich intensiv geworden. Sie wußte nicht mehr, ob ihre Anstrengungen, nicht den Gesichtsausdruck zu verändern und aufrecht dort stehenzubleiben, immer noch erfolgreich waren. Sie fürchtete, daß sich in ihrem Gesicht augenblicklich der Strudel von Empfindungen abzeichnen müsse, der sie erfüllte. Sie preßte mit aller Kraft die Kinnladen aufeinander, biß so stark die Zähne zusammen, bis sie hören konnte, wie ihre Schläfen pochten. Ihre Finger verkrampften sich zu einem bizarren Knoten, der nun den instinktiven Druck ihres Kinns aushielt. Sie mußte ihnen antworten, sie mußte es tun, oder sie war verloren. Sie mußte ihnen irgendeinen Unfug erzählen, weshalb sie die Einladung zu einem gemeinsamen Spaziergang ausschlug. Gerade wollte sie dies tun und vorbringen, sie fühle sich nicht ganz wohl, als das geschah, was sie befürchtet hatte. Eine Woge der Lust begann sich über ihren Rücken auszubreiten.
»Gütiger Himmel!« entfuhr es Ana, die an sich hielt, um nicht laut aufzulachen, und mit ihrer Hinterpartie hin und her kreiste, was vom Garten aus gesehen nur die Bewegung ihrer Schultern verraten konnte.
Jaimes Zunge hatte die Umgebung ihrer Klitoris erreicht. Er leckte und knabberte dort und benetzte sie völlig mit Speichel. Er hatte sich unter ihr plaziert, saß auf dem Boden und hielt den Kopf zwischen ihren Schenkeln, während er mit beiden Händen nach unten drückte. Ana hatte das Gefühl, als steche man ihr eine enorme, aber schmerzlose Injek-

tionsnadel in den Magen, die ihr durch und durch ging, und als überfiele dann ein plötzlicher Schwächeanfall ihre Beine und ihren Hals, der in direktem Verhältnis zu dem gesteigerten Lustempfinden stand, das ihr die Nadel dieser imaginären Injektion bereitete. Vom Garten her sah man sie mit einem idiotischen Gesichtsausdruck an, immer idiotischer, obwohl sie ihre Gesichter nur noch verschwommen sah.

»Du wirst doch nicht zuviel Alkohol getrunken haben, Liebling?« fragte Alberto, beflissen und etwas angetrunken, aber nun schon offensichtlich besorgt wegen dieses schweigsamen und sonderbaren Verhaltens seiner Frau.

Eine neue Woge unsichtbarer Gischt breitete sich im Nu ihren Rücken entlang aus, und ein leichtes Schütteln erfaßte ihren ganzen Körper. Albertos Gesicht zerbarst in lauter kleine Sternchen, die von einem gelblichen Hof umgeben waren, und sogar das Licht im Garten schien sich von einem Moment auf den anderen zu verändern, wurde stärker und voller Farben, fast phosphoreszierend. Ihr kam allmählich der Orgasmus, heiß und elektrisierend, während sie den Körper anspannte, als handele es sich um einen zu Tode erschreckten Panther. Mit einer jähen Bewegung nach hinten stieß sie Jaime ihr Gesäß ins Gesicht, und er mußte seinen Hals gewaltig anstrengen, um diese Stellung beizubehalten, denn er verharrte nun schon seit ein paar Minuten so, halb kniend, halb auf dem Boden sitzend und den Kopf stark zur Seite gebogen. Ana beschleunigte die Bewegung ihrer Hüften, und es war ihr längst gleichgültig, was die so eigentümlichen Zeugen ihres Zustandes denken mochten. Sie schüttelte ihr Haar und ließ den Kopf als Zeichen der Hingabe nach vorne sinken. Es war Mónicas resignierter Satz »Nun gut, sie gibt keine Antwort, aber zumindest scheint sie zufrieden zu sein«, der schließlich genau mit ihrem Orgasmus zusammenfiel und ihr bewußt machte, daß ihrem Mund eine Art Schluchzer entfahren war. Dann überkam sie

ein langes und ekstatisches Schütteln, das sie fast das Bewußtsein verlieren ließ, das sie aber in einer titanischen Anstrengung noch ein wenig zu verbergen vermochte.
Alberto, Cristina und Mónica sahen, wie Ana den Kopf zwischen den Armen barg, eine Geste, als hätte sie einen kleinen Zusammenbruch, den die anderen auf Ermüdung und ein Schwindelgefühl zurückführten, weil sie soviel getrunken hatte. Mit halb geschlossenen Augen machte sie den Versuch, sie anzusehen. Alberto beharrte auf der Menge Bourbon, die sie getrunken hatte, und Cristina klatschte schon wieder wegen irgend etwas in die Hände. Keiner von ihnen wäre auf die Idee gekommen, daß Anas Geste der verheerenden Ekstase gehorchte, dem Wunder einer mit niemandem geteilten Lust. Für einen Moment fühlte sie sich wie eine Diva, die auf einer unsichtbaren Bühne von ihren leidenschaftlichen Verehrern umjubelt wird. Die Woge der Lust ebbte ab, während sie den Nacken wieder straffte. Dann registrierte ihr Kopf noch eine flüchtige Kontraktion, das Haar fiel ihr wieder über das Gesicht und hing für einen Augenblick so aufgelöst herunter. Später würde sie es sich im Nacken zusammenbinden, aber jetzt hatte sie kaum die Kraft, die Augen zu öffnen und sie anzusehen. Sie schien verwandelt, denn zu ihrer fast vollständigen Stummheit von vorher gesellte sich nun ein doppeldeutiges und perverses Lächeln, ein Lächeln, das nicht so sehr der Befriedigung über etwas Konkretes galt, als daß es vielmehr eine Grimasse schauriger Erfüllung war, die Fratze des erschöpften Siegers über dem Körper seines erbittertsten Feindes. Als sie sah, daß die anderen sie noch immer mit heiterem Gesichtsausdruck beobachteten, konnte Ana nicht verhindern, daß ihrem Mund ein Kichern entfuhr, das unpassend klang.
»Ich komme gleich nach unten«, brachte sie zwischen den Zähnen hervor, und das schien die übrigen teilweise zu be-

ruhigen, die endlich hören konnten, wie sie einen halbwegs zusammenhängenden Satz artikulierte.
Jaime hatte sich über den Boden kriechend zurückgezogen, wohl wissend, was seine wahnwitzige, aber nicht zu unterdrückende Tat bei Ana bewirkt hatte, und sicher auch mit den Stimmen der anderen aus dem Garten im Ohr. Er saß wie eine Gliederpuppe auf dem samtigen Teppich, den Rücken an die Wand gelehnt. Mit seinem rechten Arm versuchte er weiterhin eines von Anas Beinen zu umfassen. Unterdessen entfernten sich Mónica, Alberto und Cristina ein paar Meter von der Stelle, nicht ohne weiterhin erstaunte Blicke in Richtung des Fensters zu werfen. Mit einer schnellen Bewegung befreite Ana sich von Jaimes Arm, der wie ein Tentakel war. Noch immer bemühte er sich, wie von einem letzten Aufbäumen getrieben, ihr Knie zu lecken. Ana machte einen Schritt zur Seite und zog sich ihre Hosen zurecht. Seltsamerweise fühlte sie sich, und das war bei ihr in solchen Fällen üblich, nicht erschöpft. Eher im Gegenteil, ihr Gehirn lief auf Hochtouren. Nun schien Jaime derjenige zu sein, der sich erniedrigt fühlte, und was das Ganze für ihn noch verschlimmerte, war die Tatsache, daß er für seinen Teil nur zur Hälfte zum Zuge gekommen war. Er hatte die Augen halb verdreht und den typischen Ausdruck desjenigen, der seit einiger Zeit ein Verhalten an den Tag legt, wie es die Abhängigkeit von Drogen verursacht.
Sie hatte ein riskantes Spiel gespielt, und sie hatte, das wurde ihr jetzt völlig klar, das bekommen, was sie gewollt hatte. Tatsächlich war es schon immer so gewesen. Je größer das Risiko, desto stärker ihre Lust. Sie sagte es sich selbst, daß sie um nichts in der Welt mit Jaime geschlafen hätte. Das hingegen, was gerade geschehen war, hatte sehr wenig mit dem zu tun, was sie sich unter ›mit jemandem schlafen‹ vorstellte. Dies war nichts anderes als eine Form von Frondienst, eine mehr unter den zahllosen, die sie den Männern

auferlegte. In keinem Augenblick hatte sie sein Gesicht gesehen, was letzten Endes ohne Zweifel dasjenige gewesen war, was sie am meisten erregt hatte, vor allem durch den Umstand der unerwarteten und teilweisen Zeugen ihrer Lust.
Sie brachte ihr Haar wieder in Ordnung und atmete tief durch. Dann betrachtete sie Jaime eingehend. Er glich jetzt nicht mehr einer Gliederpuppe, sondern einem auf dem Boden liegenden Bündel, einem schweren Sack, der still über Begierden nachgrübelte, die ebenso unbefriedigt wie lange und heiß ersehnt waren. Er sah niedergeschlagen aus, so als wisse er genau, daß er auf die eine oder andere Weise nicht zu dem Seinen kommen würde. Und Ana empfand beim besten Willen nicht eine Spur Zärtlichkeit für diesen Mann, der ihr erst wenige Sekunden zuvor derart verheerende Befriedigung verschafft hatte. Fast im Gegenteil. Daran zu denken, daß ein Kerl wie Jaime dies mit Gewalt erreicht hatte, sagte ihr ganz und gar nicht zu, so wenig sie auch das Ergebnis bereute. Der Drang, ihn zu provozieren und womöglich zu erniedrigen, den sie verspürt hatte, Augenblicke bevor sie sich entschlossen hatte, hinaus in den Garten zu gehen und Jaime um Feuer zu bitten, kehrte nun mit aller Deutlichkeit zurück. Ein dunkles Gefühl durchflutete erneut ihr steinernes Herz. Jenseits aller Vernunft oder allen Willens hatten sich das Vollgefühl der Rache und die Wollust des Spottes in ihrem Innern festgesetzt. Aber das Spiel ging weiter.
Sie trat näher zu Jaime hin und betrachtete ihn ganz ungezwungen. Er hob den Blick zu ihr und versuchte, ein komplizenhaftes Lächeln aufzusetzen, aber es war zwecklos. Nie hatte er es gelernt, Anas Sprache zu sprechen. Er senkte den Blick. Man konnte merken, daß er sich dessen, was geschehen war, bis jetzt noch nicht voll bewußt gewesen war. Obwohl er ein regelrechter »Ausbund an passiver Lüsternheit«

war, wie Ana ihn bei einer Gelegenheit einmal öffentlich beschrieben hatte, schien er kein so verwegener Mensch zu sein, daß er sich auf gewisse Verwicklungen eingelassen hätte. Zumindest nicht mit Ana, der er sich intellektuell deutlich unterlegen fühlte. Seine Leidenschaft für das Risiko war unendlich viel geringer als die ihre. Auf der anderen Seite gab es einen großen Unterschied: Trotz seiner Pose als schrecklicher Verführer, die er manchen Frauen gegenüber einnahm, war Jaime unter all denen, die sich in dem Landhaus befanden, derjenige, der am meisten von seiner Partnerin abhängig war, in diesem Fall Cristina, und dem man häufig genug seinen Stolz anmerkte, mit einem so attraktiven Mädchen aufwarten zu können. Zumindest empfanden das fast alle so, nicht ohne ein gewisses Gefühl der Peinlichkeit. Manchmal schien es, als sei er regelrecht in Cristina verliebt, und er war verschiedentlich so weit gegangen, offenkundige Beweise von Eifersucht zu geben, Beweise, die natürlich zu nichts weiter geführt hatten, weil seine Erziehung und seine Vorurteile ihn daran hinderten, obwohl er sich nichtsdestoweniger lächerlich machte. Er war alles in allem einer dieser altmodischenTypen, die nicht die geringsten Skrupel hatten zu versuchen, den ersten besten Weiberrock zu erobern, der neben ihnen auftauchte, zugleich aber auf jeden losgehen würden, der es wagen sollte, seiner Partnerin einen dreisten Blick zu gönnen, und dessen Reaktion, sollte der andere ihr gar etwas anderes als nur einen Blick gönnen, vollends fürchterlich sein konnte. Die Vorstellung eines gevierteilten Ramiros, Opfer der rasenden Wut dieses Prototypen von einem Maulhurer namens Jaime, ließ für einen Moment ein rätselhaftes Lächeln auf ihre Lippen treten. Sie war kurz davor, ihm zu erzählen, was ein paar Stunden vorher Cristina mit Ramiro im Badezimmer getrieben hatte, aber sie hielt sich gerade noch rechtzeitig zurück. Mit einer Geste falscher Zärtlichkeit legte Ana ihre Hand auf

Jaimes Kopf. Bis zu diesem Augenblick hatte sie ihn noch nicht einmal berührt. Voller Zynismus sah sie ihm in die Augen, gab sich aber den Anschein des Mitgefühls. Sie strich mit zwei Fingern über seine verschwitzte Stirn und ließ sie dann über seinen Kopf gleiten. Schließlich ergriff sie eine Haarsträhne über seinem Ohr. Sie schüttelte sie ein wenig wie jemand, der ein unartiges Kind zaust, um es wegen irgend etwas zur Rede zu stellen.

»Du bist immer noch kahl...«, sagte sie leise und aufreizend. »Deine Bedrängnis hat dein Haar nicht wachsen lassen. Aber schließlich hast du ja gleich nächste Tür das Badezimmer. Verschaff dir da Erleichterung, wenn du möchtest...«

Die Anspielung hatte eine so niederschmetternde Wirkung, daß sie ausreichte, um Jaime jede Fähigkeit zu einer Antwort zu nehmen. Als er sah, daß Ana ging und ihn in diesem Zustand zurückließ, den er selbst zweifellos als kläglich empfinden mußte, stammelte er eine Reihe einsilbiger, unverständlicher Worte. Ana, die sich bereits an der Zimmertür befand, drehte sich abrupt um und unterbrach mit dieser Bewegung das, was er sagen wollte.

»Wie meintest du, mein Lieber?« fragte sie nachdrücklich und setzte dabei ein Lächeln auf, das demjenigen mancher Modelle auf Werbephotos für Hochzeitskleider ähnelte, ein Ausdruck, der halb albern aussah und halb so, als sei er unter Plastikfolie konserviert.

Jaime fuhr sich mit der Hand an den Hosenlatz, vermutlich aus einem unkontrollierten Impuls heraus und vielleicht auch, weil dieser Bereich bei ihm jetzt etwas empfindlich war.

»Siehst du?« sagte Ana, ehe sie endgültig den Raum verließ. »Du bist obszön. Ja, kahlköpfig und obszön... und außerdem gewöhnlich«, entschied sie, wobei sie zwischen ihren Worten eine kurze Pause ließ. »Wo bleibt zwischen derartigen Tugenden noch Raum für die Poesie?«

Anschließend ging sie in Richtung Haustür, ohne sich im mindesten dafür zu interessieren, was er denken oder tun mochte. Langsam ging sie die Eingangsstufen hinab. Sie tat es mit der Anmut einer Prinzessin, die weiß, daß sie von Hunderten von Augenpaaren beobachtet wird, voller Bewunderung und Neid, voll Treue und Groll. Schnell wurde ihr bewußt, daß alle sie vom anderen Ende des Gartens her beobachteten, mit Ausnahme von Jaime. Sie spielten wie Kinder Boule, die Gläser in der Hand, stritten sich wegen jeder Lappalie und wollten nie warten, bis sie an der Reihe waren, ihre Kugeln zu werfen.
Ana gelangte zu der Hängematte. Sie liebkoste mit den Fingerspitzen die Schnüre an der Seite. Sie seufzte und bedachte die anderen von dort, wo sie stand, mit einem breiten Lächeln. Dann sagte sie: »Ich bin euch allen herzlich zugetan... du eingeschlossen.«
Das letzte Wort hatte sie kaum geflüstert, als sie erahnte, wie ein noch immer schweißbedeckter Jaime gesenkten Hauptes dicht hinter ihr vorbeischlich, auf seinem Weg zu den anderen.
Dann ließ sie sich mit der Gewandtheit eines Reptils, das sich anschickt, ein Schläfchen zu machen, nachdem es sich an einer langersehnten Beute gütlich getan hat, in die Hängematte gleiten. Sie behielt die Augenlider halb geöffnet, um den Wipfel der wispernden, stolzen Linden zu betrachten, die sich jetzt aneinanderdrückten, erschreckt von einem plötzlichen Windstoß aus der Richtung des Pinienwäldchens. Sie hatte das Gefühl einzunicken und durchlebte einen kurzen, feuchten und tiefen Traum. Als sie erwachte, konnte sie an der eindrucksvollen bleigrauen Färbung des Himmels erkennen, daß sich die Nacht anschickte, über den Garten hereinzubrechen, wie ein Heer flüchtiger Schatten und heißer Vorahnungen. Da rollte sie sich mit einer Bewegung, die sie jedesmal wiederholte,

wenn sie dort war, seit sie ein kleines Mädchen war, zusammen und betrachtete erneut die Linden, jene zwei riesigen Säulen, auf die sich immer die Last ihres gequälten Gewissens gestützt hatte, und sie versuchte, irgendeine Erinnerung aus der Zeit heraufzubeschwören, als sie noch ein kleines Mädchen und daher rein gewesen war. Aus der Zeit, als es in ihrem Körper noch große Erwartungen gab statt wilder Begierden und in ihrer Seele Begeisterung angesichts der schlichten Idee des Lebens.
Plötzlich sah sie ihn dort, zwischen dem zitternden Gezweig der Linden. Eine blasse, stumme Scheibe von einem Weiß, das so grausam war wie ihre unüberbrückbare Einsamkeit, die Einsamkeit einer schönen Frau, die jung, intelligent und reich war und trotz alledem wußte, daß ihre Haltung gegenüber der Tatsache der Existenz an sich hohl und ohne Sinn war. Und mit einem gewissen Gefühl von Widerwillen, wenn nicht gar Verachtung oder Niedergeschlagenheit, dachte sie, daß die bloße Gegenwart des Mondes präzise den Leitgedanken ihrer eigenen Sterblichkeit aufzeigte und daß gleichzeitig dieser kalte und schimmernde Glanz erkennen ließ, wie tief sie im Morast der Lieblosigkeit versunken war.

LUIS ANTONIO DE VILLENA

LOB DER SCHLECHTEN GESELLSCHAFT

Javi – er sagt immer, daß sie alle José oder Javi heißen – lernte mein Freund Ramón an einem Sommerabend in einer ziemlich noblen Diskothek kennen, in die er allerdings nie ging. Ramón sagte, daß diese Diskothek einem Elefantenfriedhof verblüffend ähnlich sehe. Fette alte Kerle mit hysterischem Lachen, mehr dem Whisky zugetan als dem Licht, hochnäsige und nicht weniger verrückte alte Weiber mit dem Gehabe japanischer Jungfrauen aus dem vorigen Jahrhundert, und unter solch erlesenem Publikum ein paar dralle Burschen, in Anzüge gezwängt oder mit Sachen angetan, die fein sein sollten, und bereit, Lächeln und Blicke zu erwidern (selbstverständlich nur allzubereit, näherzukommen) und natürlich auf der Suche nach der hochheiligen Protektion des Geldes. Deshalb zählte Ramón nicht zu den Gästen der Diskothek: wegen der Alten, und wegen jener Gigolos am Endpunkt ihrer Karriere. Nicht wegen des Geldes. Mein Freund – der etwas über dreißig ist – gehört zu denen, die man einen hoffnungslosen Liebhaber der Jungen, der Jüngsten nennt, die er in anderen Bars und anderen Jagdgründen belagert und freihält. Was tat er dann an jenem Abend in der Diskothek der alten, perversen Dickhäuter? *Nichts*, sagte er mir. Im Verlauf des nächtlichen Umherstreifens und nachdem er die brodelnden Madrider Straßencafés gründlich inspiziert hatte, war Ramón zu dem Schluß gekommen, daß dies kein Abend für große Hoffnungen war, und da er gerade in der Nähe vorbeikam, ging er in die Diskothek mit

dem in ein Korsett gezwängten Türsteher. *Ein letztes Glas noch, und dann ins Bett, allein.* Das war sein Plan, als er unter den aufgetakelten, vorsintflutlichen Tunten Javi entdeckte, allein und wie abwesend. Es war nichts Außergewöhnliches, daß dort – wenn auch nur den einen oder anderen Abend – irgendein Junge hereinschaute, der sich anbot, oder irgendein Mittdreißiger, der eine Offerte machen wollte, aber das war nicht besonders typisch, und Ramón erwartete es an diesem Abend natürlich nicht. Er schlenderte ein paarmal im Rund – sein Glas in der Hand – und war entzückt. Der Junge war das, was man als *›eins plus‹* bezeichnet: jung, hübsch, elegant, und mit einem besonderen, jungenhaften Ausdruck, dem – wenn man genau hinsah – auch nicht die winzige Spur Straßenjunge fehlte, durchaus ein mit allen Wassern gewaschenes Gesicht.
Ramón ist (das habe ich oft genug gesehen) ein schüchterner Typ, zumindest am Beginn seiner Eroberungen. Später ist er dann unbefangen und weiß seine Beute zu umgarnen – denn selbst diejenigen, für die man bezahlt, muß man umgarnen – wie eine tropische Spinne. Aber die Beute dieses Abends war unerwartet und zudem derart überwältigend, daß mein Freund sich darauf stürzte – es konnten ja noch andere Wölfinnen auf der Lauer liegen –, mit der Geschwindigkeit eines dieser Schmetterlinge, die sich, so sagt man, mit ich weiß nicht was für einer Begierde zu verbrennen (einem erhabenen Etwas) in die Flamme stürzen. (Die zoologischen Vergleiche dürfen nicht verwundern, da wir letzten Endes doch ein Jagdabenteuer besprechen.)
Der Junge war so ernst – zusammen mit jener Straßenjungen-Andeutung und einem leichten, herrlichen Anflug von kleinem Zigeuner, wie bei Lorca –, daß Ramón, als er sich neben ihn, direkt neben ihn, an eine der Bartheken stellte, einen ersten Anflug von *Furcht* empfand. Der Schauder davor (den auch die Jäger erleben), sich womöglich einer hüb-

schen, ansehnlichen und gewalttätigen Kanaille gegenüberzusehen. Er schätzte ihn auf siebzehn Jahre, das dunkle Haar war lang und glatt, der Körper (er trug einen rosa Nicky und weiße Hosen) schien verlockend, schuld an der eigenen Vollkommenheit, und die Augen – *Riesenaugen*, dachte er – waren grün, und die Haut an Armen und Gesicht hatte einen dunklen, fast goldenen Ton; sie war haarlos wie eine schimmernde Bronzestatue. Auf der einen Seite stellte Ramón sich vor, daß er ein Knabe aus gutem Hause sein mochte, der eines Nachts von zu Hause weggelaufen und auf der Suche nach starken Empfindungen vom rechten Weg abgekommen wäre. Auf der anderen (ich sagte es schon), daß er neben einem Verbrecher mit Engelsgesicht stand. Aber er kam ihm so schön vor, so gutaussehend, so absolut begehrenswert, daß er sich – wie die Wasser der Iguazú-Fälle – in den Abgrund stürzte.

»Ich kann nicht glauben, daß du allein sein solltest...«

Und der Junge lächelt einen Augenblick, noch skeptisch, und auf die folgende Frage kam als Antwort der erwartete Name: *Javi, ich heiße Javi.* Das weitere ging ziemlich schnell, weil Ramón, ich habe es bereits erwähnt, wenn das Eis einmal gebrochen ist, zu dem wird, was man einen großen Aufreißer nennt. Der Junge bestellte einen Whisky (vermutlich hatte er schon vorher einen getrunken) und sagte ihm, daß er in Nizza lebe und daß er auf einen Herrn warte, den er nicht kenne, und der nicht komme...

Weil die Geschichte zu lange zu erzählen wäre (wenn auch anregend), muß man sie abkürzen. Mit Umschweifen zunächst und etwas später dann direkter bekannte Javi (er nippte zwischendurch an dem Glas), daß er, nun, daß er von Männern dafür bezahlt wurde, mit ihnen ins Bett zu gehen. Natürlich war er, das stellte er sogleich richtig, weder ein Junge für alle Fälle, noch arbeitete er auf der Straße. Ein französischer Freund (auch ein Junge) hatte ihn als Fünfzehn-

jährigen mit nach Paris genommen, und dort begann seine Geschichte. *Er hat mir alles beigebracht,* fügte er hinzu. Javi war jetzt achtzehn Jahre alt, hatte aber eine so jungenhafte Grazie (jungenhafter als sein Alter), daß er einer von diesen wundervollen Knaben von den italienischen Bildern zu sein schien. (Offensichtlich dachte Ramón dies, während der Junge redete.) Was man sehen konnte, war, daß Javi sich gut anzog, daß er an die teuren Dinge gewöhnt war und daß er es gelernt hatte, vorgeführt zu werden, so wie die Damen einen ansehnlichen Smaragd vorführen. In Nizza hatte ein Herr, ein *Kunde* von ihm – er erwähnte das Wort zum ersten Mal – sein Bild an einen älteren Freund in Madrid geschickt (der Name dieses Herrn war sehr lang), und dieser Gentleman hatte ihm erst das Flugticket bezahlt und ihn dann telefonisch für diesen Abend und in diese Diskothek bestellt. Aber für zwölf Uhr, und es war schon später als Viertel nach eins. Trotz alledem wirkte Javi nicht im mindesten besorgt. *Ich lebe in Nizza, mit diesem französischen Jungen, von dem ich dir erzählt habe, aber im Winter gehe ich immer nach Las Palmas...* Als er das sagte, sah Ramón, daß ihm der Himmel offenstand, und er stürzte sich darauf wie ein erfahrener Luchs: *»Hast du keine Lust, etwas anderes kennenzulernen, Javi? Komm, laß uns gehen. Das hier ist doch Mist...«*
Ramón – der seine Netze ganz weit aufgespannt hatte – ging aufs Ganze. Javi konnte nein sagen, was ein beträchtlicher Rückschritt gewesen wäre. Und außerdem hätte es gezeigt, daß der Junge ihn weder als Freund wollte (die Karte, die Ramón zu spielen versuchte), noch als Kunden, und wenn nur – wie es schien – als zweite Wahl. Er wußte, daß der Junge dort war, allein, weil er sich einen Profit erwartete – auch wenn es halb zwei war und die Verspätung beträchtlich –, und obwohl Ramón wie beiläufig hatte fallen lassen, daß er sich durchaus schon mal einen Luxus erlauben könne und es auch tue (ein anderer hätte gesagt, *schon mal einem*

Jungen zu helfen), wollte er, bezaubert von diesem hübschen Kerl, ihn für sich *gewinnen*. Vielleicht auch – und das als tieferer Grund –, weil er nach all dem, was der Junge über seine Lebensgewohnheiten erzählt hatte, zu der Vermutung gelangt war, daß seine Beschützer oder Kunden wirtschaftlich enorm freigebig sein mußten. Und daß er – Ramón – nie hätte so unverhohlen mit ihnen konkurrieren können. Es gab wohl einen Moment des Zögerns, während Javi seinen Whisky austrank, aber dann kam ein klares, uneingeschränktes Ja.

»In Ordnung, gehen wir. Dieser Typ kommt bestimmt nicht mehr.«

Ramón sah die Pforten des Paradieses weit offen stehen, das Mohammed seinen Gläubigen versprochen hatte. Javi sah so gut aus, so auffällig, daß vorgeführt zu werden das erste zu sein schien, wonach er verlangte, wie wir wissen: ihn spazierenführen, wie die Krieger und die Botschafter ihre Insignien zur Schau stellen. So hielt er auf der Straße rasch ein Taxi an und ließ es zu einer modernen und teuren Diskothek fahren – nicht von dieser Anmacher-Sorte, sondern wo die Nacht auf elegante, harmonische Weise die überraschendsten Verbindungen, die hübschesten Gesichter, die größten Scheine und, bisweilen, die weißesten kolumbianischen Drogen in Einklang brachte. Der Ort mußte Javi gefallen, und außerdem würde Ramón vor seinen üblichen Bekannten angeben wie ein Pfau, der Rad schlägt.

Vielleicht weil Javi beim Betreten des Lokals sein Umfeld aus Nizza wiedererkannte, oder weil er sah, daß (der so sympathische, so einschmeichelnde) Ramón sich nicht nur in einer Ghetto-Umgebung bewegte – der Portier hatte ihn gegrüßt, als sie vorbeikamen –, oder weil der Junge außerhalb jener Jagdgründe anfing, natürlicher zu werden, mehr er selbst; Tatsache ist, daß sie kaum an der oberen Bar angekommen waren – die Diskothek war ein altes, verschnör-

keltes Theater – und die Getränke bestellt hatten, als es bei dem Jungen auf faszinierende, überraschende Weise *klick* machte. Er schien sich zu entspannen, das Lächeln wurde (noch) netter und offener, und sogar sein Körper zeigte sich lässiger und sehr viel katzenhafter, als er sich hinsetzte. Obschon es über die Begebenheit auch noch etwas – von Ramóns Seite – zu dem vorher Gesagten hinzuzufügen gab. Er hatte Javi ganz nebenbei erzählt, als wäre es etwas völlig Belangloses, daß er, als er noch sehr jung gewesen und zum Studium nach Madrid gekommen sei (er sagte, er stamme aus Santander, und log auch hierbei), sich zwei oder drei Male, als er in Geldverlegenheiten war, *mit Männern eingelassen habe*, um sich aus seiner Notlage zu befreien. Er legte dem Thema keinerlei Bedeutung bei und hatte bereits zu verstehen gegeben, daß er augenblicklich ein Mann in guter Position und als vertrauenswürdig anerkannt sei. Glaubte Javi also, er hätte einen alten Kollegen vor sich? Oder konnte er eine Päderasten-Taktik mutmaßen, sich aber so wohlfühlen, daß es ihm letzten Endes gleichgültig war? Jedenfalls begann die Unterhaltung – zwischen einem kleinen Rundgang hier und da, um den Triumph vorzuführen –, sehr angeregt zu werden. Javi erzählte, daß er auch mit Mädchen gehe (Ramón erwiderte ihm, daß er verheiratet gewesen sei, eine weitere List, um einer weiteren Übereinstimmung willen), und daß sich in Nizza – und dank des Notizbuches des Franzosen – seine Angelegenheiten gewaltig im Aufwind befänden. Sie plauderten und plauderten angenehm über ihr jeweiliges Leben.
(Ab und zu kam irgendein Bekannter zu Ramón und tuschelte ihm neiderfüllt und lächelnd zu: *Wo hast du denn dieses Prachtstück her?* Und während der Tuschelnde seines Weges zog und, bildlich gesprochen, an den Nägeln kaute, lächelte Ramón, widmete sich Javi und fühlte sich wie Julius Caesar Augustus.) Der Junge fing – nach weiteren Gläsern,

und wie seine grünlichen, leicht zigeunerhaften Augen leuchteten! – an, ihm (endlich im Ton des Mitverschwörers, des Freundes) davon zu erzählen, wer sein bester Kunde in Nizza war, *das bis obenhin voll war mit merkwürdigen Alten.* Dieser fragliche Alte hieß Ronald und war Engländer. Er hatte stocksteife Dienstboten, die fast Bücklinge vor ihm machten, ein riesiges Haus – in Nizza selbst – und Titel und Ländereien in seinem Geburtsland, wobei Javi sich an keine einzige mehr erinnern konnte, obwohl er sie auf Land- und Postkarten gesehen hatte. Ronald lernte Javi kennen, als der französische Kuppler ihn vorstellte, und verliebte sich (*vernarrte sich,* würden die Klassiker dieses Themas sagen) auf den ersten Blick unsterblich in den Jungen. Als erstes einmal nahm er ihn – gleich noch am selben Tag – mit zu Givenchy, um ihm etwas zum Anziehen zu kaufen, und am Abend führte er ihn – schön wie ein Luxusdampfer – zum Essen ins Negresco, wo die *maîtres* vor dem langen, hageren Alten um die Wette buckelten. Aber tatsächlich schien das Geschäft anfangs wenig Mysteriöses zu haben, ja sogar äußerst fade zu werden. Man hätte meinen können, Ronald – und mein Freund mußte erröten – wollte den Jungen nur vorführen: Es gab bloß Souper auf Souper, einen rauschenden Abend nach dem anderen. Bis er ihn eines Tages mit zu sich nach Hause nahm und ihn bat (im Salon, der voll weißer Felle war), sich nackt auszuziehen. Javi vermutete, daß nun der Moment gekommen sei. Aber auch jetzt geschah nichts. Ronald (der ihn nicht ein einziges Mal berührte) wollte nur Posen und immer neue Posen: als wenn er auf einem Sofa schliefe; ganz vornehm für ein Bild Modell sitzend; als wenn er im Begriff sei, den Speer zu werfen oder nach einem Wettlauf seine Beine zu trocknen, oder als wenn ihn jemand dabei überrascht hätte, wie er ein blondes Mädchen liebte... Javi führte all das aus, und Ronald, der verzückt und schweigend zuschaute, sagte am Ende: *What beautiful legs,*

my dear! Aber er rührte ihn weiterhin nicht an, führte ihn abends zum Essen aus, kaufte ihm Sachen und gab ihm überreichlich Geld. Bis eines weiteren Tages die Überraschung erneut zustieß, gleich der asiatischen Kobra. Ronald verabredete sich nicht in der gewohnten Bar mit ihm, sondern bat ihn, direkt zu ihm nach Hause zu kommen. Und dort, im Salon, bei einem stark mit Wasser verdünnten Whisky, erzählte er Javi, daß er als Kind auf Ceylon gelebt habe, und daß er daher seitdem (denn das Haus hatte direkt am Urwald gestanden) die Gewohnheit angenommen habe, seine Häuser, einen Teil davon zumindest, mit üppig gedeihenden Pflanzen anzufüllen. Und er bat den Jungen sogleich, ihn zu begleiten, und nahm ihn mit zum anderen Ende der Behausung, wo er noch nie gewesen war. Nun, es war kein *Haus*, sagte Javi, *es war wirklich der komplette Dschungel...* Pflanzen und Kletterpflanzen überwucherten die Flure, schlangen sich um die Palmen in leeren Salons, verwirrten sich, erfüllten und gipfelten sämtlich – in einem wachsenden Durcheinander – in einer Rundhalle am Ende, die von einer Kuppel mit Oberlichtern beschlossen wurde, damit die Sonne dieser Unzahl robuster Blätter Kraft geben konnte. Der Ort war sicherlich exotisch, wenngleich Javi sehr bald herausfand, daß jenes verschnörkelte Silvarium einem gänzlich anderen Zweck diente – obschon vermutlich auch nicht so sehr anders – als der bloßen Beschwörung einer nostalgischen Sehnsucht.
Nach und nach (ein englischer Gentleman ist immer sehr zurückhaltend, wenn er gedenkt, sich zu vergessen) erklärte Ronald Javi, was er in jenem Privatdschungel *spielen* wollte. Es war wie die Dreharbeiten zu einem Abenteuerfilm, gewürzt mit *leather*-Träumen aus dem verruchten Viertel einer beliebigen modernen Großstadt. Er (Ronald) war ein Forscher, vielleicht ein schlichter Schmetterlingsjäger, der gemächlich durch den Urwald spazierte, ahnungslos, mit

seinen Shorts, seinen starken Stiefeln und seinem alten, verschwitzten Khakihemd. *An manchen Tagen* (fügte Javi hinzu) *setzte er auch noch einen Tropenhelm auf.* Was ihn (Javi) betraf, so mußte er sich ein Paar hautenger schwarzer Lederhosen anziehen, die Brust nackt lassen, über der er nur zwei gekreuzte, nietenbeschlagene Riemen trug, eine Maske aus ebenfalls schwarzer Seide umbinden – ich dachte an den venezianischen Karneval – und in der Hand eine afghanische Peitsche halten, die er, wenn er wollte, auf den Marmorfliesen in der Mitte knallen lassen konnte... Obschon Javi – gar kein Gedanke daran – kein ruhiger Spaziergänger sein würde, sondern ein übler Schurke, der launenhafte, jugendliche Chef einer Gangsterbande, ein urtümlicher, wilder Bursche – die Worte stammen von Ronald –, den es danach gelüstet zu vergewaltigen, zu zerstören, die ganze infame Welt zu massakrieren und sich zum König einer ungeheuren Zahl von Sklaven zu machen. Anscheinend genoß es der Engländer, die Szene zu beschreiben und die Person zu charakterisieren: Du hast die ganze Nacht hindurch getrunken und Drogen genommen, hast die drei Frauen gevögelt und geschwängert, deine Favoritinnen aus dem Stamm, die dir stets zu Diensten sein müssen, und hast mit deinen Kriegern bis zum Morgengrauen getanzt und geschrien; aber plötzlich kommt die Morgenröte, und du spürst, daß du noch mehr willst, daß du noch nicht gesättigt bist, und da stürzt du dich in den Urwald, trunken und erregt, auf der Suche nach einer Beute, irgendeinem Wesen, um es zu ficken und deinem Zorn zu unterwerfen und es zu zerstören...
Und hier veränderte sich der Ton von Ronalds Stimme, verlor sein Feuer, wurde sanfter: *Glaubst du, daß du das machen kannst?*
Javi – längst vollkommen mit Ramón in geheimem Einvernehmen – erzählte ihm zwischen Lachen und weiterem Whisky, was er machte, aber sicher doch. Er verfolgte Ro-

nald keuchend durch die Pflanzen, tat zwei oder drei Runden lang so, als erwische er ihn nicht, der Alte heulte und rannte, und die Szene kam in der Rundhalle zum krönenden Abschluß, wo das Dickicht am dichtesten und höchsten war. Der Engländer, der sich mittlerweile wie beiläufig den entsprechenden Knopf geöffnet hatte, blieb zwischen den Lianen stecken, als wenn er vor Erschöpfung im Gestrüpp nicht mehr weiterkönne, und da stürzte sich der schöne Jüngling auf ihn, dem Anschein nach ein tobender, grunzender Angreifer (vor der Aktion mußte er ein paar Schluck trinken), brutal und blutgierig. Und er ging zu dem Zeremoniell über, das zwar nicht unerwartet, dadurch aber keineswegs weniger wunderlich oder für das hingeschlachtete Opfer weniger willkommen war: Er riß Ronald das Hemd vom Leib, zog ihm die Hosen herunter, die bis auf die Knöchel fielen – wie wir wissen, hatte dies das Opfer selbst vorbereitet –, und während der Junge sich aus dem Leder schälte, versetzte er dem Engländer mit mehr Ungestüm als Kraft eine ordentliche Anzahl Peitschenhiebe auf das rosa Hinterteil. Und als Finale – mit noch mehr Gebrüll und nach einigem Herumtasten, damit er besser traf – penetrierte der Knabe den Alten, biß ihm in den Nacken, wälzte sich herum, schwitzte, dachte aber immer daran (eine Vorsichtsmaßnahme, die Ronald wünschte), sich niemals in den engen und heißen Palast zu ergießen... Javis Lachen (sehr dicht an Ramóns Gesicht) war dabei rückhaltlos und offen. *Und wetten, daß du nicht weißt, was wir dann machten, jeden Tag, wenn wir die Sache zum Abschluß gebracht hatten?*

Ramón dachte an neue Laster. *»Ich habe keine Ahnung. Was wollte das alte Ferkel?«*

Nichts. Wenn der lebendige Traum beendet war, badeten Ronald und Javi, zogen sich elegant an und gingen zum Abendessen in ein vornehmes Restaurant, wo der Junge seine dunkle Schönheit zur Schau stellte und wo niemals,

unter keinerlei Vorwand, auch nur ein einziges Wort über das unerhörte Abenteuer des häuslichen Forschers und des orgiastischen Stammesjünglings gewechselt wurde. Natürlich kam nachher der Scheck oder das Bargeld, und alle paar Tage der beherzte Besuch bei der teuersten Boutique.
Aber die Dinge laufen nicht immer so gut, schloß Javi.
Obwohl in diesem Moment, fett und vornehm dreinschauend, Pepe Osorio auftauchte, Ramón begrüßte und den Kellner aufforderte, allen etwas auf seine Rechnung zu bringen. Die Augen des Gräfleins Osorio waren zwei glühende Kohlen. Und er setzte sich zu ihnen, ohne daß irgend jemand ihn gebeten hätte. Pepe Osorio – beträchtlich älter als Ramón und selbst Titelträger einer unbedeutenden Grafschaft, aber nahe mit den aristokratischen Häusern verwandt – war seit langen Jahren in ganz Madrid bestens bekannt wegen seiner verrückten Vorliebe für schöne Knaben und gute Küche. An Gastronomischem ließ er sich nichts entgehen, und das Jüngelchen, das er jeweils bei sich hatte wie eine Art prächtiger Beute, war immer ausgesprochen ansehnlich. Obschon es häufig mehrere waren, die sich zu ihm setzten, ohne Scheu, sich betatschen zu lassen, während sie Getränke, Geld und Geschenke aus ihm herausholten. Pepe Osorio verreiste oft mit seinen Knaben, und man erzählte sich (obwohl das schon zum Tratsch gehörte), daß einer der Jünglinge, für den er mehr entflammt war, als klug und zuträglich ist, ihn einmal ruiniert habe.
Natürlich setzte Pepe Osorio sich nicht wegen Ramón (den er kannte und mit dem er zu reden pflegte), sondern wegen Javi, denn er bombardierte ihn mit Fragen, wobei er mit verkrampfter Freundlichkeit lächelte, und nach ein paar Anspielungen, nach der Frage nach seinem Alter, der Bestimmung seines Sternzeichens und den allerbesten Prophezeiungen – einschließlich eines netten Freundes – beim Handlesen (mit ein wenig Betatschen) wandte er sich einen

Moment ab, kam ganz nahe an Ramón heran und sagte leise, wenn auch lächelnd und zwitschernd wie immer: *Tu mir den Gefallen und gib ihm sofort meine Telefonnummer, du Luder, denn ich bin drauf und dran, dich zu hassen...* Der Satz war noch länger und sollte witzig sein, aber Ramón lachte sofort lustlos darüber, damit Osorio den Mund hielt. Das paßte dem gar nicht, und es war offenkundig, daß er sich *geschlagen* davonmachte, weil Javi sich trotz der ersichtlichen Freundlichkeit (hatte er denn nicht gerochen, daß Osorio zu den Großen gehörte?) nicht allzuviel aus ihm machte. Pepe Osorio mußte sich erheben, um sich auf die Suche nach einem neuen Beobachtungsposten zu machen, und da merkte Ramón, daß Javi sich neben ihm wohlfühlte, daß er zufrieden war. Er rief den Kellner, bestellte neue Getränke – *Don Pepe hat Sie zu den eben eingeladen* –, und Javi zündete sich eine Zigarette an und machte sich daran, den Faden der unterbrochenen Unterhaltung wieder aufzunehmen, so als drängte es ihn selber danach, den Verlauf der Erzählung fortzuführen.

Was er sich zu erzählen anschickte – Dinge, die nicht glatt abgehen –, hatte mit Arabien zu tun. Denn es war ein arabischer Scheich (die Leute erzählten sich schon Wunderdinge von der beflaggten Jacht, die die Côte d'Azur abfuhr), der eines Abends unseren Javi mit wäßrigen, unzweifelhaften Augen musterte, kaum daß dieser in seine übliche Bar kam. Der Scheich stimmte offenkundig in nichts mit den britischen Manieren und den langsamen Fortschritten überein. Er war so schnurstracks, wie es sich schnell erzählen läßt. Nachdem er einen Blick wie einen schwarzen Windhund hinübergejagt hatte (hinüber zu dem smaragdenen Teich der Augen von Javi und zu dem herrlichen Gebiet, das sie umgab), ging er selbst auf der Stelle, den schnüffelnden Hund zurückzuholen. Er stellte sich neben den Jungen und schnauzte ohne Umschweife in schlechtem Französisch:

Hunderttausend Francs! Das bedachte der junge Bursche natürlich nicht erst lange, und ohne daß noch ein gemeinsames Glas oder eine Vorrede oder irgendein Wort erfolgt wären, fand er sich hinter dem Scheich in einen protzigen Jaguar steigen, in dem ein stummer Chauffeur saß, angetan mit Turban und Djellaba. Sie gelangten zu einem Motorboot, ohne daß es zu mehr Konversation gekommen wäre als zu einer Frage seiner Nationalität, und von da zur schwach erleuchteten Jacht, die aber (so glaubte Javi) voll Bediensteter steckte. Alles ging so rasch und ohne Umschweife, man sieht es vor sich, daß er, als er sich zurechtfand, schon in einem Schlafgemach war – niemand hätte von einer Schlafkabine gesprochen –, das mit gelber Seide ausgekleidet war, ganz à la Versailles, und ohne irgendeinen anderen Hinweis auf den Islam als eine Art von antikem Krummdolch, der hübsch auf einer Ecke des Bettes drapiert war. Javi sah den Scheich – fast unvermittelt – auf einem Lehnstuhl sitzen, ohne Hemd und lächelnd (er hatte einen riesigen schwarzen Schnurrbart), und ihm wurde bewußt, daß sie zum ersten Mal allein waren. Der Scheich machte ihm allerdings freundliche, aber ungelenkte Gesten mit der Hand. Da der Junge einen Augenblick unschlüssig war, sprach der Araber: *Du ausziehen, du ausziehen.*

Da beschloß ich, einen auf Nutte zu machen, meinte Javi zu Ramón. Er zog sich ganz langsam das Hemd aus und sah, daß die dunklen, schwarzen Augen glitzerten, warf die Schuhe beiseite, setzte sich auf das Bett, um sich die Socken auszuziehen (mit Bedacht immer ganz langsam), und zog dann an seinen Hosen, im Bewußtsein, daß der kleine rote Slip den Mauren begeistern würde: Der Junge war daran gewöhnt. Aber schon ohne Kleidung und in fast vollständiger Nacktheit im Lichte schimmernd, wurde der Jüngling eine leichte Umwölkung, eine Art Schatten in den maurischen Augen gewahr: Sie funkelten nicht mehr. *Haare an den Bei-*

nen, befand der Scheich. *Abrasieren.* Und er wies ihm die Tür, die zu seinem privaten Bad führte. Der Junge zögerte, weil er erst siebzehn war, kaum einen leichten, goldenen Flaum an den Waden hatte und nur das zu Erwartende am übrigen Körper, und das genau an den drei passenden Stellen. Er dachte daran, das Weite zu suchen. Aber dann fiel ihm die Summe ein: Hunderttausend Francs. Also ging er ins Bad und sah sogleich viele Rasierer mit Klingen, die auf einem Spiegeltischchen aufgereiht lagen. Er schäumte sich die Beine ein, rasierte sie sorgfältig – es war wenig und leicht – und kam, nachdem er den Apparat weggeworfen hatte, etwas scheu und beschämt wieder heraus. Der Scheich hatte sich nicht aus seinem grellgelben Sessel fortgerührt. Er betrachtete Javis Beine, und das Lächeln kehrte auf die riesigen weißen Zähne zurück, die von dem dichten Schnurrbart umgeben waren. Instinktiv begab Javi sich zu dem Bett (ohne Kissen) und ließ sich darauf fallen, als warte er. Er nahm wahr, wie der Scheich kam, und daß das Licht, wenn man an einem Schalter drehte, nicht ausging, sondern schwach wurde, minimal, und alles in ein behagliches Halbdunkel hüllte, das nur seine eigenen, lüsternen Absichten erhellte. Da schaute er erneut und sah, daß der Scheich (er mußte um die fünfzig sein) schon nackt war: *Er*, dachte Javi, *ist derjenige, der sich rasieren müßte.* Dann fühlte er, wie ihn plötzlich ein ziemlich kräftiger Bär mit dem Duft nach indischem Parfüm umarmte. Was er suchte, war ganz eindeutig. Wie es scheint, mögen die Araber das gleiche. Der Junge wußte es, und als er den lauen Speichel des anderen spürte, wußte er, daß er von hinten genommen werden sollte. Der Scheich wollte nichts anderes. Der Jüngling hörte arabische Wörter, geflüstert, heiß, halb offen, keuchend, während sich eine harte Stange – wie ein heißer Stab aus Eisen – bemühte, seine Eingeweide zu zerreißen oder zu trösten. Plötzlich – nach diesem Moment des Lanzenstiches und der verschwitzten Feuchtigkeit – hielt alles inne. Und Javi hörte die Stimme, die sagte: *Unmöglich. Du dich rasiert haben.* Es schien ein Rätsel, über dessen Lösung der Junge im Augenblick nicht nachdachte. Er bemerkte wohl, daß der Mann sich erhob (ohne zum Abschluß zu gelangen) und sich ankleidete; bevor er hinausging, sagte er zu ihm – schnell wie immer: *Du kannst dich anziehen. Jetzt das Geld.* Javi lief ins Bad, duschte sich eiligst und zog sich danach, fast noch feucht, mit noch größerer Geschwindigkeit an. Als ginge alles nach der Stoppuhr, tauchte im selben Moment der stumme Chauffeur mit der Djellaba auf. Er hielt einen weißen Umschlag in der Hand, den er ihm ohne viel Aufhebens übergab. Der Junge zählte es nicht – er sah das Geld. Und er folgte dem Diener, der ihm den Weg wies, um ihn (diesmal allein) mit demselben Motorboot zur Mole vom Beginn zurückzubringen. Es war offensichtlich, daß dem Päderasten-Scheich – verbohrter Päderast, warf Ramón ein – jener goldene Flaum an den Beinen des Knaben nicht gefallen hatte. Er hatte ihn sich entfernt, sicher, aber er wußte bereits, daß es ihn gegeben hatte, und sein Geist konnte die Vorstellung nicht ertragen. Es war ein kleiner Fehlschlag. Als Javi wieder bei sich zu Hause war und sich erneut dem Umschlag zuwandte, stellte er fest, daß dieser ›nur‹ (obwohl das nicht ernst gemeint ist) achtzigtausend Francs enthielt. Der Scheich – der umgehend zu anderen Ufern aufbrach, vermutlich zu den griechischen Inseln – suchte das Knabenalter, seidenweiche kleine Jungen für eine Wüstenhaut. Das mußte wohl auch der Grund für den Abschlag gewesen sein.

Einmal mehr lachten Javi und Ramón am Schluß, ganz dicht beieinander sitzend, und tranken ihre Gläser aus. Es war schon vier Uhr morgens, und die Diskothek würde gleich schließen. Man konnte sehen, wie sie sich allmählich leerte. Es blieb (von Ramóns Seite aus betrachtet) das letzte Bieten auf die Karten. Die abschließende Karte, die auf dem Spieltisch klären würde, ob die lange und unerwartete Sommernacht so ihren abschließenden Höhepunkt finden mochte, wie mein Freund es sich ersehnte. Man sprach davon aufzubrechen, Ramón zahlte die Rechnung (das Kichern über das arabische Abenteuer dauerte noch an), und dann eröffnete er aus nächster Nähe das Feuer: *Javi, hast du irgend etwas vor, oder kommst du ein bißchen mit zu mir?* Es liegt auf der Hand, daß der erste Teil der Frage eine rein rhetorische Vorsichtsmaßnahme war. Javi lachte weiter, erhob sich: *Gut, gehen wir.* Und Ramón spürte, wie er vor tiefster Wonne verging, während sie die Stufen zur Straße hinunterstiegen, und er dachte, am liebsten immer mindestens vier auf einmal.

Meinem Freund nach war Javi tatsächlich so wunderbar, wie er gehofft hatte. Ein goldener und feingliedriger Körper (was für eine Albernheit, das mit dem Flaum an den Beinen), ein frischer, sinnlicher Mund, ein hübsches, großes Geschlechtsteil und ein fester kleiner Hintern, der sich sehr angenehm anfaßte. Über die großen grünen Augen schien sich im glücklichen und weisen Augenblick des Bettes ein Nebelschleier zu legen, während alles der Begegnung zweier Freunde glich, die nach einem Kneipenbummel so endeten, miteinander und durcheinander, wie die guten Gefährten, die ihre Gefährten lieben. Er war so hübsch – erzählte mir Ramón –, daß ich zeitweilig nicht glaubte, was da geschah: daß jener jugendliche Körper so sanft mein sein sollte, der so beweglich war, so fest und zugleich so blühend, mit einer Haut, als streichle man eine Narde. So sehr mein, daß wir lange so blieben, trotz der Hitze ineinander verschränkt, unter Liebkosungen, so als ob dieser Augenblick ewig dauern würde, bis wir sahen, daß ein weißliches Licht begann, durch das geöffnete Fenster hereinzuströmen.

Da sagte Javi, daß er gehen müßte – obwohl Ramón davon

geträumt hatte, gemeinsam mit ihm zu schlafen –, und während er sich wusch, fragte mein Freund den Jungen, wann sie sich wieder treffen könnten. Die Antwort war betrüblich ausweichend: *Vielleicht treffen wir uns ja morgen...* Und sie kam als Murmeln durch das Wasser der Dusche, von dem die Scheiben beschlugen. Javi kam splitternackt heraus – wie Patrokles, dachte Ramón, der ach so klassische Topos der Morgenröte – und zog sich schneller an, als der Hahn kräht.

Die Freundschaften, die Zärtlichkeiten, die innere Übereinstimmung, die Kameraderie sind gemeinhin (Javi und Ramón wissen es nur zu gut) vergängliche Themen. Aber der letzte Kuß ist etwas Schönes, die letzte Liebkosung, wenn man fast schon die Tür öffnet, die Abschiedsgeste, ihr flüchtiges Gefühl. *Macht es dir etwas aus, mir etwas für ein Taxi zu geben?* Ramón nahm einen gefalteten Fünftausend-Peseten-Schein und drückte ihn ihm bescheiden in die Hand (Javi sah nicht einmal darauf): Er wollte nicht mit den Großen konkurrieren. Er sah ihn den Aufzug herbeirufen (der rosa Nicky, die katzenhaften Augen, die glänzten, aber müde waren, die goldene Haut, der Körper voll schlankem Zauber), und er wartete, bis er unten die Haustür zuschlagen hörte. Ramón war wie erstarrt, eingehüllt in eine magische Aureole. Er glaubte, er erwache – oder erwache nicht – aus einem Märchen.

Natürlich hat er Javi nie wiedergesehen. Aber wenn mein Freund Ramón einen sehr, sehr hübschen Jungen sieht, sagt er sofort: *Der ähnelt Javi.* Es ist, als spräche er von einem fernen Maya-Mythos, von einem verwunschenen Schloß oder von Sindbad dem Seefahrer.

Das Reich der Nacht – das Reich dieser Welt – ist, der Dichter hat es gesagt, von ebenso kurzer Dauer und so vergänglich, wie es geheiligt ist.

NACHWORT

NICHT NUR EIN VERTIKALES LÄCHELN

ZUR EROTIK DES NEUEN SPANIEN

Von Hans-Jürgen Schmitt

Sie liegt im Bett mit bis zum Knie hochgezogener Decke; dann langsamer Schwenk auf den rechten, nackten Arm. Nun steht sie auf und klemmt sich die Bettdecke etwas linkisch unter die Achseln, damit ja niemand etwas von ihrem Körper sehen kann. Niemand ist in ihrem Zimmer. (Außer dem nicht sichtbaren Kamerateam?) Sie sucht ihr Kleid, das zerrissen am Boden liegt. Sie knüllt es zusammen und wirft es wieder weg, findet ihren Unterrock, den sie mit einer Hand anzuziehen versucht; mit der anderen die Bettdecke festhaltend; diese müßte nun fallen. Fällt wohl auch; doch Kameraschwenk nur dezent nach unten auf das Unterrockhochziehen. So eröffnet sich uns Elizabeth Taylor als Gloria in *Telefon Butterfield 8*: Erotik im Film 1958.

Im vergangenen Jahr 1990 hatte Spanien einen Skandal besonderer Art, der die seriösen Gazetten wie die Boulevardpresse gleichermaßen beschäftigte: Angela Molina, Spaniens große international bekannte Filmschauspielerin, war vertragsbrüchig geworden. Sie, die sich vor Jahren schon in einigen Filmen von Luis Buñuel ausgezogen hatte, lehnte schließlich die Zusammenarbeit mit dem Regisseur Bigas Luna ab. Sie wollte nun doch nicht die Lulu spielen, wie sie die junge spanische Erfolgsschriftstellerin Almudena Grandes in ihrem Roman *Las edades de Lulú* (Lulu, die Geschichte einer Frau) schildert. 200 000 Exemplare wurden innerhalb von gut einem Jahr verkauft. In Deutschland und anderen Ländern zeichnet sich ebenfalls ein großer Erfolg ab. Angela

Molina aber nannte das Buch bzw. das danach geschriebene Drehbuch pornographisch. Und zwar vor allem wegen folgender Einstellungen: »Zimmer in einem Stundenhotel: Lulu sitzt mit offenen Beinen auf einem Tisch; ein Kerl leckt ihr die Schenkel und ein anderer Schultern und Haar; ein dritter dringt in einen der beiden ein, der Lulu leckt; zwischen den Nacken beider sehen wir Lulus erregtes Gesicht; Teilansicht eines Hintern und einer Schulter, die sich zusammenziehen; Kondom auf einem Tisch und in einem Aschenbecher.«

Die Sprache des Buches scheint mir dagegen weitaus brutaler, direkter. Es gewinnt seine Effekte – und auf die scheint vor allem ein jüngeres Publikum anzusprechen – durch seine Technizität, mit der unendlich viele vorstellbare Möglichkeiten präsentiert werden, Sex zu machen. Immerhin, daß ein Erstling dieser Thematik von einer Frau mit so viel Professionalität geschrieben wurde, gehört mit zu einem vorwiegend außerliterarischen Ereignis und Erfolg – nicht nur in Spanien. Mit Angela Molinas Veto, das von der kaltschönen Italienerin Francesca Neri konterkariert wurde, kam die Diskussion um die Bedeutung der Pornographie wieder auf.

Was ist Erotik, was Pornographie in der Literatur? Eine im Grunde alte Frage, auf die uns die in Barcelona lebende Uruguayerin Cristina Peri Rossi kürzlich eine bündige Antwort gab: »Die Erotik regt die Imagination an, die Pornographie die Genitalien. Darum muß man aus der Erotik eine Kunst machen... Man kann ja die Liebe mit vielen Dingen veranstalten. So geschieht es oftmals, daß es vorzugsweise besser ist, in der Phantasie Liebe mit einer Waschmaschine zu treiben. In der Phantasie gibt es Vergnügungen, die sich hinterher im wirklichen Leben nicht erfüllen.«

So leicht erotisch wird eine Szene nie, wenn man einen Arsch bei seinem wahren Namen nennt. Erotische Literatur

fängt dann an, wenn man aufhört, die Dinge nur direkt zu benennen. »Der ganze Körper ist erotisch«, sagt Cristina Peri Rossi, »er ist sehr erogen und nicht auf spezielle Zonen beschränkt.« Statt nichtliterarischer Formen braucht man eine erotische Metaphorik. Aber das Spanische wie das Deutsche haben nur vulgäre oder wissenschaftliche Begriffe und Namen dafür. Man müßte also eine erotische Sprache *und* ein komplexes literarisches Beziehungsgeflecht erfinden.
Die Herausforderung für die gegenwärtige spanische Literatur ist um so größer, je mehr nun Spanien seine Abstinenz aufgegeben hat und sich bis zur Übersättigung dem Sex ergibt. Die Maja bekleidet und die Maja nackt – das war ja schon Goyas erotisches Spiel vor zweihundert Jahren. Spanien ist immer ein erotisches Land gewesen – trotz oder gerade wegen des Katholizismus. Mittlerweile sind in Spanien auch die Korsagen des Franquismus gesprengt, und statt der subkutanen Lüste feiert der Sex seine totale Öffentlichkeit. Schon verkündet das spanische Nachrichtenmagazin *Cambio 16*: »Spanien zieht sich aus. Der große Protagonist dieses heißen Sommers ist der Nackte.« Obwohl es ihnen vor allem die Deutschen und Engländer längst vorgemacht hatten, taten es die Spanier im Sommer nur unter der Decke. Laut Statistik verlor die spanische Textilindustrie so über Nacht drei Millionen Kunden. Inzwischen ist die Mode ganz im Dienst der neuen Erotik; und selbst die jungen Modeverkäuferinnen in Madrid oder Barcelona tragen im Sommer ihr bißchen Kleidung nur als quantité négligeable.
Sex ist *in*, auch in den großen seriösen Tageszeitungen, in einer Nummer von *El País* gleich zwei ganzseitige Artikel, auf der Seite Wissenschaft über die zunehmende Impotenz des spanischen Mannes, auf der Seite Gesellschaft eine Auseinandersetzung mit Frau Professor Ochoas wöchentlicher Fernsehsendung »Reden wir vom Sex«, die seit März 1990 läuft.

Ändern sich die Sitten, fallen mit den Hüllen die Tabus, ist das sicherlich weithin gut für die Gesellschaft, aber schlecht für die Künste, die ihre entdeckerische Rolle verlieren können. So jedenfalls konstatierte es vor kurzem erst wieder der Peruaner Mario Vargas Llosa, anläßlich des Erscheinens seines edelfeinen Kunstpornos *Das Lob der Stiefmutter.*

La sonrisa vertical (Das vertikale Lächeln) ist zwar eine inzwischen erfolgreiche erotische Reihe des Verlags Tusquets in Barcelona, rosarot ausgestattet mit spanischen und internationalen Autoren; unter *literarischen* Kategorien ist dort noch keine beispielhaft erotische Literatur *Spaniens* zu sichten gewesen. Die stellt sich mehr in Gedichten und einzelnen Erzählanthologien vor, zuletzt eindrucksvoll in der Sammlung *Cuentos eróticos* (Erotische Erzählungen), zu der die Lektorin Laura Freixas fünfzehn Autoren und Autorinnen eingeladen hatte, Originalbeiträge zu schreiben.

Das Problem der – schlechten – erotischen Literatur wird immer ihre Monotonie und ihre Irrealität bleiben, weil die sexuelle Erfahrung in ihren rein physischen Handlungen begrenzt ist. Gustave Flaubert hatte ja sogar de Sade vorgeworfen, seine Figuren seien zu sehr Karikaturen, man müsse über ihre sexuellen Ausschweifungen lachen; dies aber war nicht das Ziel des Autors de Sade.

Erotische Literatur in den großen Erzählformen findet man am ehesten noch bei der Exil-Uruguayerin Cristina Peri Rossi. So unter anderem in ihrem Roman *Einsiedler der Liebe*, in dem ein männlicher, namenloser Ich-Erzähler auf 200 Seiten einen obsessiven Liebesmonolog mit einer Frau, genannt Aida, hält: »Nur mit den Augen im Gesicht versehen, ist Aida eine gefühllose Frau: Es fehlt ihr etwas, wie den Frauen auf den Bildern von Magritte.

›Etwas geht dir verloren, wenn du die Augen der Brust schließt‹, sage ich zu ihr.

Aida verstaut ihre Brüste, wie man ein Buch schließt. Das

Kleid, die Buchdeckel. Dann ist es, als würde sie blind. Die gewölbten Augenlider senken sich, die Pupille wird trüb, das Licht flieht. Angezogen ist Aida eine einsame Frau.
›Es gibt Leute, die ihre Nacktheit kleidet‹, sage ich, und es gibt Leute, die allein bleiben, wenn sie sich anziehen. In der Nacktheit ist Aida ganz sie selbst. Wahrscheinlich würde sie immer nackt bleiben, wenn sie nackt auf der Straße herumlaufen könnte, durchs Haus, über die Avenuen, ins Kino, und niemand würde sagen, Aida sei eine einsame Frau. Ihre Brüste, ihre Brustwarzen, ihr langer Haarbausch am Schambein würden sie überall hin begleiten, und um sie herum würde der Respekt alles überwuchern. Ihr schon fast üppiger Körper würde sie schützen. Angezogen ist Aida hingegen eine verletzliche Frau. Als trüge sie mit der Kleidung eine zweite, unbequeme Haut, eine leicht hinderliche Verkleidung. Das Kleid ist das Verbot... Wir lieben uns in unseren Sprachen, denke ich, wie zwei Fremde, die nur wenige Sätze, einige Zeichen und ein paar Symbole voneinander kennen.«
Vielleicht liegt in dieser Schlußbemerkung das Geheimnis des erotischen Romans der Cristina Peri Rossi: mit der Entstehung der Liebesobsession wird auch über die eigene Sprache und die Romankonzeption nachgedacht. Die vielen verunglückten erotischen Literaturversuche, wie im übrigen auch die der politischen Literatur, liegen in ihrer positivistischen, affirmativen Tendenz. Die kommt durch einen Ausschließlichkeitsanspruch zustande: der Mensch, zu sehr reduziert auf sexuelle Funktionen, ist seiner existentiellen und gesellschaftlichen Rolle beraubt. Wer das allerdings rein sprachlich zu retten versucht, ist Julián Ríos, einer der wenigen experimentellen Autoren Spaniens. Sein Text *M* ist nicht nur Huldigung an einen erotischen Buchstaben, sondern spielt mit seinen *Spracherotationen* auf James Joyces Molly Bloom an: »Muy bien gracias y usted, sie versuchte ihr

spärliches Spanisch und ihre vielen Reize mit mir zu praktizieren, meine schöne andalusische Primadonna mit den dunklen Riesenaugen und dem schwarzen Haarbüschel und dem Mordskörper voll gewichtiger Anmut wie ihre Mutter, olé la Laredo!, so als befänden wir uns im Spanien der Operette, und brachte mir das Frühstück ans Bett, dos huevos estrellados señor, und legte sich lachend auf mich in dem alten wackeligen Bett, das abermals unter dem Gewicht unseres Kusses quietschte und klingelte mit diesen losen Blechringen an den Pfosten, tam-tam und klingeling bei jedem venerischen Auf und Ab ihres rundweg kategorischen Bauches und Hinterteils, obwohl sie zwecks Vermeidung von so viel Radau den wohlerprobten Kniff kannte, die Bettdecke bewußt auf den Boden zu werfen und sich da Kissen unter den aberwitzigen Arsch zu klemmen, uff, um ihre dienstbaren Öffnungen anzubieten, offen und dunkel wie das Maul der Wölfin, damit ich dich besser packen kann, und sie flehte bei Gott und der Jungfrau Maria von Gounod, ich möge es ihr langsam und stückweise pian pianto vornehmen, eines von beiden oder beides von einer, ...«

Daß große Literatur nie nur erotisch sein kann, das Erotische integraler Bestandteil gesellschaftlicher Normen und Sitten ist, wurde für uns erst kürzlich aus Spanien evident: Auf deutsch erschien jetzt erstmalig das vor fünfhundert Jahren geschriebene Epos *Der Roman vom Weißen Ritter: Tirant lo Blanc.* Sein Autor, Joanot Martorell, war ein junger katalanischer Ritter, der noch einmal ein großes Programm- und Erbauungsbuch des Ritterstandes vorlegen wollte. Zum Kontrastprogramm zu Ritterehre und Kampfesmut gehörte auch die Ausbildung zur Minne, zur Ritterliebe. Und diese so gesellschaftlich verankerte Liebe erlaubte dem Autor Martorell sowohl deftige Szenen wie feine erotische Bilder, ohne daß man je etwas als kraß oder gar obszön empfände. Ein Kabinettstück der Erotik Spaniens ist so die berühmte

Hochzeitsnacht mit Tirant und der Kaiserstochter Karmesina geworden, die zusammen mit dem Vertrauten Diafebus und dessen Prinzessin Stephania verbracht wurde. Die Präliminarien schildert zunächst der allwissende Erzähler, die erotischen Spiele und Reaktionen liefert die Zofe Wonnemeineslebens. Sie blickt durchs Schlüsselloch und berichtet am nächsten Morgen der Kaiserin noch einmal alles als vorgeblichen Traum. Liebe und Sex zu viert, nein zu fünft, wenn wir die Reaktionen der Traumerzählerin dazurechnen:
»Mir war, als sähe ich, wie in einer Vision, daß er Euch unzählige Küsse gab, Euer Mieder aufnestelte und in hitziger Hast seine Lippen auf Euere Brüste preßte. Und nachdem er Euch gründlich abgeküßt hatte, wollte er mit der Hand Euch unter den Rock fahren, um dort nach Flöhen zu suchen. Und Ihr, meine gute Herrin, wolltet das nicht zulassen. Hättet Ihr es erlaubt, wäre sein Schwur, fürchte ich, arg in Gefahr geraten. Eure Hoheit aber sagte zu ihm: ›Die Zeit wird kommen, da dir freisteht, das zu tun, was du so heiß begehrst; und die Jungfräulichkeit, die ich mir bewahrte, soll dann aufgespart sein für dich.‹ Daraufhin drückte er sein Gesicht auf das Eurige, umschlang Euren Hals, und während Eure Arme sich um seinen Nacken wanden, wie Weinranken um einen Baumstamm, kostete er allerlei zärtliche Berührungen aus.
Später sah ich in meiner Traumversunkenheit, daß Stephania auf diesem Bett hier lag, mit blank aufschimmernden Beinen, wie mir schien, und sie stöhnte wiederholt: ›Ach Herr, wie weh ihr mir tut! Habt doch ein bißchen Mitleid mit mir! Es kann doch nicht Euer Wille sein, mich vollends umzubringen!‹ Tirant aber ermahnte sie: ›Schwester Stephania, wozu dieses Geschrei? Wollt ihr Euere Sittsamkeit in Verruf bringen? Wißt Ihr nicht, daß die Wände oftmals Ohren haben?‹ Da packte sie das Laken, stopfte sich einen Zipfel in den Mund und biß fest die Zähne zusammen, um nicht zu

schreien. Aber sie hielt es nicht aus, und schon nach einer kleinen Weile stieß sie aufs neue einen Schrei aus. ›Weh mir, was soll ich nur tun? Es schmerzt so schrecklich, daß ich zwangsweise aufschreie. Es kommt mir vor, als wärt Ihr wild darauf, mich zu erstechen.‹
Da hielt die Hand des Konnetabels ihr den Mund zu. Und mir wurde bei diesem wonniglichen Wehklagen das eigene Herz ganz wund – so leid war mir's, daß ich nicht als Dritte mitstöhnen konnte, unter meinem Hippolyt. Obwohl ich in Liebesdingen störrisch und begriffsstutzig bin, ist mir dabei doch ein Licht aufgegangen: ich habe erfaßt, daß dies das Ziel ist, auf das Liebe hinauslaufen muß. In meinem Herzen verspürte ich auf einmal gewisse wollüstige Regungen, von denen ich nichts wußte, und meine Leidenschaft für Hippolyt verdoppelte sich, weil er nicht Teil hatte an dem zärtlichen Drang- und Druckspiel, das Tirant mit der Prinzessin, der Konnetabel mit Stephania trieb.«
So geht das noch einige Zeit weiter. Zitiert ist hier nur das Liebesspiel in der Gegenwart, dem die Einführung von Tirant und Diafebus und das enthüllende Geständnis von Wonnemeineslebens vorausgehen. Diese erotische Schilderung ist eine raffinierte Verschränkung der zeitlichen Ebenen, Perspektiven und Blickpunkte und hat seine gesellschaftlich-sittliche Integration im Roman: Während Tirant nach Minneregeln die Unmöglichkeit der Liebe, den Noch-nicht-Vollzug in der Liebe erst noch erlernt, ist sein Getreuer Diafebus schon am Ziel.
Wie müssen andere heutige Erzählformen aussehen, wenn die gesellschaftlichen Muster nicht mehr vorgegeben sind, ja an ihrer Stelle übermächtig, wie im heutigen Spanien und anderswo, der Teleporno die Erotik verdrängt. Womöglich kann es *den* erotischen Roman als totalen Roman nicht mehr geben; wohl gibt es in der neueren spanischen Literatur im-

mer wieder gekonnte erotische Schilderungen, die man in der deutschen Literatur nie vorfinden würde.
Wie erzählt einer die Höhen einer ehebrecherischen Liebe, zu der die Ambivalenz des Umschlagens gehört? Wir finden sie in einer Dreiecksgeschichte, in einem Roman des jungen Juan José Millás: die perfekte Beschreibung einer erotischen Szene, die deshalb erotisch wirkt, weil sie sich nur in Andeutungen ergeht, im Benennen von winzigen, aber wichtigen Details:
»Für ihre Treffen wählten sie Bars, in denen Rentner und Jugendliche verkehrten, und hier geschahen Wunder; das erste bestand in der unermüdlichen Beredsamkeit Julios, der manchmal ein paar Augenblicke innehielt, um seine Geistesblitze auszukosten, einen Schluck zu nehmen und den Glanz von Teresas gebannten Augen zu genießen. Vor allem aber hob Teresa manchmal ihre bis dahin unter dem Tisch verborgene Hand und bot ihm mit den Fingern das Produkt einer betörenden, in den Tiefen ihres Rockes erfolgten Sekretion an, das Julio in kontemplativer Haltung und einer Art mystischer Verzückung leckte... Sie liefen zu Julios in der Nähe an einer zentralen Straße geparktem Wagen und stiegen naß und glücklich ein. Das Trommeln des Regens auf der Karosserie verstärkte noch das Gefühl von Zufluchtsort und Einsamkeit, das sie zweifellos suchten. Julios Angst – schon bis zu dem Punkt abgeschwächt, wo sie fast ein angenehmes Gefühl wird – brachte sie einander näher und einte sie, wie das Feuer die Liebenden einander näherbringt und eint.
Nach wenigen Minuten bemerkten sie, daß sich die Wagenfenster, vielleicht durch ihren Atem oder die Wärme ihrer Körper, innen beschlagen hatten. Sie waren vollkommen für sich, und der Regen wurde glücklicherweise immer stärker. Sie begannen sich zu küssen und in der Berührung von Zungen und Lippen wiederzufinden. Teresa trug einen feinen,

um den Hals ausgeweiteten Pullover, was Julio erlaubte, den Anblick ihrer durch zwei schmale Linien der Unterwäsche geteilten Schultern zu genießen. Seine Hände bewegten sich mit ungeahntem Wissen, während diejenigen Teresas gleichzeit an Kraft verloren, in einem langsamen Prozeß, in dessen Verlauf er gierig verfolgte, wie sie in einen Zustand erregter Passivität versank, mit welcher sie die offensichtlich von Julio empfangene Lust tausendfach verstärkt zurückgab. Und dann schauten sie sich genau während einer von Teresas vielen Explosionen in die Augen, und Julio sah in den ihren ein Zeichen von Angst, die er mit seiner eigenen vermischte, um der Situation eben das Maß an Leiden hinzuzufügen, das jeder absolute Genuß verlangt.
An diesem Tag geschah etwas leicht Befremdliches – als sie bereits am Ende ihrer Kräfte waren und Julio den Sitz herunterklappte, um in sie einzudringen, hörte er sie mitten im Stöhnen sagen: ›Ich habe einen seltsamen Mann gesehen.‹«
Dieser Satz, so heißt es später, blieb Julio im Bewußtsein eingeprägt »wie der vollkommene Ausdruck dieser unbestimmten Hetze, der alle Ehebrecher ausgesetzt sind«.
Es ist eine Romanszene, als Ausblick auf die Madrider Gesellschaft wirkungsvoll in ihrer ironischen Distanz. Autoren von erotischen Erzählungen müssen sich da ganz andere thematische, sprachliche und erzählstrategische Tricks einfallen lassen. Sie müssen zum Beispiel gleichsam historische oder märchenhafte Einkleidungen finden, wie das Ana Rossetti oder Paloma Díaz-Mas und etliche andere in Laura Freixas Anthologie mit mehr oder weniger großem Erfolg unternehmen. Da heißen die »Helden« Alice oder Mabug. Und der Erzähler Gonzalo Torrente Ballester läßt sogar einen Pater Amaro auftreten, die Hauptfigur in Eca De Queiroz' berühmtem Roman. Bei Ana Rossetti heißt das Liebespaar Laura und Fabricio, die beide nur mit Hilfe einer

Kräuterhexe und ihrem Brimborium erleben, was sie sich immer wünschten: »Die alte Cornelia hatte soeben die Räucherpfanne entzündet. Sie hatte bis dreiundneunzig gezählt und begab sich nun zu dem Bett, wobei sie die Fußbodenfliesen diagonal durchquerte. Laura und Fabricio gelangten eng umschlungen an das Bett. Eng umschlungen ließen sie sich auf die Kissen nieder. Laura öffnete die Beine, hob sie an und legte sie um Fabricios Taille. Das Räucherwerk legte sich wie dichte Watte über das Zimmer, und die Träger des Baldachins bebten.«

Paloma Díaz-Mas erfindet für ihre »diskrete Sünderin« eine tugendhafte Jungfrau, die eines Tages durch ein Buch über Heiligen- und Märtyrerlegenden die Sünde kennenlernen will, um dann desto reiner und bußfreudiger sein zu können. Doch weder zwei falsche Pilger noch ein Schafhirte wollen sie trotz ihrer Aufforderung verführen: »Auf, auf, meine Brüder, laßt uns ausgiebig und so schnell wie möglich sündigen. Mein Vergehen wird umso schwerer wiegen, als ihr Wallfahrer seid, in einem solch heiligen Unterfangen wie der Reise in die päpstliche Stadt unterwegs; auf diese Weise wird meine Schande noch schmachvoller sein, denn ich füge das Sakrileg der Hurerei hinzu. Ich bitte euch denn, eine Fackel oder eine Laterne herbeizuschaffen, auf daß es uns möglich werde, von Angesicht zu Angesicht um so ruchloser vorzugehen.«

Alle laufen erschreckt vor ihrer Tumbheit davon, bis ein Korsar ihr die Augen öffnet. Kein schlechter Einfall, der gekonnt erzählt ist. Die Märchenlogik macht noch einmal Erotik um ihrer selbst willen möglich. Doch ist's eine Gratwanderung. Idyllen haben heute ihre Kehrseiten. Das zeigen Autoren wie José Luis Giménez Frontín, dessen Protagonist in dem Text *Die graue Dogge* am Ende nur dazu verführt wird, eben eine Dogge auszuführen, obwohl alle Zeichen der Verführungskünste von der Dame gesetzt waren. Eine ähnlich unmögliche Liebe – und das ist sicherlich die einzige Chance, Erotik in kurzen Texten darzustellen – beschreibt Javier Tomeo ironisch in seiner Erzählung *Die Kurzsichtige*. Die beiden begegnen sich auf einer Parkbank. Er findet schließlich heraus, daß sie ihre Kurzsichtigkeit nur vortäuscht mit ihrem ständigen Blick auf den Unterleib einer Statue; und er trifft alle Anstalten, sie zu verführen.

Die unmöglichen Lieben als die heute einzig noch erzählbaren Lieben? Das wäre nicht nur eine These, sondern schon die Erfahrung mit spanischer Prosa heute, die uns so spanisch nicht vorkommt, insofern ihre besten Beispiele durch die von Cristina Peri Rossi verlangte Imagination bestimmt sind. Wahrhaft erotisch sind die erzählten Begegnungen, die zum Scheitern verurteilt sind.

DIE AUTOREN

PALOMA DÍAZ-MAS wurde 1954 in Madrid geboren. Seit 1983 lebt sie in Vitoria, wo sie an der Fakultät für Philologie, Geographie und Geschichte spanische Literatur des Goldenen Zeitalters und sefardische Literatur unterrichtet. Ihr erster Erzählband erschien 1973; seitdem veröffentlichte sie *El rapto del Santo Grial* (Der Raub des Heiligen Grals, erster Herralde-Preis für Romane, 1984), *Tras las huellas de Artorius* (Auf den Spuren des Artorius, Cáceres-Preis für Romane, 1985), *La informante* (Die Informantin, Theater-Preis der Stadt Toledo, 1983), den Erzählband *Nuestro milenio* (Unser Jahrtausend, National-Preis für Prosa, 1987) und den Essay *Los sefardíes: historia, lengua y cultura* (Die Sefarden: Geschichte, Sprache, Kultur, National-Preis für Essays, 1986).

JESÚS FERRERO wurde 1952 in Zamora geboren. Ging im Baskenland zur Schule, anschließend studierte er in Paris an der Ecole des Hautes Etudes. 1980 schrieb er seinen ersten Roman, *Belver Yin* (erschienen 1982 bei Bruguera und 1987 bei Plaza & Janés; 1982 erhielt er dafür den Literaturpreis der Stadt Barcelona). Veröffentlichte den Gedichtband *Rio Amarillo* (Gelber Fluß, Pamiela, 1986) und schrieb mit Pedro Almodóvar das Drehbuch zu dem (auch in Deutschland erfolgreichen) Film *Matador*. In seinem zweiten Roman *Opium* (Plaza & Janés, 1987) wandeln sich die taoistischen Metaphern, die das Spiel der Spiegelungen in *Belver Yin* gestalten, zu buddhistischen Symbolen, und der Auszug über den Fluß des Lebens verwandelt sich in eine Wanderung durch das Tal des Todes. Weitere Werke von Jesús Ferrero: *Conversaciones con Lucrecia. Encuentro en Berlín* (Gespräche mit Lucrecia. Begegnung in Berlin; Dialoge, Plaza & Janés,

1987), *Sol negro* (Schwarze Sonne, Pamiela, 1987) und *Lady Pepa* (Lady Pepa, 1987).

ALEJANDRO GÁNDARA wurde 1957 in Santander geboren. War Professor für Ideengeschichte an der Fakultät für Politische Wissenschaften der Universidad Complutense in Madrid und Drehbuchautor für die Fernsehserie *Tiempos Modernos* (Moderne Zeiten). Veröffentlichte die Romane *La media distancia* (Alfaguara, 1983, deutsch 1991: Die Mittelstrecke) und *Punto de fuego* (Fluchtpunkt, Alfaguara, 1986). Beide Romane wurden ins Französische übersetzt (Editions P.O.L.)

JUAN GARCÍA HORTELANO wurde 1928 in Madrid geboren. 1950 Examen in Rechtswissenschaften. Erhielt 1959 für seinen Roman *Nuevas amistades* (Neue Freundschaften) den ›Biblioteca Breve‹-Preis. Für *Tormenta de verano* (Sommergewitter) bekam er 1961 den ›Prix Formentor‹. Veröffentlichte Erzählungen: *Gente de Madrid* (Leute aus Madrid, Seix Barral, 1967); *Apólogos y Milesios* (Allegorien und milesische Fabeln, Lumen, 1975); *Mucho cuento* (Eine schöne Geschichte, Mondadori, 1987); Lyrik: *Echarse pecas a la espalda* (Die Sommersprossen auf die leichte Schulter nehmen, Ayuso ,1977); und die Romane *El gran momento de Mary Tribune* (Der große Moment der Mary Tribune, Seix Barral, 1972/Bruguera, 1979/Alfaguara, 1982), *Los vaqueros en el pozo* (Die Cowboys im Brunnen, Alfaguara, 1979) und *Gramática parda* (Mausgraue Grammatik, Argos, 1982).

JAVIER GARCÍA SÁNCHEZ wurde 1955 in Barcelona geboren. Er war in verschiedenen Kultur- und Informationsmedien journalistisch tätig. Er veröffentlichte *Conocer a Hölderlin y su obra* (Hölderlin und sein Werk, Dopesa und Barcanova), Lyrik (*La ira de la luz*, Der Zorn des Lichtes, Ambito Literario), Erzählbände (*Theoría de la eternidad*, Theorie der Ewigkeit, Laertes, 1984; *Mutantes de invierno*, Wintermutanten, Laertes, 1984; *Los amores secretos*, Die geheimen Liebschaften, Montesinos, 1987) und die folgenden Romane: *Continúa el misterio de los ojos verdes* (Und weiterhin besteht das Geheimnis der grünen Augen, Montesinos, 1984); *La dama del viento sur* (Die Südwind-Dame, Montesinos, 1985) und *Ultima carta de amor de Carolina von Günderode a Bettina Brentano* (Der letzte Liebesbrief der Caroline von Günderode an Bettina Brentano, Montesinos, 1986). Zur Zeit ist er stellvertretender Direktor der Literaturzeitschrift *Quimera*.

JOSÉ LUIS GIMÉNEZ FRONTÍN wurde 1943 in Barcelona geboren. Studierte Rechtswissenschaften und war literarischer Direktor verschiedener Verlage. 1981 erhielt er den ›Premio Ciudad de Barcelona‹, den Preis der Stadt Barcelona für seinen Gedichtband *Las voces de Laye* (Die Stimmen von Laye). Er moderierte eine eigene Fernsehsendung, in der er Schriftsteller und Künstler interviewte, und schreibt als Literaturkritiker regelmäßig für *La Vanguardia* und andere Blätter. Sein Werk umfaßt Lyrik (*La sagrada familia y otros poemos*, Die heilige Familie und andere Gedichte, Lumen, 1972; *Amor omnia*, Ambito, 1976; *Las voces de Laye*, Die Stimmen von Laye, Hiperión, 1981; *El largo adiós*, Der lange Abschied, Taifa, 1985), Essays (*Movimientos literarios de vanguardia*, Literarische Strömungen der Avantgarde, Salvat, 1975; *Seis ensayos heterodoxos*, Sechs heterodoxe Essays, Mandrágora, 1976; *El surrealismo*, Der Surrealismus, Dopesa, 1978, und Montesinos, 1983), Erzählungen für Kinder und zwei Romane: *El idiota enamorado* (Der verliebte Idiot, Argos Vergara, 1982) und *El carro de heno* (Der Heuwagen, Plaza & Janés, 1987).

ANTONIO MUÑOZ MOLINA wurde 1956 in Úbeda (Provinz Jaén) geboren. Er begann ein Journalismus-Studium in Madrid, das er nach kurzer Zeit abbrach. Seit 1974 lebt er in Granada, wo er Kunstgeschichte studierte. Zwischen 1982 und 1983 schrieb er in der Zeitung *Diario de Granada* eine Kolumne, mit der er sich in die Tradition von Baudelaire und De Quincey stellte. Sie erschien später gesammelt in dem Band *El Robinson urbano* (Der städtische Robinson, Silene Fábula, 1984). In der Granadiner Zeitung *Ideal* veröffentlichte er zwischen 1983 und 1984 eine Artikelserie *Diario del Nautilus* (Das Logbuch der Nautilus). Sein erster Roman, *Beatus Ille* (Beatus Ille, Seix Barral, 1986), wurde mit dem ›Premio Icaro de Literatura‹ ausgezeichnet und ins Französische und Deutsche übersetzt. 1987 erschien sein zweiter Roman, *El invierno en Lisboa* (Der Winter in Lissabon, übersetzt in mehrere Sprachen); 1989 der Roman *Beltenebros* und 1988 die Erzählungen *Las otras vidas*. Antonio Muñoz Molina schreibt regelmäßig für die Tagespresse und für verschiedene Wochenschriften und Literaturzeitschriften.

LOURDES ORTIZ wurde 1943 in Madrid geboren. An der Universität Madrid schloß sie ihr Geschichtsstudium ab, war an der Universität als Dozentin für Geschichte, Soziologie und Kommunikationswissenschaften tätig und lehrt zur Zeit Kunstgeschichte an der Königlichen Akademie für Dramatische Kunst in Madrid. Sie schrieb Romane, u.a.: *Luz de la memoria* (Licht der Erinnerung, 2. Auflage 1987), *Picadura mortal* (Tödlicher Stich, 1979), *En días como estos* (An Tagen wie diesen, 1981) und *Arcángeles* (Erzengel, 1986); Theaterstücke, u.a.: *Las murallas de Jericó* (Die Mauern von Jericho, 1980); Essays, u.a.: *Rimbaud* (Rimbaud), *Larra. Escritos políticos* (Larra. Politische Schriften); und Kindergeschichten, u.a.: *La caja de los que pudo ser* (Die Kiste dessen, was sein konnte, 1981) und *Los viajeros del futuro* (Die Reisenden der Zukunft, 1982). Mitglied der Jury beim Preis Fray Luis de León für die beste Übersetzung (1985) und beim Nationalpreis für Literatur (1986). Übersetzte Flaubert, de Sade, Bataille und Michel Tournier.

CRISTINA PERI ROSSI wurde 1941 in Montevideo geboren und lebt seit 1972 im spanischen Exil. Sie hat die Gedichtbände *Evohé* (1971), *Descripción de un naufragio* (Beschreibung eines Schiffbruchs, 1974), *Diáspora* (1976) und *Lingüística General* (Allgemeine Linguistik, 1979) veröffentlicht. Ihre Prosa umfaßt *Viviendo* (Lebendig, 1963), *Los museos abandonados* (Die verlassenen Museen, 1968), *El libro de mis primos* (Das Buch meiner Vettern, 1969, Neuauflage 1989), *Indicios pánicos* (Anzeichen von Panik, 1970), *La tarde del dinosaurio* (Der Abend des Dinosauriers, 1976, deutsch 1982), *La rebelión de los niños* (Die Rebellion der Kinder, 1980), *El museo de los esfuerzos* (Das Museum der Anstrengungen, 1983), *La nave de los locos* (Das Narrenschiff, 1984, deutsch 1988), *Solitario de amor* (Einsiedler der Liebe, 1988, deutsch 1989) und *Cósmoagonias* (Kosmosagnonien, 1988).

ANA ROSSETTI wurde 1950 in San Fernando (Cádiz) geboren. Sie hat vier Lyrikbände publiziert: *Los devaneos de Erato* (Die Liebeleien der Erato, 1980, ausgezeichnet mit dem Gules-Preis), *Indicios vehementes* (Stürmische Zeichen, 1985), *Devocionario* (Gebetbuch, 1986, der Band erhielt den Preis König Juan Carlos) und *Yesterday* (1988). 1988 erschien auch ihr erster Roman: *Plumas de España* (Spanische Schriften). Augenblicklich arbeitet sie an einem weiteren Roman, Schauplatz ist Italien im 17. Jahrhundert.

JAVIER TOMEO wurde 1932 in Quicena (Aragón) geboren und studierte Rechtswissenschaften und Kriminologie an der Universität Barcelona. Bislang hat er acht Romane geschrieben, darunter *Preparativos de viaje* (Reisevorbereitungen, 1986), *El castillo de la carta cifrada* (Der Marquis schreibt einen unerhörten Brief, 1979), *Amado monstruo* (Mütter und Söhne, 1985) und *El cazador de leones* (Der Löwenjäger, 1987), alle im Verlag Anagrama, deutsch bei Wagenbach. Seine Werke erschienen in Frankreich, Italien, Deutschland, Großbritannien, den Vereinigten Staaten, Holland und Brasilien.

GONZALO TORRENTE BALLESTER wurde 1910 in El Ferrol geboren. Romancier, Theaterkritiker, Essayist und Dramaturg. Erhielt den Cervantes-Preis. Werke: *Don Juan* (Don Juan, 1963), *La saga/fuga de J.B.* (Die Sage/Flucht des J.B., 1972), *Los gozos y las sombras* (Die Freuden und die Schatten, 1979), *La isla de los jacintos cortados* (Die Insel der geschnittenen Hyazinthen, 1980), *Los cuadernos de un vate vago* (Die Tagebücher eines trägen Dichters, 1982), *Dafne y los ensueños* (Daphne und die Traumvisionen, 1983) und *Yo no soy yo, evidentemente* (Ich bin nicht ich, wie man sieht, 1987). Die vorliegende Erzählung ist der Entwurf des ersten Kapitels eines Romans, der den Titel *Crónica del rey pasmado* (Chronik des verwirrten Königs) tragen wird.

ESTHER TUSQUETS wurde 1936 in Barcelona geboren, studierte Spanische Philologie und Literatur an den Universitäten von Barcelona und Madrid. Seit 1960 leitet sie den Lumen-Verlag. Ihre literarische Laufbahn begann mit *El mismo mar de todos los veranos* (Jeden Sommer das gleiche Meer, 1978), dem ersten Teil einer Trilogie, dem *El amor es un juego solitario* (Die Liebe ist ein einsames Spiel, Preis der Stadt Barcelona 1979) und *Varada tras el último naufragio* (Strandung nach dem letzten Schiffbruch, 1980) folgten. Weitere Werke: *Siete miradas en un mismo paisaje* (Sieben Blicke in einer gleichen Landschaft, 1981), *Para no volver* (Um nicht kehrtzumachen, 1985) und die Kindergeschichte *La conejita Marcela* (Marcela, das Kaninchen, 1981).

MANUEL VÁZQUEZ MONTALBÁN wurde 1939 in Barcelona geboren. Er studierte Geisteswissenschaften und Publizistik. Bekannt wurde er durch seine Romane, die in mehrere Sprachen übersetzt und zum Teil für Kino und Fernsehen verfilmt worden sind, und durch seine journalistischen Arbeiten, die unter anderem in den spanischen Zeitungen und Zeitschriften *Triunfo, Por Favor, Tele/Express, La Calle, Interviú* und *Mundo Obrero* erschienen. Er schreibt regelmäßig in *El País*. Mehrere Gedichtbände, gesammelte Reportagen und Essays. Unter seinen zahlreichen Romanen ist die Serie um den Detektiv Carvalho (deutsch als rororo-thriller) besonders erfolgreich; der Band *Los mares del Sur* (Die Meere des Südens) wurde 1979 mit dem Premio Planeta und 1981 in Frankreich mit dem Grand Prix de Littérature Policière Etrangère ausgezeichnet. Besondere Beachtung fanden darüber hinaus *El pianista* (Der Pianist, Seix Barral, 1985, deutsch bei Rowohlt, 1987) und *Los alegres muchachos de Atzavara* (Die fröhlichen Burschen von Atzavara, Seix Barral, 1987).

LUIS ANTONIO DE VILLENA wurde 1951 in Madrid geboren. Studierte Philosophie, veröffentlichte mehrere Gedichtbände (darunter *Huir del invierno*, Den Winter fliehen, 1981, Premio de la Critica), zusammengefaßt in dem Band *Poesía 1970–1982* (Gedichte 1970–1982, Visor, 1983). Außerdem Essays und Biographien, u.a.: *Catulo* (Catull, 1979), *Oscar Wilde* (1979), *Corsarios de guante amarillo* (Korsaren mit gelbem Handschuh, 1983), *Aubrey Beardsley* (1983), *La tenta-*

ción de Icaro (Die Versuchung des Ikarus, 1986); einen Memoirenband, *Ante el espejo* (Vor dem Spiegel, Argos Vergara, 1982), sowie die Erzählbände *Para los dioses turcos* (Für die türkischen Götter, Laertes, 1980), *Amor pasión* (Leidenschaftliche Liebe, Laertes, 1983) und *En el invierno romano* (Im römischen Winter, Plaza & Janés, 1986).

LAURA FREIXAS, die Herausgeberin, wurde 1958 in Barcelona geboren, studierte Rechtswissenschaften und war Spanischlektorin an zwei englischen Universitäten. Sie schrieb Reportagen, literaturkritische Arbeiten und Erzählungen. Herausgeberin der literarischen Reihe *El espejo de tinta,* in der auch der Band »Unmögliche Lieben« erschien. Sie veröffentlichte zuletzt den Erzählungsband *El asesino en la muñeca,* 1988.

Jerome Charyn

»Er ist brillant, einer der einfallsreichsten und erfinderischsten Schriftsteller, den Amerika besitzt – ein zeitgenössischer Balzac.«
Newsday

Metropolis: New York
Aus dem Englischen von Eike Schönfeld
328 Seiten, gebunden

Als geborener New Yorker spürt Jerome Charyn das Besondere auf: ein rasender Reporter, der ebenso die Geschichte der Stadt nachzeichnet wie er die Menschen porträtiert, die heute Leben und Rhythmus dieser einmaligen Metropole bestimmen.

Pinocchios Nase
Aus dem Englischen von Eike Schönfeld
Roman, 432 Seiten, gebunden

Die Geschichte eines Mannes, der sich auf aberwitzigen Wegen von Amerika durch Europa und zurück zum erfolgreichen Romanautor mausert, ist zugleich Abenteuerroman und fiktionale Autobiographie.

Paradise Man
Aus dem Englischen von Eike Schönfeld
Roman, 255 Seiten, gebunden

Die atemberaubende Geschichte eines New Yorker Berufskillers, der sich in einem Netz von Macht und Intrigen, Liebe und Eifersucht verfängt.

Stefan Tomas

Knieriesen
Roman, 206 Seiten, gebunden

Stefan Tomas beschreibt in seinem Roman den Leidensweg des fünfzehnjährigen Julian in einem von Franziskanermönchen geleiteten Internat in Euskirchen.

Hier rauben Priester ihren Zöglingen allmählich die Würde. Hier brechen Rivalitäten unter den Jugendlichen aus, um Rang- und Machtordnung im Internat zu sichern. Hier verkommt die Liebe nicht nur zur bloßen Sexualität, sondern zur Qual absurder Einsamkeit. Das Gefangensein in diesem Internat deformiert jeden.

›Knieriesen‹ ist eine Parabel über körperliche, geistige und seelische Gewalt. Der Roman legt Abgründe menschlichen Verhaltens offen und zwingt darüber nachzudenken, wie sie überrückbar sind.

Claassen

Postfach 100 555, 3200 Hildesheim